珍妮特·沃尔斯作品系列

硬着颈项的人
Half Broke Horses

〔美〕 珍妮特·沃尔斯　著
Jeannette Walls

何斐　译

人民文学出版社
PEOPLE'S LITERATURE PUBLISHING HOUSE

著作权合同登记号　图字 01-2020-4762

Jeannette Walls
Half Broke Horses

Copyright © 2009 by Jeannette Walls
Published in agreement with William Morris Endeavor Entertainment，LLC.，
through Andrew Nurnberg Associates International Limited.
Simplified Chinese edition copyright © 2021 by Shanghai 99 Readers'
Culture Co.，Ltd.
All rights reserved.

图书在版编目(CIP)数据

硬着颈项的人/(美)珍妮特·沃尔斯著；何斐译.
—北京：人民文学出版社，2021
(珍妮特·沃尔斯作品系列)
ISBN 978-7-02-016688-6

Ⅰ.①硬…　Ⅱ.①珍…②何…　Ⅲ.①传记小说-美
国-现代　Ⅳ.①I712.45

中国版本图书馆 CIP 数据核字(2020)第 210876 号

责任编辑　卜艳冰　邱小群
封面设计　李苗苗

出版发行　人民文学出版社
社　　址　北京市朝内大街 166 号
邮政编码　100705
网　　址　http://www.rw-cn.com

印　　制　山东德州新华印务有限责任公司
经　　销　全国新华书店等

开　　本　890 毫米×1240 毫米　1/32
印　　张　11.875
字　　数　232 千字
版　　次　2017 年 8 月北京第 1 版
印　　次　2021 年 3 月第 1 次印刷

书　　号　978-7-02-016688-6
定　　价　49.00 元

如有印装质量问题，请与本社图书销售中心调换。电话：010－65233595

莉莉·凯西·史密斯，亚利桑那州，阿什福克小镇，一九三四年

本书献给

天下所有老师

并特别献予

罗丝玛丽·沃尔斯，

菲利斯·欧文斯，以及埃丝特·福克斯

并以此书纪念

珍妮特·毕文斯，以及莉莉·凯西·史密斯

致　谢

　　我要把最深切的感激之情献给我的母亲，罗丝玛丽·史密斯·沃尔斯。在这几百个小时的访谈中，她极其慷慨地让我分享她的故事，她的回忆，以及她的经验，即使牵涉个人隐私，也从来不曾拒绝回答任何问题，对我想写的内容，亦从未加以限制或干涉。

　　我也要谢谢我的弟弟布莱恩、姐姐罗莉和妹妹莫琳，当然还有泰勒一家——我的夫家。我的感激同样要献给姨妈黛安·穆蒂，以及史密斯家的堂兄弟姐妹们，尤其是谢莉·史密斯·邓洛普，她为我提供了非常珍贵的照片，让我得以窥见那些只曾耳闻过的人们、地方、家畜及旧日的时光。

　　同时我还要感谢詹妮弗·鲁道夫·沃尔什，早在成为我的经纪人之前，她就已经是我的好友了。在出版社方面，南·格拉曼以她精准的用字及想法为我的文章增色不少，我要感谢她；感谢凯特·比特曼的鼓励和她的辛苦工作；感谢苏珊·莫尔达的热情支持。这些对我来说，都是值得珍爱的礼物。

　　我要感谢乔·切西里、迪克·比科尔，特别是苏珊·霍曼，他们对马匹的了解与见识，让我增长了不少知识。

　　我永远无法确切道尽对我丈夫约翰·泰勒的谢意，他教了我太多的东西，包括写作过程中如何收放的问题。

造就北欧人的，是狂风。

——古老挪威谚语

目　录

第一部

盐　溪

翁多谷的 KC 牧场

那些老牛在我们之前就知道麻烦来了。

八月的一个傍晚，天气闷热得如同雨季。早些时候，我们就看见瓜达洛普山附近有些积云，不过，是朝北方去的。那会儿，我就快干完手头的杂活，准备和弟弟伯斯特、妹妹海伦一起去牧场给牛挤奶。可当我们到达那里时，母牛们却表现得烦躁不安。它们没有像往常挤奶时那样在门口绕圈圈，而是僵硬地站在那儿，尾巴直直地翘着，头不停地抽搐。

伯斯特和海伦都转过头看着我，没有说话。我跪下去，把耳朵贴在硬邦邦的地上，隐隐听到低沉的隆隆声，声音轻微得仿佛不是听到，而是感觉到的。这时，我才意识到山洪马上就要到跟前了。它们先感觉到了。

就在我站起身时，母牛们突然向南边的栅栏线冲去，它们竟然跃过了带刺的铁丝网，我从来没见它们跳得这么高，这么干脆。轰隆隆，母牛们吼叫着向地势更高的地方奔去。

我意识到我们也得赶紧逃命。我一把抓起伯斯特和海伦的手。脚下的地已经在动了。我看到水已经到了牧场的低洼处。来不及跑到高地上，我们就向牧场中央跑去，那儿有一棵棉白杨树，枝节宽茂。

海伦突然跌倒了，伯斯特迅速抓起她另一只手，我们一边一个地架着她拼命跑。到了树下，我使劲把伯斯特推上最矮的那根树杈。接着，他把海伦拉了上去。当我挣扎着爬上树，抱住海伦时，约有六英尺高的水墙一路横扫着地上的岩石和树枝，冲到了我们眼前。洪水汹涌地撞击着棉白杨树，溅起的水浪把我们三个人都弄湿了。棉白杨树战栗着，倾斜着，我们甚至能听到枝干断裂的声音。低矮处的一些枝丫被洪水撕扯掉。我担心这棵树会被洪水连根拔起。幸运的是，它始终稳稳地站立着，我们也始终坚持着，抱成一团。酱色的洪水继续拍打着，裹挟着枝丫从我们脚下冲过，向远处的低地冲去。时不时能看到慌张游窜的田鼠和乱成一团的蛇从我们眼前翻卷着过去。

就这样，我们坐在棉白杨树上，看着脚下的洪水。大约一小时后，太阳开始移到阿巴拉契亚山上，把高层云变成深红色，向东投下长长的紫色的影子。洪水依然在我们脚下流淌。海伦说她的胳膊很累。她只有七岁，恐怕坚持不了多久。

九岁的伯斯特坐在一枝大的树杈上。我最大，十岁。我得照顾他们。我让伯斯特和海伦换一下位置，这样，她就可以坐起来，而不用紧紧抓着。过了一会，天慢慢黑了，不过，月亮出来了，而且很亮，我们还是能看清周围。我们三个不停地换位置，让胳膊不至于太累。我和海伦的腿被树皮硌得不舒服。尿急了，我们就撒在身上。到了半夜，海伦的声音开始变得微弱。

"我不行了。"海伦说。

"你行的，"我对她说，"你行，因为你必须这样。"我们一定能坚持住，我对他们俩说。我知道我们一定能坚持住，因为我在心里已经看见了第二天早上我们沿着上山的路回家，看见爸爸妈妈从屋里跑出来迎接我们。一定会的——不过这要取决于我们自己。

为了不让海伦和伯斯特打瞌睡，掉下树去，我逼他们背诵乘法表。背完以后，我又考他们历代总统是谁，各州的首府是哪里，接着，又考词的定义，词的押韵……所有我能想到的。一旦他们的声音弱下去，我就大声吼他们。就这样，我们睁着眼睛熬过黑夜。

黎明时，大地依然一片汪洋。几小时后，很多地方的洪水就会排干。可牧场因为是靠近河的盆地，所以，可能好几天洪水都不会退去。不过，洪水已经停下来了，开始通过排水口和泥滩向地下渗透。

"我们做到了。"我说。

我想，这会儿蹚水的话应该很安全。所以，我们就从树上下来了。因为整晚都死命抓着大树，关节僵硬得几乎无法挪步，泥沙还是不断跑进鞋子里。当太阳出来时，我们终于到达陆地，然后沿着上山的路回家。一切如我之前脑海中所看到的那样。

走廊上，爸爸来回地踱着大步，因为腿瘸，他的步子很不平稳。一看见我们，他立刻高兴地叫起来，一瘸一拐地朝我们奔来。妈妈听到声音，也从屋子里冲了出来，并跪在地上，手紧握在胸前，向上帝祷告，感谢他把她的孩子从洪水中救出。

妈妈整夜都在祷告，说是上帝救了我们。"跪下来祈祷，感谢你们的守护天使，"她说，"还得感谢我。"

海伦和伯斯特跪下去，开始和妈妈一起祈祷，但我站在那儿，看着他们。我看到了那一幕，是我救了我们三个，不是妈妈，也不是某个守护天使。在那棵棉白杨树上，除了我们三个，没有其他人。爸爸走到我身边，搂着我的肩膀。

"没有守护天使，爸爸。"我说。我开始解释我是如何让我们三个及时逃到棉白杨树上，如何在我们胳膊累了的时候变换位置，又是如何出问题考伯斯特和海伦，让他们整宿保持清醒。

爸爸把我搂得紧紧的。"做得好，宝贝，"他说，"也许那个天使就是你。"

我们家在一个叫盐溪的地方，位于得克萨斯西部地形起伏且多沙的草原上。这条溪流进附近的佩科斯河。苍白的天空很高，低洼的灰色大地裸露着颜色各异的沙砾，一眼望去，满目凄凉。有时，一连好几天刮风，但有时安静得能让你听到上游相距两英里的丁格勒牧场的狗吠。马车经过的时候，扬起的尘土在空中停留很久才落回到地面。

　　极目远眺，目光所及之物——地平线、河流、栅栏线、溪谷、矮小的杉树——大多平直地铺展着，人、牛、马、蜥蜴和水流都是缓缓地移动，保存实力。

　　这是一块贫瘠的土地。大地坚硬如岩石——洪水将一切变成泥浆的时候除外——动物瘦骨嶙峋，皮粗肉硬，植物稀疏多刺。然而，有时暴雨过后，常常会有一丛丛野花长出，蓬勃的生命力令人吃惊。爸爸说，这个地方叫"寂寞高地"，正如其名，不适合温柔脆弱的人待。他说，这就是为什么他和我能在这里过得有滋有味的原因，因为我们都是粗糙顽固的家伙。

　　我们的农庄只有一百六十英亩，这在得克萨斯州西部是不算多的，这地方干旱得不得了，以至于养头牛都要用至少五英亩地。我们的地因为靠近河谷，所以比那些没水的地值好几倍的钱。也因此，我们养了不少运输用马，这些马都是爸爸驯的，此外还养了奶牛、几十只小鸡、几头猪和一些孔雀。

那些孔雀是爸爸赚钱计划的一部分，结果没有成功。他花了好大一笔钱从东部的一家农场买来这些进口品种。他坚信孔雀是高雅、气派、胜利的象征，认为那些从他手里买马的人也一定愿意多花五十美元买一只漂亮的鸟。他计划只卖公的，这样我们就是佩科斯附近惟一饲养孔雀的人家。

不幸的是，爸爸过高估计了得克萨斯州西部人们对观赏鸟类的需求。没过几年，农庄的孔雀就泛滥成灾了。它们趾高气扬地走来走去，发出尖厉刺耳的叫声，啄我们的膝盖，在马儿身上留下疤痕，弄死小鸡，袭击猪群——当然，在它们停下来，舒展羽毛，炫耀自己的美丽的时候，我不得不承认它们的确很优雅。

饲养孔雀只是我们的副业。爸爸的主要工作是喂养并训练那些运输用马。尽管发生过那样的事故，他还是很爱马。在他三岁的时候，有一次，他跑着穿过马厩时，一匹马踢中他的头部，击穿了他的头骨。他昏迷了好多天，大家都以为他没救了。最后，他活过来了，但右侧身子却变得有些麻木了。走路时，右腿落在后面，手臂像小鸡的翅膀一样向上翘。还有，他年轻时，因为长时间在他父亲牧场的磨坊里工作，导致他听力不好。此外，他说话的腔调有点怪，就算你在他身边，也很难听懂他在说什么。

爸爸从来没有怨恨过那匹踢伤他的马。他喜欢说，那匹马只知道有一个美洲狮般体形的动物从它侧腹冲过。马儿是从来不会乱来的，它们所做的每一件事情都是有原因的，关键看人类能不能理解。尽管那匹马差点踢碎了他的脑袋，但爸爸还是很爱马，因为它们一直都懂他，从来没有可怜过他，不像人。所以，尽管爸爸因为那场事故不能坐在马鞍上，但他却成为一个在驯养运输用马方面的专家。就算不能骑在它们身上，他照样可以驾驭它们。

一九〇一年，我出生在溪畔的一个穴屋里。那是爸爸从监狱出来的第二年。他因为一桩莫须有的谋杀罪被判入狱。

爸爸是在新墨西哥州翁多谷的一个牧场里长大的。一八六八年，他父亲来到这里，开始定居下来，是最早到达这个河谷的英裔美国人之一。到爸爸年轻的时候，越来越多的人搬到这里，以致超过水资源所能承受的程度。于是，有了争论，人们开始划界，而对水的争夺更是变得白热化起来——人们抱怨上游的邻居用的水超出了他们应得的合理份额，而上游的人们也同样抱怨对方。这些争论常常演变成争斗、诉讼和枪战。爸爸的父亲，罗伯特·凯西，在一次争斗中被杀。当时，爸爸只有十四岁。后来，他和他母亲继续经营牧场，但冲突一直没有停止。二十年后，在一次争斗中，有个人被杀了，爸爸被判谋杀罪。

他始终坚称自己是被人陷害的。他给议会议员和报社编辑写了很多长信，说自己是无辜的。坐了三年牢后，他被释放了。出来不久，他就遇到了妈妈，和她结了婚。当时，检察官正在考虑重审那个案子。爸爸觉得他离开了的话，案子重审的可能性就小了。所以，他和妈妈离开了翁多谷，来到寂寞高地，争取到了盐溪沿岸的土地所有权。

寂寞高地的很多居民都住在洞里，因为在得克萨斯州西部，木材是稀缺物。爸爸在河堤边上用铁铲挖了一个不大不小的洞，用杉木枝作椽，上面盖上草皮。这就是我们的家：只有一个房间，地面压得实实的，门是木头的，窗户是用蜡纸做的，铸铁炉子连着的烟管从草皮屋顶伸出来。

住在这种洞里，最大的好处是冬暖夏凉，最坏之处就是时不时会有蝎子、蜥蜴、蛇、囊地鼠、蜈蚣和鼹鼠在墙和屋顶上游动。有一次，复活节晚餐正进行到中间，一条响尾蛇掉在餐桌上。爸爸当时正好在切火腿，结果那一刀就砍在了那条蛇的七寸处。

还有，下雨时，墙和屋顶就会变成软泥。有时，会有泥块从屋顶上掉下来，我们就得把它们糊回去。偶尔，山羊在啃食屋顶上的草皮时，蹄子会不小心戳穿屋顶，我们就得把它们拉出来。

住在这种洞里还有一个问题，就是蚊子。蚊子多得让你感觉自己是在蚊子堆里游泳。妈妈对蚊子尤其敏感——她身上被咬起来的包有时一连数天红肿不消——但我更厉害，得了黄热病。

当时，我才七岁。发烧的第二天，我在床上痛苦地翻滚，哆嗦，呕吐。妈妈担心其他人也会传染上，所以，爸爸虽然坚持说这种病只会从蚊子那儿染上，但他还是匆匆用床罩被子把我隔离开了。爸爸是惟一允许接近我的人，他连着几天陪着我，不停地往我身上涂抹酒精，希望把烧退下去。在我神志昏迷的时候，我感觉自己来到另一个亮白的世界，看到很多绿色和紫色的动物，它们随着我的脉搏的跳动一会儿变得很大，一会儿又变得很小。

高烧终于退了，我的体重也减了十磅左右，全身的皮肤蜡黄蜡黄的。爸爸开玩笑说他摸我的时候差点被烫伤。妈妈探头进床罩看我。"高烧会烧坏脑子，导致永久性损伤，"妈妈说，"所以，不要告诉别人你高烧过。不然，找丈夫会有麻烦。"

妈妈担心很多事，比如她的女儿能不能找到好丈夫之类的。她很在意她所谓的"格调"。她会用一些精致的东西装饰我们的洞，比如东方式地毯，带有通花碟巾的躺椅。她会在墙上挂丝绒窗帘，看上去像是我们有几扇窗户似的。还有，银制餐盘，胡桃木床头架——这是她父母搬到加利福尼亚州时从东部带过去的。妈妈很珍爱那个床头架，说那是惟一能让她晚上睡安稳的东西，因为它让她回想起那个文明的世界。

　　妈妈的父亲是名矿主，他在洛杉矶北部幸运地发现了金矿，所以，变得非常有钱。虽然她家住在"全民淘金"的镇子里，妈妈——她婚前姓黛西·梅·皮科尔——却是从小按照上流社会的规矩调教长大的。她的皮肤细嫩白皙，很容易晒黑，擦伤。小时候，如果要在阳光下待，她母亲就会让她戴上亚麻布面罩。在得克萨斯州西部的时候，出门时，妈妈总是戴着帽子和手套，脸上挂着面纱，但她尽可能少出门。

　　妈妈打理着我们的家，但她不愿意做挑水、抱柴火一类的家务。"你妈妈是淑女。"爸爸总是这样解释她不屑于做体力活的原因。大多数户外的活儿都是爸爸干的。他有个帮手，叫阿帕切，会帮着爸爸干活。阿帕切不是地道的印第安人，但他在六岁的时候被阿帕切族人俘获，他们一直扣留他到成年。当美国的骑兵部队——爸爸的父亲当时是侦察兵——偷袭他们的驻地时，阿帕切跑出来大喊："Soy blanco! Soy blanco!①"

阿帕切跟着爸爸的父亲回家了，并一直和这个家庭住在一起。现在，阿帕切是个老人了，留着一把白色的胡须，因为太长，他就把它塞进裤子里。阿帕切不合群，经常连着好几个小时盯着地平线或谷仓的墙，偶尔会玩失踪，一连几天不见，但最终又会回来。人们都觉得阿帕切有点古怪，人们也这样看爸爸，他们两个倒是相处得很融洽。

煮饭洗衣方面，妈妈有女佣露比帮忙。露比怀过孕。在孩子出生后，她被迫离开了她在华瑞兹郊外的村子，因为她给她的家庭带来了耻辱，没有人会娶她。她长得很瘦小，体形有点像水桶，是个比妈妈还虔诚的天主教徒。伯斯特叫她"疯子"，但我喜欢露比。尽管她父母带走了她的孩子，尽管她睡在一块铺在地上的纳瓦霍地毯上，露比从来不为自己感到遗憾，这是令我最钦佩的一点。

虽然有露比帮忙，妈妈还是不太喜欢盐溪的生活。她对这种生活没有期待。当她让亚当·凯西成为自己的丈夫的时候，她觉得自

---

① 西班牙语，意为"我是白人！我是白人！"

己嫁得很好，虽然他的腿有点瘸，说话含糊不清。爸爸的父亲是在马铃薯疫病爆发时从爱尔兰移民过来的，加入了第二骑兵团——美国最早的骑兵部队之一。当时部队驻扎在得克萨斯州边境，与科曼奇人、阿帕切人和基奥瓦人作战。爸爸的父亲当时在罗伯特·E.李上校麾下效命。离开军队后，他最先是在得克萨斯，后来在翁多谷经营牧场。到他被杀时，他已经是那个地区拥有牲畜最多的人之一。

罗伯特·凯西是在沿着新墨西哥州林肯大街步行时被人开枪杀死的。有传闻说他和杀死他的那个男人因为一笔八美元的债务起了争执。关于凶手被处以绞刑的事情，很多年来被河谷的人们当做茶余饭后的谈资，据说当时的情形是：被处以绞刑，并宣布死亡后，他被装进一个松木做的木箱子里，人们听到他在里面动来动去，所以，又把他从里面弄出来，重新执行了一次绞刑。

罗伯特·凯西死后，他的孩子们就如何瓜分他的牲畜吵闹不休，导致他们之间的不和，这种不和持续了爸爸的余生。爸爸继承了翁多谷的牧场，但他觉得他的哥哥把他应得的份额骗去了——他的哥哥把牲畜转移到得克萨斯去了。于是，爸爸不停地打官司，上诉。甚至搬到得克萨斯西部以后，他也没有停止告他哥哥。他还和翁多谷的其他牧场主斗来斗去，不停地回到新墨西哥州提出一系列的申诉和反诉。

关于爸爸，还有一件事情，那就是他的脾气出奇地暴躁。通常打官司回来他都会暴跳如雷，气得发抖。原因之一是他的爱尔兰血统，其次则是对于那些听不懂他说话的人，他很没有耐心。他觉得那些人把他当笨蛋，总想骗他，无论是他的兄弟和他们的律师，还是路上碰到的客商，或者卖杂种马的商人。他会气急败坏地诅咒，一次又一次，他会愤怒得掏出手枪，对着东西开枪，他把它们当做那些人——大多数时候是这样。

有一次，他和一个帮我们补锅的补锅匠发生了争执，他觉得对方收费太高。当那个补锅匠嘲笑他说话的方式时，爸爸冲进屋里想去拿枪，但露比先一步意识到即将发生的事情，她把枪支都藏在她的纳瓦霍地毯里了。是露比救了补锅匠一命，对此我深信不疑。也许也救了爸爸一命，因为如果他真的杀了那个补锅匠，他有可能被吊起来，像那个杀了他父亲的人一样被绞死。

生活会好起来的，每当我们发出抱怨声时，爸爸总是这么说。惟一能让生活好起来的办法就是不断地抗争。爸爸一生都投入到他的诉讼里，对于我们中的其他人来说，盐溪的生活只是我们与大自然抗争的诸多行为之一。把伯斯特、海伦和我赶到棉白杨树上，差点置我们于死地的洪水并不是惟一为难我们的东西。洪水在得克萨斯的一些地区相当常见——每几年就会暴发一次——在我八岁的时候，我们就遭遇了一次大洪水。一天晚上，当盐溪淹没在洪水中，我们家不断涌入浑水的时候，爸爸却在奥斯丁为他的遗产打着官司。雷声惊醒了我，当我从床上起来时，浑水已经漫到了我的脚踝处。妈妈带着海伦和伯斯特到高地上祈祷去了，但我却和阿帕切、露比一起留了下来。我们用毯子堵住门，然后从窗户把水舀出去。妈妈回来，乞求我们和她一起到山顶上祈祷。

"让祈祷见鬼去吧！"我叫道，"舀，该死的，快舀！"

妈妈看上去很窘迫。我知道她一定在想我的亵渎神明也许会给大家带来厄运，其实我对自己也感到有点吃惊，但是洪水升得太快，我们的处境极其危险。我们点起了煤油灯，看到四边的墙壁已经开始往下陷了。如果妈妈能够搭把手一起干的话，我们也许还有机会挽救我们的家——机会不大，但努力一把，还是有可能的。光靠阿帕切、露比和我是不可能做到的。当屋顶开始塌落时，我们抓起妈妈的胡桃木床头架，把它拖出了门。就在这时，洞塌了，所有的一切都被埋在了里面。

自那以后，我和妈妈的关系日渐恶化。她老是说洪水是上帝的意志，我们必须顺从。但我可不那样认为。顺从在我看来似乎就意味着放弃。如果上帝给了我们舀水的力量——拯救自我的勇气——难道这不是他希望我们做的吗？

虽然洪水乔装成上帝的恩惠，但对于新来者麦克莱尔先生来说可实在是吃不消。他过得很滋润，住在一间两居室的木屋里——用的木头是他从新墨西哥州迁来时用马车载来的。洪水冲走了麦克莱尔先生的地基，墙壁倾斜了。他说他受不了这块被上帝抛弃的土地，他决定搬回克利夫兰去。爸爸一从奥斯丁回来，就让我们全都跳上马车——迅速地，在寂寞高地的其他人也有这种想法之前——我们驱车去捡麦克莱尔先生留下的木头。我们把所有东西都带走了：壁板、椽子、横梁、门框、地板。那个夏日快要结束时，我们造起了崭新的木屋，刷白之后，你几乎看不出它是用别人的旧木头拼在一起的。

　　竣工那天，我们就站在那儿欣赏着我们的新家，妈妈转身对我说："瞧，你现在敢说那场洪水不是上帝的意志了吗?"

　　我没有回答。妈妈那样说纯粹是后见之明，而在我看来，当你忙于某事时，很难看出哪些是上帝的意志，哪些又不是。

我问爸爸他是否相信一切都是上帝的意志。

"是，也不是，"他说，"上帝给了每个人一副牌，怎么玩就是我们自己的事了。"

我不知道爸爸是否觉得上帝给他的是一副坏牌，但我知道自己不该问。爸爸不时会提起那匹马踢中了他的头，但我们从来没有谈论过他的跛腿和他的口齿不清。

口吃让他听上去像是在水底说话一样。如果他说"把车套好"，大多数人会以为他是在说"不吃倒好"，如果他说"妈妈需要休息"，听上去则像是在说"摸摸鱼咬东西"。

托亚是最近的小镇，四英里远，有时我们去那儿时，小屁孩们会围在爸爸身边，嘲笑他，我真想狠狠地抽他们一顿。可很多时候，特别是妈妈也在的时候，伯斯特、海伦和我只有干瞪眼的份。通常，爸爸会表现得像是那些小孩不存在似的——毕竟，他不能像对付那个补锅匠一样，跑去拿枪射他们。但有一次，在托亚的马厩里，当那帮小鬼头嚷得特别大声时，我看见他匆匆扫视了他们一眼，脸上是一副受伤的表情。在他和伯斯特往马车上装货时，我回到马厩，试图对那些小孩说他们正在伤害别人，但他们只是窃笑。于是，我把他们推倒在肥料堆里，然后跑了。这是我做过的所有坏事中惟一让我感到惬意极了的。惟一感到遗憾的是不能告诉爸爸。

那些小孩不知道虽然爸爸说话听上去有点含糊不清，但是他很聪明。他曾经在一位女家庭教师的教导下学习，一直不间断地阅读哲学方面的书籍。他给政治家们写长信，比如威廉·塔夫脱、威廉·詹宁斯·布莱恩，还有弗雷德里克·威廉·西华德——亚伯拉罕·林肯的助理国务卿。西华德甚至给他回了信，这封信被爸爸视若珍宝，收在一个上锁的锡盒里。

说到文笔，没有人能像爸爸那样组织句子。他写得一手漂亮的书法，笔画有点细长，句子长且复杂，充满了"虚伪"、"卷逃"等字眼，大多数托亚人需要查字典才能明白那是什么意思。信中爸爸最关心的两件事情是工业化和机械化。他觉得这两样东西正在侵蚀人的灵魂。他还很赞同禁酒令和音标，他把它们看作治疗人们荒谬行径的良药。

爸爸成年后看到太多喝高了的人们相互开枪射击。他的父亲在翁多谷牧场里经营了一家商店，店里就卖酒，但他父亲也曾经枪击过一个酒鬼，因为这个酒鬼试图向他开枪。爸爸说酒精让印第安人和爱尔兰人发疯。他父亲被杀后，爸爸就把商店里的酒桶给劈了，除了茶，他不让其他东西出现在牧场。这让阿帕切非常遗憾。

英语音形不一致的问题也一直在困扰爸爸。两个字母发一个音，如"sh"和"ph"让他十分生气，不发音的字母则让他很苦恼。他争辩说，如果词语都按照它们的发音来拼写的话，那么，几乎所有学过字母表的人都能阅读，这样就能扫除文盲了。

托亚有一个学校，只有一间教室，爸爸觉得那里的教学质量二流，他辅导我会更好些。于是，每天吃完中饭，如果外面太阳太辣，无法工作的话，他就给我上课——语法、历史、算术、科学和公民学——我们结束后，就由我来教伯斯特和海伦。爸爸最喜欢的课程是历史，但他所持观点明显带着佩科斯西部人的特点。作为一个爱尔兰人引以为豪的儿子，爸爸非常厌恶英国清教徒——他叫他们"英国佬"——还有大多数开国元勋，他认为他们都是一群道貌岸然的伪君子。他们宣称所有人生而平等，却把奴隶排除在外，还屠杀温和的印第安人。墨美战争时，他站在墨西哥一边，觉得是美国人偷走了格兰德河以北的所有土地，但他也觉得南方诸州应该拥有像殖民地脱离大英帝国一样从联邦中脱离出来的合法性。"卖国贼和爱国者之间的区别仅仅取决于你所持的观点。"他说。

我热爱那些课程，特别是科学和几何学，我喜欢学习那些暗藏的规则，它们解释着我们所生存的这个世界的秘密。虽然这些课程让我感觉自己聪明起来，但妈妈和爸爸老是说尽管我在家接受了比托亚的孩子更好的教育，但等我十三岁时还是要到学校去接受教育，这样做的目的既是为了学习社交礼仪，也是为了得到文凭。爸爸说，在这个世界上，只有良好的教育是不够的。你需要一张纸来证明你的确受过良好的教育。

妈妈尽最大努力让我们几个孩子表现得有教养。我给伯斯特和海伦上课时，她会把我的头发梳上一百遍，小心地往后拉，使头发不贴着头皮，然后抹上滋养霜和羊毛脂，让头发看上去光彩发亮。到了晚上，她会用她称之为卷发纸的小片纸张把头发卷成小卷。"淑女的头发是她最大的荣耀。"她说。接着她总会说起我那具有早寡征兆的头发如何成为我最要命的特征，但当我对着镜子照时，脑门上那长成 V 形的头发怎么看都看不出我会早寡。

　　尽管我们家离托亚有四英里远，白天看不到什么人经过，但妈妈还是非常努力地让自己像个淑女。她很娇小，只有四英尺半高，脚很小，只能穿小女孩穿的带扣襻的靴子。为了让双手保持优雅白皙，她会往手里抹用蜂蜜、柠檬汁和硼砂做的膏。她会穿紧身胸衣，显示出她的细腰——我帮她收紧——但这些紧身胸衣会导致她晕倒。妈妈说它是高贵教养和优雅气质的标志。我却觉得它是让人难以呼吸的象征。每当她晕倒在地，我都得用嗅盐把她救醒——她把它装在一个水晶瓶里，用一根粉红色的缎带随身系在脖子上。

　　妈妈和海伦最亲密，她继承了妈妈的小手小脚和羸弱的体质。有时，她们会相互读诗给对方听，在令人窒息的下午三点左右，她们会一起躺在妈妈的马车靠椅上。就在妈妈和海伦亲密的时候，她并没有忘记溺爱伯斯特，她惟一的儿子，她以为的这个家庭未来的希望。伯斯特是个胆小的孩子，但他有让人无法抗拒的微笑，也许是弥补了爸爸发音上的障碍，他称得上是这个郡里说话最快、最流利的人。妈妈喜欢说伯斯特能把圣贤说得把手中的笔都扔掉。妈妈一直告诉伯斯特他将来无论成为什么样的人都没有问题——铁路大亨、养牛大亨、将军，甚至得克萨斯州的州长。

　　对我，妈妈就不知道如何是好了。她担心我嫁不出去，因为我没有成为一名淑女该有的素质。首先，我有点罗圈腿。妈妈说是因为我骑马太多的缘故。另外，我的门牙突出，所以她给了我一把红色的绢扇遮嘴巴。每当我哈哈大笑时，妈妈就会说："莉莉，亲爱的，扇子。"

　　因为妈妈不是这个世界上最有用的人，所以，我很小的时候就学会的一门功课是自己如何把事情搞定，这一点让妈妈既惊讶又担心，她觉得我这样子不像淑女，但同时她又相当依赖我。"我真的不知道一个小女孩能这么能干，"她会说，"不知道这究竟是好事还是坏事。"

　　在妈妈看来，女人应该让男人工作，因为这样可以让他们觉得自己像男人。可这种观点成立的前提是有一个强壮的男人愿意站出来，帮你把事情搞定。爸爸一条腿是瘸的，伯斯特的借口总是那么完美，阿帕切则时不时玩失踪——所以，很多时候都是我在支撑着不让这个家散架。然而就算所有人都在努力干活，我们还是没有一刻闲得下来。我爱那个牧场，虽然有的时候似乎不是我们在控制这个地方，而是它在控制着我们。

我们听说过电，听说东部有些大城市拉了很多电线，上面挂了很多发光的灯泡，即使太阳下山了，还像白昼似的。但这些电线还没有到达得克萨斯西部，所以，一切都得手动：把熨斗放在火炉上加热来熨平妈妈的外套，煮一大锅的碱液和钾碱来制作肥皂，用泵抽水，干净水用来洗碗碟，脏水用来浇菜园。

我们还听说东部的妓院安装了室内抽水马桶，但得克萨斯西部却没有一个人用，大多数人，包括妈妈和爸爸，都觉得在室内弄一个厕所是非常肮脏和恶心的事情。"以上帝的名义，谁会在自个家里弄个厕所啊？"爸爸问道。

出生以来，我就听爸爸说话，所以我能完全听懂他说什么。我五岁时，爸爸就开始让我帮他驯马。爸爸要花六年的时间才能训好一对运输用马匹。他一直养着六对马匹，一年卖一对，这样就可以维持一家人的日常生计。每对马匹无论在尺寸还是颜色上都要绝对匹配，不能参差不齐，如果有一匹马的脚踝是白色的，另一匹也得这样。

在我们拥有的六对马匹中，爸爸会让一岁和两岁的小马简单地在牧场自由奔跑。"要让马学会的第一件事情就是让它知道自己是一匹马。"他喜欢这样说。我的工作是训三岁的马，教它们一些基础的步伐，让它们适应马嚼子，另外就是帮助爸爸给其他三对马匹套上和卸下挽具。我会骑在每匹马上绕着圈子跑，而爸爸会站在中央，用鞭子训练它们，让它们把脚抬高，调整步态保持一致，以及机敏地屈曲脖颈。

爸爸喜欢说，每个在马身上花精力的人都必须学会像马一样思考。他一直重复这句话："像马一样思考。"他说，这句话的关键是要知道马一直是处于恐惧状态中。对它们来说，惟一能从美洲狮和狼群的追逐中逃命的方法就是不停地踢踹和飞快地逃跑，它们会争先恐后，跑得跟阵风似的，跑慢了就会落入猎食者的口中。如果你能让马相信你是保护它的，它就会为你做一切事情。

和马儿交流时，爸爸有一套完整的词汇，他会发出哼哼、喃喃、咯咯、滴答以及嘶鸣的声音，似乎这是他们之间才有的语言。他从来不鞭打它们，相反他会用鞭子在它们耳朵两侧轻轻拍打，发出细微的声音，以此来向马儿传递这样的信号：他不会伤害或者惊吓它们。

爸爸还喜欢替马缝纫东西。一个人坐在缝纫机面前，踩着脚踏板，嘴里哼唱着，身边是一堆兽皮、剪子、牛蹄油罐子、线轴、大号的鞍具针——这似乎是他最快乐的时候。没有人打扰他，没有人同情他，也没有人挠着头皮试图知道他嘴里哼的是什么。

我的任务是驯服马儿。这跟驯服野马不同，因为我们的马从小就围在我们身边转。多数时候，我只是爬到它们的裸背上——如果马儿太瘦，它的脊骨有时会把我的屁股磨出泡来——抓住一把鬃毛，用脚后跟轻轻地推它们，于是，驯马开始了。一开始它们会惊跳一下，轻声嘶叫，因为它们会纳闷："这个讨厌的小女孩爬到我背上来，想干吗呀？"但通常很快它们就会接受命运，然后开始稳稳地前进。接着，就是装马鞍、挑选适当的马嚼子了。然后，你就可以开始训练这匹马了。

当然，对付那些没有经验的马儿时，你永远不知道会发生什么状况，我就被马摔过不知道多少次，经常把妈妈吓得不行，但爸爸只是挥手叫她走开，然后过来拉我起来。

"生命中最重要的一件事，"他会这么说，"就是学会怎么摔跤。"

有时你是慢慢地摔下来：马儿绊了一下或突然惊退，你的重心整个往前移，于是你不得不紧紧抱住马脖子，因为你的脚已经脱离了马蹬。如果不能重新摆正身体，最好就是松开手向旁边滚下去，而且落地时得继续滚动。最危险的跌落情况则是事情发生得太快，你根本没有时间作出反应。

爸爸曾经低价买过一匹灰色的骟马。这匹阉马曾在美国骑兵队服役过；因为是匹军马，爸爸便给它取名叫"罗斯福"。也许是因为以前被喂了太多谷物，也许是因为听过太多军号声和炮轰声，要不然就是它天生是个战士……不管什么原因，都让罗斯福变成了一匹神经质的马。从外表看，罗斯福非常漂亮：后半身带着斑纹，腿部则是黑色的。但任何突发的声响或动作，都会让它像只长耳大野兔一般吓得跳起来。

买回罗斯福后不久，我骑着它回谷仓。忽然一只老鹰在我们面前俯冲而过，罗斯福猛地回头，我就像弹弓上的石子儿一般被掷了出去。我伸出胳膊试图减缓落势，结果只听喀嚓一声，一条前臂断成了两截，断裂的骨头戳出来，在我的皮肤下突起一大块。虽然爸爸老说我是不好对付的强者，但有条胳膊弯成那样，挂在那儿，我不会像个小女孩一般号啕大哭才怪呢。

爸爸把我抱进厨房。妈妈看到我，一下子崩溃了，倒吸了一口气，好半天才说出话来。她对爸爸说压根就不该让我这么一个小女孩去驯什么马。爸爸叫妈妈最好走开，等到她能控制自己的情绪后再回来；于是妈妈回到卧室，关上房门。爸爸先把我的骨头扳回原位，然后用白垩加松脂、鸡蛋、面粉等调成糊，同时叫露比找块亚麻布剪成条；然后他把亚麻布条缠在我的胳膊上，再把那些糊状物涂在上面。

爸爸把我抱在怀里，我们一起坐在走廊上，看着远处的青山。过了一会儿，我就不哭了，因为我把体内所有的眼泪都流光了。我坐在那儿，头歪在肩膀上，仿佛一只折了翼的小鸟。

"笨马！"我终于开口。

"永远不要责怪马儿，"爸爸说，"它只是照它知道的方式去做而已。马并不笨。它们懂得该懂的。我一直觉得马儿其实比它们看上去聪明多了；就像那些假装不会说英语的印第安人，因为和白人说话不会有什么好结果。"

爸爸告诉我四个星期后我又能回到马鞍上了。结果的确如此。

"下次，"爸爸说，"可别再想着减缓落势。"

"下次?"妈妈问道，"我希望不会有下次了。"

"抱最高的期望，但做最坏的打算。"爸爸说。"总之，"他告诉我，"一旦要摔下去了，你就要接受这个事实，让你的屁股来承受这份惩罚；你的身体知道如何应付跌落。"

这段时间，爸爸把罗斯福也收入到他所谓的"亚当·凯西骛马训练学校"里做学员。他让罗斯福头尾绑着站在马厩里，磨炼耐性；他在空锡罐里装满鹅卵石，然后系在它的鬃毛上，直到它习惯这种躁动为止。

罗斯福一改造好——多多少少——爸爸就把它卖给准备前往加利福尼亚的东部人，大大地赚了一笔。虽然爸爸从不责怪马儿，但他也不会对它们感情用事。"如果你制服不了一匹马，那就只能把它卖掉，"爸爸喜欢这么说，"如果你连卖掉它也做不到，那就把它毙了吧!"

我的另一份工作是喂鸡，并收集鸡蛋。我们大概有二十几只母鸡和几只公鸡；每天早上的第一件事，就是喂它们一把玉米和一些残羹剩饭，并在它们喝的水里撒一点石灰，以增加蛋壳的坚固度。春天，母鸡产卵能力非常强，每周我可以捡到一百个蛋；我们会留下二十五到三十个鸡蛋自己吃，然后每周一次我会驾着平板马车进托亚镇，把剩下的蛋卖给一家杂货店。店主是克拉特巴克先生，长得瘦兮兮的，衬衫袖口总绑着松紧带，会在用来帮你包货品的褐色纸上，写上这些东西的价格。每个鸡蛋他付我一分钱，然后以每个两分钱的价格转手卖给别人；我觉得很不公平，因为所有的工作都是我做的：喂鸡、捡蛋，再把蛋送到镇里来。然而克拉特巴克先生只是对我说："对不起啦！小朋友，这个世界就是这样运作的！"

　　我也会带一些孔雀蛋去卖，总算替那些爱炫耀的老鸟儿找到一个赚取生活费的办法。起先我以为这些孔雀蛋可以卖到鸡蛋的两倍价，因为它们是鸡蛋的两倍大，但是克拉特巴克先生还是只给一分钱。"蛋就是蛋。"他说。我觉得这个该死的杂货店老板骗了我，只因为我还是个小女孩；可我能怎么样呢？这个世界就是这样运作的。

爸爸说让我到镇上去和克拉特巴克先生讨价还价，对我有好处——磨炼我的算术能力，学会与人交涉；而这些可以帮助我实现"人生的目的"。在这方面，爸爸算得上是个哲学家，有他自己一套所谓的"目的论"：生命中一切事物都有自己的目的，除非实现这个目的，否则就是占用这个星球上的空间，浪费大家的时间。

这就是为什么爸爸从来不给我们买玩具的原因。他说玩耍只是浪费时间，如果一个女孩子的"人生目的"是做一位母亲的话，与其玩过家家和洋娃娃，不如把真正的家打扫干净，或者照顾真正的婴儿。

其实，爸爸也不是真的不让我们玩。有时候，伯斯特、海伦和我会骑马到丁格勒牧场去，和丁格勒家的小孩一起打棒球。因为人数不够分成两队，所以我们便发明了自己的规则，其中一条是：如果跑垒者被球击中，就算出局了。我十岁那年，有一次，我正准备盗垒，丁格勒家的一个男孩狠狠地掷了一球过来，正砸中我的肚子，疼得我整个人弯了下去。因为疼痛不止，爸爸把我带到托亚镇上，那儿有一位偶尔帮人缝合伤口的理发师。他说我的阑尾破裂了，必须马上送到圣达菲的医院去。我们搭上了下一班的公共马车。抵达圣达菲时，我已经神志昏迷了。我只记得自己在医院里醒来，肚子上缝了几针，爸爸坐在我的身边。

"别担心，我的天使。"他说。接着，他向我解释，阑尾是人体的退化器官，意味着它没有"目的"。如果非得失去一个器官，显然我是做了正确的选择。但是，他继续说，我差点把命都送掉了，何苦呢？不就是一场棒球赛嘛！如果想拿性命去冒险，那也应该为和"目的"有关的事。我想爸爸是对的。我现在该做的，就是弄清我的"人生目的"。

妈妈总爱说，如果你想提醒自己上帝的爱，你只要看看日出。

爸爸则说，如果你想提醒自己上帝的怒火，你只要看看龙卷风。

住在盐溪，我们看过无数次的龙卷风，对它的恐惧远远胜过洪水。大多数情况下，龙卷风看上去像一团窄小的锥形灰色烟雾；但有时天气特别干燥时，它们会变得近乎透明，你能看到树干、灌木丛，以及岩石在其底部回旋打转。远远望去，它们移动的速度显得很慢，有点像是在水底下，看着涡流优雅地旋转摇曳。

大多数的龙卷风不过是满身沙尘的恶魔，小小地撒野一番，撕碎晾衣绳上洗好的衣物，吓得小鸡们啾啾乱叫；但在我十一岁那年，一个庞然怪物咆哮着席卷了我们的牧场。

当时，爸爸和我都在忙着照料马匹，天色忽然迅速暗了下来，空气变得厚重起来，你能闻到并感觉到将有什么事发生。是爸爸先看到那个龙卷风的，它从东边往这里移动，像一个巨大的漏斗，从云端延伸至地面。

我赶紧卸下马具，爸爸则跑进去警告妈妈。妈妈正把屋里所有的窗子打开，她听说这样能平衡室内外的气压，降低房子爆炸的可能性。马儿在围栏里疯了似的踩脚，爸爸不希望它们困在里面，便打开了门；它们飞奔而出，越过牧场，拼命逃离龙卷风。爸爸说如果我们闯过这一关，稍后再关心马儿的去向。

那时，头顶上的天空已然漆黑一片，下起丝丝细雨，但在远方，你能看见阳光从金色云层中斜射下来，我把这当做一个预兆。爸爸叫齐所有人，包括阿帕切和露比，然后一起爬进房子下方供水管通过的槽隙里躲起来。龙卷风更近了，整栋房子被它的大漩涡包围着，卷起的尘沙、树枝和破碎的木片鞭打在房子上，声音之大，听起来仿佛我们正在一列货运列车下面。

妈妈紧紧抓着我们的手，不停祷告，虽然我平时感觉不到上帝的召唤，但这回却吓坏了——从来没这么害怕过——我开始拼命祈祷——努力程度超过以往任何一次祈祷——请求上帝原谅我之前信仰不够虔诚，并许诺只要上帝饶恕我们，我会在接下来的每一天，都向他祈祷并崇拜他。

就在这时，传来一阵碰撞声和木头的撕裂声。房子仿佛在呻吟、颤抖，不过我们头顶上的地板却还是那么牢固。很快地，龙卷风过去了，一切恢复平静。

我们逃过一劫。

龙卷风放过了房子，却没有放过风车，它把风车高高卷起后，又松开，风车砸在了屋顶上。这栋房子是用从洪水中捞起来的木头盖的，现在已经面目全非了。

　　爸爸连珠炮似的骂个不停。他宣称，生活又狠狠作弄了他一回。"如果我同时拥有地狱和得克萨斯西部，"他说，"我绝对相信自己会卖掉得克萨斯西部，搬到地狱去住。"

　　爸爸预言马儿们会在喂食时间回来。结果它们真的回来了。他给六岁大的那对套上车，驾着去镇里发电报。在和翁多谷当地居民反复联系后，爸爸推断自己不会再因那桩诬陷他的谋杀指控而受审，这样的话，我们就可以安全回到新墨西哥州，回到凯西牧场生活。这些年爸爸把那儿租给了一户农家。

　　龙卷风过后，小鸡们全都消失了，不过，多数孔雀、六对马儿、传种母马和母牛们，以及一些妈妈的传家宝——比如上次从穴屋中救出来的胡桃木床头架——都留下来了。我们把所有的物什打包到两辆马车上。爸爸驾一辆，后面坐着妈妈和海伦。阿帕切和露比驾另一辆。伯斯特和我骑马，和其他排成一列的牲口一起跟在他们后面。

　　走到门口，我停了下来，回头望着牧场。风车还在塌陷的屋顶上摇摇欲坠，院子里到处散落着树枝。平日里，爸爸总是没完没了谈论那些东部人，说他们跑到得克萨斯西部来，往往因为不够强悍而撑不下去。结果，我们照样拍屁股走人。有时候，这和是否够胆无关，关键在于你拿到什么牌。

　　得克萨斯西部的日子并不好过，但这片低矮的黄土地是我仅知的世界，我爱它。妈妈又在说她爱说的那句话：这是上帝的意志。这一次，我相信了。上帝救了我们，但也拿走了我们的房子。是拯救我们的酬劳，还是因为我们不配拥有而惩罚我们？我不知道。也许他只是在我们的屁股上踢了一脚，说了声：该上路了。

第二部

神奇的楼梯

莉莉·凯西，十三岁时在拉瑞多修女学院

三天后，我们抵达凯西牧场。喜欢音形一致的爸爸坚持将凯西牧场正式改名为"KC 牧场"。牧场位于翁多谷中心，酋长山南边。苍翠繁茂的乡景，让我第一眼望去时，几乎不敢相信眼前的景象是真的。这座牧场其实更像是农场，一片片紫花苜蓿田，一排排番茄藤，一座座栽满桃树和山核桃树的果园——园中的桃树和山核桃树是一百年前西班牙人种下的。那些山核桃树大到我和海伦及伯斯特三人手拉手都无法合抱。

　　我们的房子是爸爸的父亲刚搬到此地时从一个法国人手里买下的，所用材料为泥砖和岩石。里面有两间卧室——这样大人和小孩就不用睡在同一间房里了——外面有间柴房可以给露比住，而阿帕切则接管了其中一间牲口棚。我简直不敢相信我们能住在这种豪宅里，墙壁的厚度有爸爸的前臂那么长。"现在可没有什么龙卷风能把这个棒小伙吹倒啦！"爸爸如是说。

　　第二天，我们在开箱整理东西时，爸爸大喊着要大家出去。我从来没见过他这么兴奋。我们全都跑到门口，只见爸爸站在院子里，手指着天空。一座城镇的倒影浮在地平线上方的天空中；你能看到低矮的商店、泥砖造的教堂、拴在马桩上的马儿，还有行人在街上走来走去呢。

我们一个个嘴巴张得大大的，全都看呆了，露比画了个十字。这不是奇迹，爸爸说，是海市蜃楼，提尼镇的海市蜃楼，那儿离这儿有六里远呢。对我而言，这海市蜃楼无异于奇迹，它是那么巨大，占据了大片的天空。我仿佛被催眠了一般，眼睛直直地盯着那些头朝下的人们，无声地走在上下倒置的街道上。

我们站在那儿，瞪着海市蜃楼看了很久。它越来越模糊，越来越不清楚，最后终于消失了。以前我们也见过海市蜃楼，那是在最干燥的天气里，地面上一大片蓝色，看上去整个世界仿佛都变成了洼地。爸爸说那是陆地上的海市蜃楼，地上看起来像是有水的地方，其实是天空。当靠近地面的空气比上方空气冷时则会形成天空中的海市蜃楼。

尽管自然科学课程我一直学得不错，却还是听不懂爸爸的意思。于是，爸爸便在泥地上给我画了一幅简图，向我演示光线如何受冷空气影响而产生折射，沿着地球表面的弧线弯曲。

光线由于某种原因而弯曲的观点，听得我如堕五里雾中，直到爸爸提醒我：当我们拿着一玻璃杯水时，对面的手指就像被砍掉并移动过似的。这是水让光线弯曲了，和冷空气的道理是一样的。

突然，我一下子就懂了爸爸说的话，光线折射的知识给了我眼前一亮、茅塞顿开的感觉。

爸爸看着我，说道："Eureka①！"然后他开始给我讲故事：古希腊一个叫阿基米德的家伙，有一天坐在浴缸里，忽然想出了一种计算体积的方法，兴奋得光着身子跑上街，狂喊："Eureka！"

我能理解阿基米德为什么会那么兴奋。如果你为某事苦思不得其解，然后突然咔哒一声，灵光一闪，你一下子豁然开朗了，那种感觉让你觉得自己也许能驾驭这个古老的世界。

———————

①　希腊语，意为"我找到了"。

爸爸很享受做一个大地主的想法，但却很头疼随之而来的问题。在得克萨斯西部时我们经营的是用围栏围起来的牧场，可现在拥有的却是一片农田，需要耕耘、播种、除草；桃子得摘，核桃需采，肥料要施，西瓜要拉到市场上卖，还得雇短工并喂饱他们。因为跛腿，有些工作爸爸做不了，比如，爬上梯子修剪桃树。而他发音上的障碍，让那些工人很难听懂他的话，所以尽管我才十一岁，却得承担雇人和监督的工作。

而且爸爸从来就不是这个世界上最实事求是的人。在新墨西哥州这里，他开始陷进和经营农场压根扯不上关系的各种事务中。我们依然训练马匹，爸爸依然给政治家和报社写信，抱怨现代化；但现在他会花大量时间为每封信另抄两份副本，一份归档放入他的书桌里，另一份则保存在谷仓中，以防房子失火烧成平地。

另外，爸爸在写一本书，说明音形一致的好处。他称这本书为《A Ghoti out of Water》。他会这样解释："Ghoti"这个词可以念成"fish（鱼）"。先是"gh"在"enough（足够）"一词中念"f"的音；然后"o"在"women（女人）"这个词中发短的"i"音；而

"ti"在"nation（国家）"一词中发"sh"的音。

　　还有，爸爸在写"比利小子"① 的传记。在爸爸还是青少年的时候，比利小子曾经在凯西牧场停留过，要求用一匹精神抖擞的坐骑换他那筋疲力尽的马。"他是个正直的、有礼貌的家伙，"爸爸经常这样说，"而且骑术不错。"一小时后，一支民防团的人马到达，也要求换马，这时，爸爸才知道原来比利小子正在逃亡中。爸爸内心是支持比利的，所以故意换了几匹老马给他们。现在，回到新墨西哥州后，爸爸为比利小子深深着迷，在墙上挂了他的锡版照片。妈妈非常讨厌比利小子，说他是"人渣"，因为他杀了一个已经和她表妹订婚的男子。她故意把那个小伙子的照片挂在比利的照片旁边。

　　但爸爸觉得那个亲戚一定该死。他说比利从来没有滥杀无辜。他断定比利是个拥有爱尔兰热血的美国好青年；他是因为支持墨西哥人，才遭到畜牧业大亨们诋毁。"历史都是胜利者写的，"他说，"如果坏蛋赢了，那么历史就是坏蛋写出来的。"

　　爸爸写这本传记，既是替比利小子辩护，也是为了证明他虽然有发音上的问题，但文字功底却远胜于那些曾经嘲笑过他的人。此外，他认为，比起种桃子、核桃、番茄、西瓜，这本书能给我们挣来更多的钱。"西部故事可是很畅销哦，"他总爱这么说，"而且，当作家没有什么成本，而且永远无须担心天气。"

---

　　① 比利小子（Billy the Kid），美国西部传奇枪手。

那年秋天我十二岁了，伯斯特比我小两岁，却已经上学了。妈妈说教育对他的事业很重要——他可以选择自己喜欢的任何职业——他上的是阿尔伯克基附近的一家昂贵的耶稣教会学校。不过他们也答应我，等我满十三岁，就可以到圣达菲的拉瑞多圣母院就读了。

我想上真正的学校，已经想了好多年了，这一天终于来了。爸爸把平板马车套好，这趟两百英里长的旅行开始了。晚上，我们打开铺盖卷，露宿于星空下。对于我要上学这件事，爸爸几乎和我一样兴奋。爸爸觉得我在牧场里没花什么时间和同龄女孩打交道，所以缺乏经验，于是便向我灌输了一大堆如何与人相处的忠告。

我是个爱发号施令又带点男孩气的女生，他说，我习惯于指挥海伦、伯斯特、露比和那些工人们。但在学校里会有很多个头和年龄都比我大的女孩，她们会对我颐指气使——更不用说那些修女了——我该做的是学会和她们和平相处，而不是打架。最好的方法，爸爸说，就是弄清楚对方要什么，因为每个人都会有想要的东西，你得让他们以为你能帮他们得到这东西。爸爸承认自己在这方面其实做得也不好，但如果我能找到方法，将这个道理应用到我的生活中，我一定可以比他走得更远，更成功。

　　圣达菲是一个既美丽又古老的地方——爸爸说，英国佬还没踏进弗吉尼亚州，西班牙人就已经抵达此地了——低矮的土砖造建筑，尘土飞扬、两旁种满了西班牙橡树的街道。学校在镇中心，有几幢四层楼的哥特式建筑，屋顶上竖着十字架，另外还有一间小教堂，与唱经台相连的就是那道"神奇的楼梯"。

　　阿尔贝蒂娜修女是这儿的院长，她带着我们四处转了转。她解释说这道神奇的楼梯共有三十三阶——耶稣被杀时的年纪——楼梯是双螺旋形的，没有任何常见的支撑物，比如中央支柱之类的。大家都不知道楼梯用的是哪种木料，也不知道建造楼梯的神秘木匠姓甚名谁。这个木匠是在原来的建筑师失败、修女们祈祷天赐奇迹后突然出现把楼梯建好的。

　　"您是说，这是个奇迹？"爸爸问道。

　　我正准备解释爸爸的话，但不知怎么，阿尔贝蒂娜修女完全听懂了爸爸在说什么。

　　"我相信世上万物都是奇迹。"她回答。

　　我很喜欢阿尔贝蒂娜修女说这话的方式，打一开始我就喜欢上了她。阿尔贝蒂娜修女个子很高，满脸皱纹，胡桃色的皮肤，又浓又黑的眉毛在眼睛上方连成一条线。她总是显得那么泰然自若，虽然她老是走来走去：晚上检查宿舍，白天检查我们的指甲。她轻灵地走在小径上，黑色的长袍和镶白边的头巾在风中翻腾。她对待所有的学生都一视同仁——她管我们叫"我的孩子们"——不论贫富，无论墨西哥人或白人，无论天资聪颖或一无是处。她严格但不严厉，从来不会提高音量或发脾气，但我们从来没想过要违背她的意思。她一定会是一位出色的女骑手，不过这不会是她的"人生目的"。

我真的很喜欢这个学院。许多女孩刚来时都很想家，没精打采地闲逛。我可不会像她们那样。这辈子我还从来没有这么轻松过，虽然每天天还没亮就得起床，用冷水洗完脸后得去做礼拜、上课；吃的是玉米糊，还要练钢琴、练唱；制服破了得自己缝，打扫宿舍、洗碗、扫厕所，睡觉前再做一次礼拜。但只要不必做农场里的杂务，学院生活对我来说，就像一个长长的假期。

因为数学拿了高分，我得了一个金质奖章，又因为整体成绩不错，我得了另一个奖章。我读遍了所有能拿到手的书；我辅导那些学习有困难的女孩，甚至帮一些修女改考卷、写教案。我习惯于大呼小叫，表现得像一名驯马师，而大多数女孩来自富裕的农场家庭，说话轻声细语，举止贤淑优雅，连行李都是搭配好的。有些女孩对必须穿灰色制服有所抱怨，但我很喜欢这种消除差别的方式，因为有的人买得起店里昂贵的华服，有的人——比如我——只穿得起自家染出来、颜色像山毛榉子的褐色衣服。不管怎样，我还是交了些朋友，而且尽量做到爸爸建议的那样：了解别人的需求，然后帮她们实现。这件事其实挺有难度的，因为看到别人做错事，还得克制住自己不去纠正她。尤其某些人老是一副趾高气扬的样子，更是让人窝心。

那个学年过了大约一半的时候，阿尔贝蒂娜修女叫我到她的书房去谈谈。她说我在拉瑞多修女学院表现很好。"很多父母把女儿送到这儿来，是为了提升她们的外在形象，"她继续道，"好让她们更好嫁人。但你知道，女人并不是只有嫁人这条路可以走。"

之前我从来没有花心思想过这件事。按照爸爸妈妈一贯的说法，我和海伦理所当然要嫁人，伯斯特则会继承所有的财产，但我必须承认自己从来没有遇到真正喜欢的男孩，更别提想到结婚这档子事了。但是，不结婚的女人会变成老姑娘、老处女，晚上睡在阁楼上，整天坐在角落里削马铃薯，成为家庭的负担，就像邻居帕克特老头的姐姐劳娥拉一样。

我已经不小了，应该开始考虑前途了，阿尔贝蒂娜修女继续对我说。未来就在前方路口拐弯处，正飞快地向我扑来；有些只比我大一两岁的女孩，不是已经嫁为人妇，就是开始工作了，她说。即使嫁人了，女人也要会做事，因为男人通常都比你死得早，有的还会开溜。

这年头，她继续说，女人只能从事三种行业：护士、秘书或老师。

"还有修女。"我说。

"还有修女，"阿尔贝蒂娜修女微笑着说，"但你得受到感召才行，你觉得自己受到感召了吗?"

我必须承认自己并不能确定这一点。

"你还有时间好好考虑这件事，"她说，"但无论你是否会成为修女，我觉得你一定会成为一个出色的老师。你个性坚强，我认识的个性坚强的女人后来都当了老师。如果她们是男儿身，恐怕不是将军，就是公司的老板。"

"就像你一样。"我回答。

"就像我一样，"她顿了一会儿又说，"老师也是一份需要感召的工作，我一直觉得老师这个职业是非常神圣的——有如天使，带领人们脱离黑暗。"

接下来几个月，我都在思索阿尔贝蒂娜修女的话。我不想当护士，这不是因为我怕见血，而是因为病人常常搞得我很火大；我不想当秘书，因为你得随时听从老板的指令，万一你比他更聪明怎么办? 跟个没有安全感的奴隶似的。

但如果是做老师，那就完全两样了。我爱书。我爱学习。我很喜欢终于搞懂一件事时那种"Eureka!"的感觉；在教室里，你就是自己的老板。也许教书就是我人生的"目的"。

我沉醉在这个想法里——事实上，还觉得这主意超级吸引人——直到一位修女跑来告诉我，阿尔贝蒂娜修女要我再去找她。

阿尔贝蒂娜修女坐在书房的书桌后面，脸上神情之严肃，是我从来没有见过的，我感到一阵心神不宁。"我有些不好的消息要告诉你。"她说。

　　学年刚开始时，爸爸付了一半的学费，但等到学校通知他付清剩下的费用时，他却回信说，由于经济状况改变，此刻他无法筹措到这笔款项。

　　"恐怕你得回家去了。"阿尔贝蒂娜修女说。

　　"可我喜欢这儿，"我说，"我不想回家!"

　　"我知道你不想回去，但我们已经决定了。"

　　阿尔贝蒂娜修女说为这件事她做过祷告，也和理事们商量过了。他们认为学校不是慈善机构。家长一同意付学费，像爸爸上次那样，学校就开始指望着那笔钱，以用来支付开销、提供奖学金以及资助印第安人保留区内的修道会的日常运作。

　　"我可以打工赚钱。"我说。

　　"什么时候?"

　　"我会找出时间来!"

"你全天都已经排满了，对此我们很肯定。"

阿尔贝蒂娜修女告诉我，我还有一个选择：当修女。如果我加入圣拉瑞多修女会，教会就会帮我付学费。但这意味着我得去加州见习六个月，之后得住在修道院，而不是在宿舍里。而且当修女就表示我嫁给了耶稣基督，必须服从所有的修道会戒律。

"你有没有想过自己是否受到过感召？"阿尔贝蒂娜修女问我。

我没有马上回答。老实说，我对当修女这个念头压根没有丝毫热情。我知道我还欠上帝一笔沉重的债务，因为他在龙卷风来袭时饶了我们一命，但我觉得应该有别的途径可以回报他。

"我能考虑一个晚上吗？"我问。

"应该说可不可以给我一个晚上的时间考虑。"阿尔贝蒂娜修女回答。然后又说："我想告诉你们这些女孩的是，除非你百分之百肯定某件事，不然它很可能是个歪点子。"

虽然很想继续待在学校里，但我并不真的需要花一个晚上的时间沉思冥想，而且我知道自己生来就不是当修女的料。并不是因为没几个马背上的修女，更是因为我知道自己压根就没有受到神的感召。我没有修女们都有，或者说应该有的那种宁静沉着。我有一个太不安分的灵魂，而且不喜欢听命于人，就算那人是教皇。

爸爸真是让我失望透顶。他不但食言没付学费，而且还没有胆量来见修女，不敢来接我，只发了封电报来，叫我搭公共马车回家。

我坐在学校的公共休息室里，身上穿着自家染的榛子色的衣服，行李箱搁在脚边。阿尔贝蒂娜修女过来带我去车站。一看到她，我的双唇禁不住开始颤抖，眼里溢满了泪水。

"喏，不要难过，"阿尔贝蒂娜修女说，"你比这儿的大多数女孩要幸运——因为上帝赐给了你应付这种挫折的能力。"

我们沿着尘土飞扬的街道，向车站走去。我满脑子想的都是受教育的机会破灭了。我得回到 KC 牧场去，在那儿度过我的余生：整天忙于杂务，老爸只顾捣弄他那荒唐可笑的比利小子传，老妈只管躺在躺椅上扇风纳凉。阿尔贝蒂娜修女似乎看出了我的心思，在我坐上马车前，她握着我的手说："当上帝关上一扇窗的时候，他一定会打开另一扇门，但你得自己找到这扇门。"

公共马车在提尼镇停了下来。爸爸坐在旅馆外的平板马车上等我，背后还有四条巨犬。我一迈出车厢，他马上龇牙咧嘴地向我挥手。马车夫把我的行李从车顶抛了下来，我拖着它朝平板马车走去。爸爸跳下来，想拥抱我，但是我躲开了。

"你觉得这些大家伙怎么样？"他问我。

这几条狗的毛皮都黑亮亮的，坐在那儿，国王般地注视着过往的行人，仿佛它们是庄园的主人似的；不过它们一直在流口水，把绳子弄得湿答答的。它们是我见过的最大的狗，以至马车后面根本没有多余的空间放我的行李。

"我的学费是怎么回事？"我问爸爸。

"远在天边，近在眼前！"

爸爸开始解释：他从瑞典的一个育种员手里买下这几条狗，然后用船把它们运到新墨西哥州来。它们可不是普通的狗，爸爸继续说道，它们是大丹狗，狗中的贵族。历史上大丹狗只有皇家才能拥有，用来猎捕野猪。爸爸说它们既实用又尊贵，再没有更好的狗了。信不信由你，在密西西比河以西的地区，还没有人有这种狗，这点已查证过了。这四条狗，他说，一共花了八百块美金，但只要他开始卖它们的狗崽，就能很快把这笔钱赚回来，之后就是纯利润了。

"所以你拿我的学费去买狗了？"

"说话客气点！"爸爸说。过了一会儿，他又冒出几句："你没必要上那种家政学校。那压根就是浪费钱。我可以教你所有你需要知道的东西，而你妈妈可以教你如何变得优雅。"

"你也让伯斯特退学了吗？"

"没有，他是男生，不管他以后从事哪一行，他都需要那一张文凭。"爸爸把狗推开，为我的手提箱清出一点空位。"而且，总而言之，"爸爸说，"这牧场需要你。"

回 KC 牧场的路上，爸爸不停地说什么这些狗气质多么高贵啊，什么已经有人向他打听这些狗啊。我坐在那儿，对他那愚蠢的计划和空谈充耳不闻。我怀疑爸爸买这些狗只是为了找到一个借口不帮我付学费，如果真是这样，那我只能回家。阿尔贝蒂娜修女说的另一扇门到底在哪儿？

在我离开的这几个月里，牧场陷入破败失修的状态。栅栏的木板好几处松掉了，鸡笼没人清洗，马具散落在谷仓地板上。是该彻底清扫一番了。

为了摆脱牧场的困境，爸爸找来了一户佃农，扎卡里·克莱门斯，还有他的妻子和女儿。他们住在牧场角落的一栋附属建筑物里。妈妈觉得他们比我们低一等，因为他们一贫如洗，穷到用纸做窗帘；穷到他们刚来时，爸爸送他们一个西瓜，他们吃完瓜瓤后把瓜籽留下来种，把瓜皮做成腌菜。

但我很喜欢克莱门斯一家人，特别是他们的女儿多罗西。她知道怎样卷起袖子来把活儿做好。她是个高大的年轻女孩，曲线丰满，虽然下巴长了个疣，长相还是挺端庄的。多罗西知道怎么剥牛皮，怎么设陷阱捕野兔，她还会拾掇克莱门斯家用篱笆隔开的菜园，不过她大多数时间都待在她家棚屋前的火坑旁——上面挂着一个大水壶——忙着煮菜、做肥皂以及洗染那些她从提尼镇上居民那儿带回来的衣物。

爸爸放任那些大丹狗在牧场里四处闲逛。我回家几周后的一天，多罗西敲响前门向爸爸报告，她在我们家和帕克特老头家农场交界线附近捡核桃，发现四条狗都被人用枪打死了。爸爸听后勃然大怒，冲进谷仓，套上马车，直奔帕克特老头家去。

我们都很担心，不知道会发生什么事。但谈论心中的恐惧，只会让自己和身边的人更害怕，所以大家都沉默不语。为了让手头忙活起来，我和多罗西坐在畜栏上剥核桃壳，一直等到爸爸驾着马车回来。平时他都很小心，不让马匹过度劳累，但这次他把那匹阉马赶得那么急，以致它一边的身子剧烈地起伏着，胸前满是汗沫。

爸爸告诉我们，帕克特老头理直气壮地承认是他杀了那些大丹狗，说那些狗在他的地盘上追逐他的牛，他是怕它们把牛撂倒，才开枪打死那些狗的。爸爸一边咒骂，一边思考怎样把帕克特老头撂倒。他跑进屋，出来时手里拿着他的霰弹枪，然后跳上了马车。

我和多罗西赶紧抢上前去。我一把抓住缰绳，不让爸爸挥动缰绳，缰绳发出噼啪声，像蛇般在马背上上下扭动，马儿惊起。多罗西跳上车座，凭借她那高大强壮的个子按下刹车，夺过爸爸的枪。"你不能为了狗去杀人！"她说，"世仇就是这样结下的。"

当初她们一家人住在阿肯色州，她继续说道，她的哥哥在一场掷蹄铁套桩比赛中与人起了争执，为了自卫杀了那个人，后来又被对方的堂兄杀了；那个堂兄担心多罗西的父亲会为儿子报仇，便想把她父亲也干掉。于是，一家人只好抛下一切，逃到新墨西哥州来。

"哥哥死了，我们现在穷得叮当响，一个子儿都没有，"她说，"就因为一场该死的掷蹄铁套桩比赛，引发一场愚蠢的争吵，最后弄到不可收拾的地步。"

我回想起从前露比如何阻止了爸爸和补锅匠之间的口角，又想到当年怎么没有哪个头脑冷静的家伙在场，让杀死爷爷的那个人平静下来，这样爷爷就不会因为区区八美元而丧命于此人的枪下。于是我提醒爸爸想到这一切。

爸爸终于平静了下来，却还是愤愤不平，第二天便去镇里起诉帕克特老头。接下来的时间里，他着了魔似的准备听证会，详细列出他的冤情、研究相关的法律条款和先前案例、录取兽医有关大丹狗价值多高的证词，并且写信给这几年他一直在通信的政治家们，问他们是否愿意递交第三者意见书。他委派我在法庭上为他辩护，还要我排练如何在法庭上陈述，练习如何讯问多罗西——她将以证人身份出席，说明自己是如何发现死狗的。

审讯那天，我们全都起了个大早。吃完早餐，大家挤上平板马车。巡回法官到镇上后，在旅馆的大厅开审，他坐在一张小桌子后的靠背椅上，各家原告和被告都靠墙站着，等着轮到自己的案子。

法官长得骨瘦如柴，戴着蝶形领结，穿着一件天鹅绒领子的外套。浓眉下一双警惕的眼睛看着你，给人的印象是：他无法容忍愚蠢之人。法警传唤每个案子，法官会聆听控辩双方的说词，然后当场做出判决，不允许任何异议。

帕克特老头和他的几个儿子都来了。他长得矮小健壮，肤色像牛肉干，拇指指甲没有修剪过，因为他喜欢用指甲来撬开东西。为了表示对法庭的尊重得穿着庄重，他把他那件磨损厉害的衬衫最上面的纽扣都扣上了。

日上三竿时总算轮到我们了。我站起来开始陈述爸爸写的那些材料，心里直打鼓。

"大丹狗的历史充满了荣耀，所有人都知道……"我一张口，法官就打断了我。

"甭给我上该死的历史课，"他说，"只要告诉我，你们到这儿来干吗？"

我解释爸爸如何从瑞典进口了这些大丹狗，把繁殖出狗崽来卖当做一项投资，结果却发现它们被人开枪杀死在我们和帕克特家农场之间的栅栏线附近的核桃树林里。

"我想传唤我的第一位证人。"我说，但是法官再度打断我的话。

"是你射死那些狗的吗?"他问帕克特老头。

"没错。"

"为什么?"

"它们在我的地盘上追我的牛,远远看去,我以为它们是大型的狼。"

爸爸发出抗议,但法官嘘他,示意他安静。

"先生,我听不清楚你在说什么,不过反正不重要,"法官说,"你不能在大家放牛的乡下饲养个头比狼还大的狗。"

他又转向帕克特老头说:"但那些狗价值不菲,他应该得到一些赔偿以弥补损失。如果你的现金不够,就拿一些牲口——马或牛——来抵吧。"

然后就结束了。

审讯后过了几天，帕克特老头牵着几匹马出现在我们牧场。爸爸仍然心怀怨恨，不愿出去，于是我只好出去和帕克特老头会面。他把那些马牵进畜栏里。

"完全遵照法官的裁决，小姐。"他说。

早在帕克特老头射死那几条狗之前，我们两家就已经有了嫌隙。和翁多谷的大多数居民一样，他竭尽全力维持自家生计，是那种就算要侵占别人家的土地，或让小溪改道流进自家土地都不会犹豫片刻的人。爸爸叫他"小农"，但我觉得他更像个好斗的家伙，他知道有时与其征求别人的同意，不如自己先动手做该做的事，就算被发现，也要先声夺人为自己辩护，最后万不得已再道歉。

"我们确认收到赔偿。"我说，还和他握了握手。不像爸爸，我不觉得和邻居结怨有什么好处。说不定哪一天你会有求于他们！

帕克特老头递给我一张单子——上面列着他声称的每匹马的价值——然后触了触帽檐说："你会是个了不起的律师。"

帕克特老头离开后，爸爸走出来看看那些马。我把单子递给他时，他厌恶地发出哼声。"没有一匹马价值二十美元的。"他说。

　　的确如此。帕克特老头的估价根本就是夸大。一共八匹马，都是矮胖、刚烈的小野马，就是那种牛仔从野外围捕回来，骑上一两天后，才勉强肯让人上马鞍的马；我猜它们应该是帕克特老头的儿子从野外捉来的。所有的公马都还没阉割；所有的马都还没钉蹄铁，蹄脚上到处是缺口，急需修整一番；鬃毛和尾巴上还纠缠着一堆芒刺。它们也很害怕，惴惴不安地看着我们，显然在担心这些人准备怎么对付它们，它们会有怎样可怕的遭遇。

　　这种半驯之马的问题，就是没有人花时间好好训练它们。那些什么样的马都能骑的牛仔，都是靠威吓的方法捕捉和驱使它们的。他们狠狠地用马刺戳、用马鞭抽，不管它们多么绝望地尥蹶子或甩尾巴，牛仔们依然洋洋得意地骑在上面。如果不用正确的方式完全驯服它们，它们对人类的态度永远只有恐惧和憎恨。通常牛仔们会在围捕结束后放它们出来，但到那个时候，它们已经丧失部分天性，就算在沙漠中也能生存的天性。而这些马本身是很聪明，且很有胆识的，如果能用正确的方式驯养，它们一定会变成很不错的马。

　　其中有一匹特别吸引住了我。是一头母马。我一直都很喜欢母马，它们不像种马那么疯狂，却又比一般的阉马多了些火气。这是一匹花斑母马，个头不比别的马更大或更小，但它似乎不怎么害怕，眼睛很专注地看着我，好像想弄清我是什么样的人。我把它跟其他马分开，接着用套索套牢它，然后慢慢走近。根据爸爸的经验，在不熟悉的马周围走动时，眼睛要看着地面，这样它们才不会认为你是掠夺者。

它静静地站在那儿。等我走到够得着它的距离时，它慢慢地动了动。我伸出手摸它头部的一侧，在它一只耳朵后面挠了挠，然后顺着它的脸往下移。它没有猛然后退——通常马都会如此——于是我就知道它果然不一样，虽然它不是世上最漂亮的马——身上有白、褐、黑组成的杂色斑点——但你能看出它会动脑筋，而非盲目的本能反应。我个人是无论何时都把马的智慧看得比外表重要。

"它是你的了，大律师，"爸爸说，"你想给她取什么名字?"

我看着这头母马。一般来说，我们这些牧民喜欢取简单的名字。牛，我们是不会命名的，因为替那些你将来要吃掉或运到屠宰场去的动物命名，根本没有意义。至于其他动物，如果一只猫的四只爪子是白色的，我们就叫它"短袜子"；如果是一只红色的狗，我们就叫它"红色"；如果一匹马的脸上有火焰状的斑点，我们就叫他它"火焰"。

"我要叫它小斑。"我说。

"我是希望你能完成学业的，"那天晚上妈妈对我说，"是你爸爸非要买那些狗不可，弄得现在只剩下这些没用的牧马!"

我努力让自己不那么想。钱已经没了，拉瑞多修女学院已成过往云烟，我所拥有的就是这匹马了，我要做的就是充分利用它。

第二天我们替那些公马进行阉割，因为如果想让它们有价值，就得把它们变成驮马。阉马可不是一件愉快的差事。我、多罗西、扎卡里，还有他的妻子埃莉——她没有女儿那么高大，却一样强悍——每个人抓住一条绳子，绳子的一头绑在马的一条腿上，那是我们抓住马后绑上的。我们把马放倒，让它四脚朝天；阿帕切把马的两条后腿绑在马肚子上，然后爸爸用粗麻袋把它的头裹起来往下按，与此同时阿帕切跪在它的臀后，先用劈刀，再用匕首切。血溅得到处都是，那匹马歇斯底里地嘶叫，一边放屁，一边踢蹬，马背扭来扭去。

　　但很快一切都结束了。我们松开第一匹马，它站起来，喝醉了似的跟跟跄跄走了几步。我把它牵出畜栏，过了一会儿，它叹息了一声后，把头埋进高高的草丛里吃了起来，好像什么事都没发生过似的。

　　"对割掉的东西一点也不挂念！"扎卡里说。

　　"应该把帕克特老头阉了！"爸爸说。

　　大家咯咯笑了起来。

　　我开始用正确的方式训练小斑。它是一匹聪明的马儿，没多久便接受了马嚼子，而且只要我用马刺非常轻微地戳一下，它便会抬腿往前迈进。几个月后，它甚至开始赶牛了。到了秋天，它已经成了训练有素的驯马，可以参加赛事了。我跟爸爸妈妈说，我想到河谷对面的大法兰克林牧场工作，但是他们不答应，还说法兰克林家也不会答应。所以，我开始让小斑参加业余的夸特马比赛①，我们时不时地能赢点奖金回来。

　　第二年夏天，伯斯特从学校回来了，他已经念完八年级。爸爸妈妈说等他们有钱交学费时，会再送他去读高中，实际上很多人觉得八年级学到的东西足以应付西部的生活——已经高于大多数人的教育程度——而且伯斯特自己对上高中一点也不感兴趣。他觉得他的数学、阅读和写作能力足以用来经营牧场，再多学点东西也没什么多大意义。在他看来，只会让他的心神变得更混乱。

　　伯斯特回来不久，我就明显地看出他和多罗西彼此爱上了对方。在某些方面，他们俩还真是奇特的一对：她比他大几岁，他的下巴几乎没长出几根胡子。妈妈发现时表现得相当震惊，但我觉得伯斯特很幸运。他一直都那么散漫，如果他想把牧场经营出点名堂，身边就需要像多罗西这样果断又勤奋的人。

---

　　① 夸特马（quarter-horse），一种善于冲刺的短距离竞赛用马，竞赛距离通常为四分之一英里。

七月的一天，我骑着小斑到提尼镇上买些干货，顺便拿信。让我惊讶的是，有一封信是寄给我的，这是我第一次收到信。信是阿尔贝蒂娜修女写来的，我在杂货店外面的台阶上坐了下来，开始读信。

她写道，她经常会想起我，她一直相信我能成为一位优秀的老师。事实上，她说，她认为我现在的知识已经足以让我当个老师，这正是她写信给我的目的。因为战争已经在欧洲打响，导致教师短缺，尤其是偏远的乡村。如果我能通过政府在圣达菲举办的考试——她提醒我，这次考试并不简单，尤其是数学——即使我并没有学位，而且只有十五岁，还是可能得到一份教职工作的。

我太兴奋了，不得不拼命按捺住立刻疾驰回牧场的冲动，让小斑稳步前进。回家的路上，我不禁想：这就是阿尔贝蒂娜修女曾经对我说过的"另一扇门"啊！

爸爸和妈妈一点儿都不喜欢这个主意。妈妈一直说如果我留在这个河谷，嫁出去的机会会更大，因为在这儿大家都知道我是殷实人家的女儿。如果自己外出打拼，我就靠不上家庭这座大山了。爸爸则抛出一个又一个的理由：我太年轻，还不独立啦；太危险啦；训练马儿比训练那些无知的孩子识字有趣多啦；能在令人心旷神怡的牧场里逍遥度日，何必要把自己关在一间教室里呢？

最后，能说的都说了以后，爸爸把我叫到后院门廊上坐下。"其实真正的原因是，"他说，"我需要你！"

我早就料到他会来这一招。"但是这个牧场永远不会是我的，它是伯斯特的，如果伯斯特娶了多罗西，你就会得到需要的帮手了。"

爸爸望着远处的地平线。因为最近的降雨，伸向地平线的那一片牧场土地显得格外青翠，因为最近的雨量相当充沛。

"爸爸，我迟早得出去开辟自己的天地。就像你常说的，我得找到自己的'目的'才行。"

爸爸想了一下。"好吧，去他的！"他最后说，"我想至少得让你去参加那该死的考试吧！"

考试比我想象的要简单，大多是有关字义、分式和美国历史方面的问题。几个星期后，我一回到牧场，伯斯特就走进屋里，递给我一封信，是他刚从邮局拿回来的。爸爸妈妈，还有海伦都在旁边，看着我拆信。

我通过了考试，得到一份在亚利桑那州北部担任巡回代课老师的工作！我高兴地尖叫了一声，挥舞着那封信，一边绕着屋子跳舞，一边欢呼不已。

"噢，天哪！"妈妈说。

伯斯特和海伦拥抱我，然后我转身看着爸爸。

"看来你已经拿到一张牌了，"爸爸说，"我猜你最好还是继续玩下去吧！"

我要去任教的学校在亚利桑那州的红湖镇，离西部有五百英里。对我来说，惟一能到达那里的方法，就是骑小斑去。我决定轻装上路，只带一支牙刷、一套换洗内衣、一件像样的外衣、一把梳子、一个水壶，再就是我的铺盖卷。我有几个钱，是赛马赢来的奖金，可以让我沿途买些吃的，因为从新墨西哥州到亚利桑那州的路上，几乎每个城镇之间都相距一天左右的骑程。

我估算了一下，这趟旅程大约需要整整四个星期，我每天大概可以走二十五英里路，不时地要让小斑休息个一天半天的。这趟旅行的关键是要让我的马平安无事。

妈妈很担心让一个十五岁的女孩独自穿越沙漠，不过我在我这个年龄算是个子高的，而且很健壮。我告诉她我会把头发藏在帽子里，压低嗓门说话。为保险起见，爸爸给了我一把枪把上镶嵌了珍珠的六发左轮手枪。事实上，这趟旅程没什么了不起的，不过是把去提尼镇的六英里骑程，放大成五百英里的版本罢了。不管怎样，该做的还是得做。

八月初的一个清晨，天刚亮我和小斑就出发了。那天早上，多罗西跑来给我做玉米烤饼当早餐，吃剩的几个她又用蜡纸包了让我路上带着。妈妈、爸爸、伯斯特和海伦都一大早就起来了。我们坐在厨房长长的木头餐桌旁，来回传递着装着玉米烤饼的盘子和锡制茶壶。

"我们还能见到你吗？"海伦问。

"当然！"我说。

"什么时候？"

我没有想过这个问题，但我意识到我是不愿去想这个问题。"我不知道！"我回答。

"她会回来的，"爸爸说，"她会想念牧场生活的，她的血管里流着马的血呢!"

吃完早餐，我把小斑牵进谷仓。爸爸跟着我进来，在我给马上鞍时，他开始滔滔不绝地向我提出各种忠告：什么要抱最好的希望做最坏的打算啊；什么不要向人借钱也不要借钱给别人啊；什么做事努力不气馁，要懂得明哲保身，善于抓住机会；还有，如果你非开枪不可，就要瞄准了开，一定要抢在别人开枪之前开枪……他一直说个没完没了。

"我不会有事的，爸爸，"我说，"你也会好好的。"

"我当然会好好的。"

我纵身上马，朝屋子那边骑去。天空开始由灰变蓝，空气已经暖起来了。看来今天又会是一个尘土飞扬的大热天。

除了妈妈以外，每个人都站在前门的走廊上，但我看到妈妈正透过模糊的卧房窗户看着我。我向大家挥了挥手，然后调转马头，踏上了乡间小路。

第三部

承 诺

莉莉·凯西和小斑在一起

从提尼镇往西而去的泥土路，原本是一条印第安人走的小径，年复一年地被来来往往的马车车轮和马蹄所夯实且拓宽了路面。这条泥路沿着翁多谷，穿过梅斯卡勒罗阿帕切族保留区北边的酋长山丘陵地带。这块位于新墨西哥州南部的土地相当宜人悦目：雪松长得浓密繁茂；时不时能看到羚羊站在河畔，或从山坡上跳下；偶尔，还有一些瘦得皮包骨的野牛游荡而过。一天里总有那么一两次，我和小斑都会遇到一个骑在瘦马上的寂寞牛仔，或一辆载满墨西哥人的马车。我总会对他们点点头，说上一两句话，但始终保持距离。

　　每天太阳高挂的近午时分，我都会找个靠河的阴凉地，让小斑可以吃点矮草，我也可以休息一下，让头脑保持清醒。骑马漫行和骑马疾驰很可能一样危险，因为缓慢的节奏会让你昏昏沉沉，打起瞌睡来，一旦前方蹿出条响尾蛇，坐骑受惊，你就可能从马上摔下来。

　　等气温开始转凉，我们再继续前行，直至天黑。我会弄点山艾生一堆火，吃点牛肉干和饼干，然后睡在毯子里，听着远处的狼嘌，小斑则待在附近的草地上。

每到一个小镇——通常只有几栋简陋的木造或泥砖造小屋，一家商店，一座小教堂——我都会买些第二天的食物，还会和店主聊聊天，询问一下前面的路况：是不是崎岖多石？有没有我要避开的歹徒？哪里是最佳的饮水和宿营地点？

大多数店主都很乐于扮演专家的角色，给我一些忠告，指点我方向，还在纸袋上画地图给我看；他们也很高兴有人说说话。在某个偏僻的地方，整家店除了店主外，空无一人。架子上排着几罐布满灰尘的桃肉罐头和几瓶擦剂。买了一大袋硬饼干后，我问店主："你今天有几个顾客？"

"你是本周第一个顾客，"他回答道，"不过今天才星期三。"

我从翁多谷骑到林肯，从林肯骑到卡匹顿，从卡匹顿骑到卡里佐佐。道路从高地蜿蜒而下，进入被称为熔岩区的平地，那是一条仿佛烧焦过的沙漠地带。从这儿，我开始往北走，巨大的丘帕德拉梅沙山耸立在我左侧的沙漠地面上。我来到一个叫洛斯鲁纳斯的小镇，格兰德河——到这儿几乎称不上是河了——从这儿经过。一个祖尼族印第安女孩用木筏载我渡河——拉着两岸系着的绳索。

河的西岸有多处印第安保留区，有一天，我遇到一个骑着毛驴的半纳瓦霍族女人。我觉得她比我大不了多少。她戴着一顶牛仔帽，浓密的黑发从帽子底下散落下来，就像溢出来的床垫填充物。我们的方向相同，所以便结伴一块儿走。她说自己叫普里西拉·鲁斯福特，说她母亲用她和一户移民人家换了两头骡子，但那家人会打她，把她当动物对待，所以她逃了出来，现在靠回收并贩卖草药勉强糊口。

当晚我们在路旁的杜松树林里扎营。我把玉米面从鞍囊里拿出来，而普里西拉则拿出一些用叶子包着的猪的背部肥肉；她把玉米面和肥肉加水和在一起，又往里放了些从皮袋里掏出来的盐巴，然后在一块平坦的岩石上做了一小叠印第安饼，最后放到另一块已经被她放到火上的石板上烤。

大多数纳瓦霍族人都沉默寡言，但普里西拉却相当健谈。篝火渐渐暗淡，我们坐在那儿舔着手指上的余味，她开始说我们俩会是多么好的搭档，也许应该结伴而行，说她可以教我如何辨认草药。

过了一会儿，我们都瞌睡了，渐渐入了梦乡。半夜里我被某种声音吵醒了，我睁眼发现普里西拉正轻手轻脚地在翻我的鞍囊。

那把镶嵌了珍珠的左轮手枪就在我靴子里。我把枪拔出来，举起来，让普里西拉在月光下可以看得到。

"我没什么值得偷的东西。"我说。

"我也觉得是，"她回答，"但我还是得确认一下。"

"你好像说过我们会是好搭档！"

"我们还是可以成为好搭档，只要你不用那把东西对着我。事情是这样的，我碰不到多少机会，所以只要有那么一点可能，我都得碰碰运气。"

我自然知道她的意思，但我不想一觉醒来发现她已人间蒸发，连小斑也不见踪影。所以我站起来，开始收拾我的铺盖。"待在这儿别动！"我说。

"没问题。"

月光刚好够照亮道路。我给小斑装上马鞍，独自一人上路。

一过彩色悬崖——沙漠中崛起的红色砂岩峭壁——便进入了亚利桑那州。又经过十天安然无恙的行程后，我到达了旗杆镇，这里的旅馆亮出"内有浴缸"的招牌，这对我实在有相当的诱惑力，因为当时我觉得自己浑身上下已经臭得不行了，但我还是没有停下来，终于在两天后抵达了红湖镇。

我在路上走了二十八天，日出而行，风餐露宿，风尘满面，疲惫不堪。我瘦了不少，衣服上满是污垢，松垮垮地挂在身上。照镜子时，我发现自己的脸似乎更冷峻了。皮肤颜色变深了，眼角开始出现皱纹。但我做到了！我穿越了那扇该死的门。

红湖镇是一个牧场小镇，位于大峡谷以南大约三十英里的高原上，朝东西方向倾斜好几英里，让你觉得自己仿佛站在世界的最高点。这里的土地比起我沿途经过的亚利桑那州其他地区还要更加绿意盎然。浓密的青草长得很高，在放牧的牛群肚子上拂来拂去。在当地人的记忆里，红湖镇周围地区除了放牧，从来没有派上其他用场，但最近农夫们发现了这片土地，带着犁具和挖掘机跑来了，抱着很大的希望埋头苦干，希望种出像这里的青草一般翠绿的庄稼。这些农夫把一家老小都带来了，而他们的孩子需要老师的教育。

我刚到没多久，该郡的督学麦金托先生从旗杆镇骑马来找我，向我说明目前的状况。麦金托先生长得很瘦小，头扁扁的，让我想到鱼。他戴着浅顶的软呢帽和白色的硬纸领。因为战争，他解释说，男人都从军了，所以女人离开乡下，去接手男人留下的高薪酬的工厂工作。但是，虽然农村缺乏师资，教育委员会依然想要合格的教师，至少念完了八年级，而我并不符合这一条件。所以我只能先在红湖镇教书，等到他们雇到更合适的人，然后我就会被派到别的地方。

"别担心，"麦金托督学说，"我们一定会帮你找到地方待的。"

红湖镇的校舍只有一间教室，除了角落里的一座煤油炉，还有一张老师用的桌子，一排学生坐的长凳以及一块石板黑板——这点让我特别高兴，因为很多学校都没有这些配置。另一方面，很多单间教室的学校会有供老师住的教师宿舍，但红湖镇的这所学校没有教师宿舍，所以我只好把铺盖卷铺在教室的地板上。

虽然如此，我还是很爱我的工作。麦金托督学几乎不怎么来视察，所以我可以用我想要的方式，教我真正想教的东西。我有十五个学生，年龄和能力都大不相同，我无须苦口婆心劝他们来上课，因为他们的父母都非常热切地希望他们受教育，所以开学第一天就带他们来上学，并保证他们每天都会来上课。

大部分孩子都是在东部出生的，不过也有一些来自像挪威那么远的地方。女孩子们穿着褪色的拖地条纹棉布裙，男孩子留着短发。天气暖和时，他们会打赤脚来上课。有些孩子家里穷到极点。有一天，我路过一个瓦拉派族的学生家，看到他们正在煮牛肉，肉上面有小虫在爬来爬去。

"小心！"我说，"那块肉上长满了蛆！"

"是啊！"那位母亲回答，"但蛆身上也长满了肉啊！"

我们没有课本，所以那些孩子把家里找得到的东西都带来——家里用的圣经、日历、书信、种子目录——我们就通过阅读这些东西来学习。到了冬天，有个学生的父亲送了我一件草原狼皮做的毛皮大衣——他设陷阱捕到的。白天在教室里时我穿着它，因为我的书桌离煤油炉很远，而孩子们全都围在炉边。他们的母亲会专门做些炖菜和馅饼给我，或者周日请我去他们家吃饭——他们会特地铺上白色桌布以示对我的尊敬。每到月底，我就到镇上的文书那儿领薪水。

那年年中，麦金托督学为红湖镇找到一位合格的教师，于是我便被派到另一个叫牛泉的小镇。此后的三年，我和小斑从一个镇搬到另一个镇——路普镇、快乐杰克镇、黎木镇、大遗址镇——每个地方待上几个月，等不到落地生根，也来不及和当地人熟络起来就走人。不过所有被我教过的小捣蛋们，倒是都学乖了，因为不听话的会遭到敲指关节的惩罚。我教的都是他们需要知道的东西，这让我觉得自己改变了他们的生活。我从来没有碰到教不来的学生。每个孩子都有擅长的事情，诀窍就是找出这一点，然后利用这一点让他们学会其他东西。这是一份好工作，一份让你晚上睡得安稳，早上醒来时又对新的一天充满期待的工作。

后来战争结束了。在我刚满十八岁后没几天，麦金托督学跑来跟我解释：男人们都回来了，厂里希望用熟练工，所以女工们都被解雇了，其中不少人是有资格证的老师，她们都想回到原来的岗位上。而且有些从海外打仗回来的年轻人原本也是老师。麦金托督学说，他听到人们对我的教学称赞不已，但我连八年级都没念完，更不用说高中文凭了。而且，亚利桑那州政府必须优先雇用那些曾为国战斗的人们。

"所以我被解雇了？"我问。

"很遗憾，我们不再需要你了。"

我盯着这位长着一张鱼脸的督学。虽然我早就猜到这一天迟早会来，但还是觉得脚下的大地突然陷落了。我知道自己是个好老师。我热爱这份工作，甚至乐于跑到没人愿意待的偏远小镇上去。我理解麦金托督学所说的关于政府必须照顾归国士兵的那番话，可我也一直全力以赴，教育那些没受过教育的山野小孩！鱼脸先生说我不够资格教书，可过去的四年里我把全部精力都放在了这上面！我不由得怒火中烧。

麦金托督学好像看出我在想什么。"你还年轻，身体又壮，还有一双漂亮的眼睛，"他说，"你只要给自己找个好丈夫——挑个当兵的——这样你就生活无忧啦！"

骑马回 KC 牧场的旅程，似乎比第一次来红湖镇时短了一半，不过当你穿过熟悉的地方往自己家去时，总是会有这种感觉。途中惟一的险情是：一天晚上，一条响尾蛇钻进我的马鞍下，在我拔出枪来之前，它突然竖起来，发出嘘嘘的声音，像野火般扭动着逃走了。后来我还看到飞机；当时我和小斑正往东前行，快到霍姆罗维遗址——那是一些坍塌的印第安村落遗迹，霍比族的祖先曾在那儿住过——时，我们听到身后的天空中传来引擎的噗噗声，我扭头一看，只见一架红色的双翼飞机——这是我第一次看到飞机——正在离地几百英尺的上空沿着道路往东飞。

　　小斑对飞机发出的奇怪的声音感到不安，开始跺脚，我控制住了它。飞机越来越近，我摘下帽子，朝它挥舞。飞行员上下摇了摇机翼以作回应。飞机飞过我们后，他还探身出来，向后挥手。我踢了一下小斑，在飞机后面奔驰着，一边挥着帽子一边大声喊叫着；我太兴奋了，以至也不知道自己究竟想喊什么。

　　我这辈子从来没有看过飞机这样的东西，太神奇了，它竟然没有从天上掉下来。我第一次灵光一闪，明白了——"Eureka!"——

"飞机"（airplane）这个词的真正意思：在"空气"（air）中"翱翔"（plane），所以它应该"停留在空中"，这才是它的"目的"。

我真希望现在有学生在跟前，向他们解释我领悟到的所有这一切。

在我教书的那段时间里，我一直没有回过家，因为相距实在太远了。有人说，当你回到自己成长的地方，总会觉得它比记忆中小了一点；这正是我最终抵达牧场时的感觉。我不知道这是因为它在我的记忆中被重塑了呢，还是因为我自己长大了，或许两者兼有吧！

离家的这段时间里，我每周都会写封信回家，也都会收到爸爸文笔流畅、遣词华丽的长篇回信；信中他慷慨激昂地大谈他对最近的政治事件的看法，却很少提及日常生活的细节，搞得我对家里人生活得怎么样都无从得知，不知道他们是否还齐聚一堂。不过牧场看上去经营得挺不错：栅栏修得很好；外屋不久前刚用石灰水粉刷过；主屋旁边新建了一间有护墙板的厢房；大量劈好的柴火整整齐齐地堆放在门廊屋檐下。我甚至还看到了一畦蜀葵和向日葵。

我骑到家门口时，露比正在屋前洗锅。她尖叫了一声，大家都从屋子里和谷仓里跑出来，纷纷拥抱我，都高兴地流下了眼泪。爸爸不停地说："你走的时候还是个女孩，回来时已经变成女人了！"他和妈妈都多了几缕白发；伯斯特高大了些，留起了小胡子；而海伦则变成了一个苗条的十六岁美少女。

伯斯特和多罗西去年结婚了，他们就住在新建的厢房中。很快我就清楚地看出，几乎是多罗西在经营这个牧场。她监督厨房的工作，对露比颐指气使；给伯斯特、阿帕切，甚至妈妈、爸爸和海伦分配每天的任务。妈妈向我抱怨多罗西有点专横，但我看得出他们其实暗自高兴，有人来接替我以前的角色。

妈妈现在最担心的就是海伦。她已经到了谈婚论嫁的年龄，但虽然她长得很漂亮，却缺乏魄力。妈妈担心海伦患了神经衰弱症。这是一种不大能诊断明确的小毛病，贵妇们如果患了这种病，就会想要整天躺在屋里，眼睛上盖条湿布。海伦很喜欢缝纫或烤蛋糕之类的活计，却对任何会让她汗流浃背或手上长茧的工作深恶痛绝。然而大多数正在找老婆的翁多谷的牧人都希望女人不但会煮饭和打扫屋子，还要能帮着为小牛烙印，赶拢牛群的时候能驾驶炊事车。妈妈打算把海伦送到拉瑞多修女学院去——希望她在经过那儿的洗礼之后，能够钓到圣达菲的城里人——但是多罗西认为牧场的所有收入都应该再投资到机器装备上以提升作物产量。而海伦则一直说自己很想搬到洛杉矶去，成为一个电影明星。

我回来的第二天早晨，我们在厨房里吃早餐，妈妈把茶壶轮流传给大家。我在亚利桑那已经养成喝咖啡的习惯，但爸爸还是不允许牧场里出现比茶还烈的东西。

收拾干净杯碗后，我和爸爸一起来到走廊上。"你已经准备好回畜栏干活了吗？"爸爸问道，"我最近得了几匹专供骑乘用的小牝马，我知道你一定可以把它们训练得很棒。"

"我不知道，爸爸。"

"什么意思？你可是女骑手啊！"

"既然现在是多罗西在打理一切，我不觉得这里还有我待的地方。"

"你在胡说什么！你可是我们的亲女儿，她不过是法律上的关系。你属于这儿！"

而事实上，我并不这么觉得，即使有我一块容身之地，这也不是我想要的生活。在霍姆罗维遗址上空飞过我头顶的那架飞机，让我思考了很多东西。而在亚利桑那的那几年，我见到过很多汽车，它们让我对载客马车的未来表示怀疑——还有拉车的马。

"爸爸，你想过给自己弄辆汽车吗？"我问。

"该死的机器，"爸爸说，"坐在这种会冒烟打嗝的东西上面哪里比得上坐在马车里那么潇洒！"

爸爸由此开始批评塔夫脱①总统，说他把白宫的马厩换成车库是把国家引导到错误的方向上。"泰迪·罗斯福②才是真正的男人，

---

① 威廉·霍华德·塔夫脱（William Howard Taft，1857—1930），美国第二十七任总统。

② 富兰克林·德拉诺·罗斯福（Franklin Delano Roosevelt，1882—1945），美国第三十二任总统。

他是最后一位知道如何骑马的总统。再也看不到像他那样的人了!"

在听爸爸说话的同时,我能感觉到自己的心思渐渐飘离他身边。一直以来我老是听到爸爸在追忆往昔,抱怨未来。我决定不告诉他关于那架红色飞机的事,那只会让他更激动。爸爸一直没有明白的是,无论他多么厌恶和恐惧未来,未来总是会来,惟一的应对方法就是:搭上这班车。

那架飞机让我了解的另一件事,就是在牧场之外,还存在一个我从未见识过的世界,一个我最终应该能拿到那张该死的文凭的地方——说不定我还能在那儿学会开飞机。

所以,对这个世界的看法让我有两个选择:留在牧场或者独自出去闯荡。留在牧场意味着要么找个人嫁了,要么变成伯斯特和多罗西一直说要生的那群孩子的老处女姑姑。到目前为止,还没有人向我求过婚;如果我只是干坐在那里等着人来,很可能最终落得在厨房的角落削马铃薯的下场。独自出去闯荡,则意味着我要到某个地方去——在那儿,年轻的未婚女性也能找到工作。圣达菲和图森比粉饰一番的牲口市镇好不了多少,那里的机会有限。我要去机会最大的地方,未来将会在那儿向我清楚地展开。我要到我能找到的最大最繁荣的城市去。

一个月后,我搭上了开往芝加哥的火车。

铁路往东北方向延伸，穿越地势高低起伏的大草原后抵达堪萨斯城，然后跨过密西西比河，进入伊利诺伊州的农田。一路上，我看到一块块栽种密集的玉米地和高高的粮仓以及一栋栋框架是白色的、带有宽阔前廊的漂亮房子。这是我第一次坐火车出门，大多数时候我都把窗子放下来，把脸伸到窗外，任由迎面的强风吹拂。

火车晚上也继续行进，甚至还停下来加油，让乘客上下车。这趟火车之旅仅仅花了四天的时间，但就算是小斑这么棒的马儿，恐怕走上一整个月都不见得能走到整个路程的一半。

火车终于驶入了芝加哥，我取下我的小手提箱，穿过车站走到大街上。我不是没有见过人群聚集的场面——无论是乡村的集市，还是活畜交易市场——但却从来没有见过这么多的人，他们像一群牲口在推来挤去。人群的喧哗声夹杂着汽车的喇叭声、电车的叮当声，还有液压手提钻的轰然巨响，各种声音冲击着我的耳朵。

我四处晃荡，对随处耸立的摩天大楼惊诧不已。最后我走到湖边——深蓝色的平坦湖面，如牧场般一望无垠，只不过这是水，清新的、流动着的水，即使在夏天也冰凉沁人。在我们那儿，人们计算水的方式是一桶一桶，为了争水可以大打出手，甚至闹出人命。即使现在我正盯着湖水瞧，还是很难想象这数以亿计加仑的淡水——我估计得有几十亿，甚至几万亿加仑——就待在那儿，没有人拿来喝，没有人拿来用，也没有人争夺。

我凝视着湖水，完全被它吸引住了，好长一段时间之后，我才开始按照计划进行：我找到一座天主教堂，请里面的神父推荐了一家不错的女子公寓。我租了一个床位——每个房间有四个床位——然后买了一份报纸，浏览上面的招聘广告，觉得有可能的就用铅笔圈起来。

第二天，我开始找工作。我走在街上，发现自己直盯着别人的脸看，心想，原来城里人是这个样子。我并不是说他们的相貌有什么不一样，而是指他们的表情。他们看上去都是一副拒人于千里之外的神情，一个个都刻意摆出忽视他人的样子。我习惯于在碰上陌生人的目光时点头示意，但在芝加哥这儿，每个人的目光都直直地穿越旁人，好像对方根本不存在似的。

工作比我预期的难找得多。我原本想找个家庭教师或助教之类的工作，但每当我坦承自己甚至没有念完八年级时，那些人就会用奇怪的眼光看着我，言下之意是我为什么跑来浪费他们的时间——即使我跟他们说了我之前的教书经历。"对那些农民来说，你可能算是够好的了，"有个女人这么说，"但在芝加哥是不行的。"

　　在百货公司里做售货员都要求有经验，而我的与此相关的经历仅仅限于和克拉特巴克先生就一分钱一个鸡蛋的生意讨价还价。很多公司登广告招聘职员，但即使排了老长的队伍，递交了表格，我也知道自己不可能被录用。士兵们都回来了，像我这样的女孩都从乡下蜂拥而出，竞争太激烈了。我兜里的钱越来越少，以至于不得不面对现实：我的选择相当有限，要么去工厂做工，要么就给人做佣人。

　　每天要在缝纫机前坐上十二个钟头，对我实在没有吸引力；但如果做佣人，就可以认识一些有钱人，如果我表现得够积极主动，或许可以借此得到更好的职位呢。

　　我很快就找到工作，雇主是城北一位日用品商人和他太太米姆。他们住在一栋时髦的大房子里，家里有电暖器、洗衣机，浴室里还有降板式浴缸，周围镶有马赛克瓷砖，不但有冷热水龙头，还有流出冰凉饮用水的龙头。每天，我得在天亮前抵达那里，准备好咖啡，以便他们醒来就能喝到；接下来整天在那儿做些擦洗、磨光、扫尘的工作，一直到洗完晚餐的碗盘后才能离开。

　　我并不介意工作的辛苦，但困扰我的是老板娘米姆。她是个长脸的金发女人，只比我大几岁，对待我的方式好像我根本不存在；每次她对我下当天的指令时，眼睛都是看着远方。有时，米姆特别想显摆一番，她会表现得非常傲慢，摇着一只小银铃，要我端茶给客人喝；然而她并不具备让人印象深刻的魅力。

事实上，我真的很讶异怎么会有人愚蠢到如此地步。有一次，一位法国女人带了一只贵宾狗来吃午饭，当狗狗开始吠叫时，这个女人对狗说了几句法语。"这只狗好聪明！"米姆说，"我以前可不知道狗狗也会说法语！"

米姆也会玩纵横填字游戏，但她却不停问她丈夫那些简单提示的答案。有时，我不小心答出其中一题，她会狠狠瞪我一眼。

我在那儿干了两个星期后，她把我叫进厨房。"这样可不行。"她说。

我吃了一惊，愣在那儿。我从未迟到过。我把米姆家弄得一尘不染。"为什么？"我问道。

"是你的态度问题。"

"我说什么了吗？"

"你没说什么，是我不喜欢你看我的眼神。你似乎搞不清楚自己的位置，一个佣人应该永远保持低姿态。"

很快，我又得到一份女佣的工作。虽然这份工作与我的天性格格不入，但我开始特别注意闭上嘴，低着头。那个时候，我每天都去上夜校，因为我想要文凭。我并不觉得做这种辛苦的工作很丢脸，但是整天帮有钱的蠢人擦银器，可不是我人生的"目的"。

虽然很忙，多数时间累得筋疲力尽，我还是很喜欢芝加哥。这是一个勇敢、下流、时髦的城市，不过一到冬天，超强的北风从湖面吹来，把人冷得半死。妇女们为了争取投票权而游行示威，我和一个室友也参加了几次这样的集会。她叫米妮·哈娜冈，是个精神十足的爱尔兰姑娘，绿色的眼睛，一头黑发华丽奔放。她在一家啤酒厂工作。米妮对所有的话题都有一番见解，对任何评论都有能力介入，并发表自己的看法。白天我埋头干活，把嘴巴闭得紧紧的，有什么想法都藏在脑子里，眼睛只盯着地面；下班后，便彻底放松，和米妮肆意辩论政治、宗教，以及太阳底下所有其他事情，别提有多舒畅了。偶尔我们会找人凑成两对，一块儿外出约会。我们身边经常围着献殷勤的工厂里的男孩，他们会带我们去地下酒店，不过他们说话结巴，粗手笨脚；与其和他们聊天，我觉得和米妮说话要有趣得多。有时，我们也会离开人群，两个人独自跳舞；米妮可以说是我交过的最真诚亲密的朋友。

米妮问我什么时候的生日，她说到那天——我二十一岁时——会送我一管深红色的口红。她说这是她惟一买得起的东西，我们可以用它为自己化妆，打扮成真正的贵妇，然后到最大的百货商店去，试穿所有将来总会买得起的东西；那一定会很好玩。我从来没化过妆——牧场里几乎没有女人化妆——不过米妮帮我涂过口红，她还在我的面颊上轻轻地搽了一层，让我看起来还真有点像股票经纪人的老婆。

米妮带着我走进百货公司。那里大得跟大教堂一样，有拱顶天花板，彩色玻璃窗，以及气压式输送管，可以嗖的一下把各楼层顾客付的钱收走。一条又一条的过道上，陈列着手套、毛皮、鞋子，还有一切你可能想买回去的东西。我们停在帽子部前面，米妮让我试了一顶又一顶——小帽子，大帽子，有羽毛的帽子，有面纱或蝴蝶结的帽子，有人造花沿着宽宽的帽檐排列的帽子。她一把帽子戴到我头上，就马上评论起来——这顶过时了，这顶帽檐太宽，这顶挡你的眼睛，这顶适合收到你的衣柜里——等到帽子在柜台上堆成小山时，售货员走了过来。

"你们这些女孩，到底找到你们买得起的东西了没?"她这么说，脸上带着冷冷的笑容。

我有点局促，"还没有。"我回答。

"那你们应该是走错店了吧!"她说。

米妮直直地盯着那个女人瞧。"价钱不是问题，"她说，"问题是得在这些邋遢的存货里，找到最时尚的东西。莉莉，我们还是到卡森·皮尔·史考特百货公司去逛逛!"

说完她转身就走。一走出店门，她对我说："他们狗眼看人低的时候，你只需要提醒自己：其实他们也不过是别人的雇员而已。"

我在芝加哥待了快两年了。七月的一天晚上，我下班回到家，发现另一位室友把米妮惟——件好看点的衣服摊开在她的床上。

她说，米妮上班时，不小心让长长的黑发卷进机器里去了，她整个人被拉扯进巨大的碾磨齿轮中。旁边的人都还没反应过来，她就丧命了。

米妮本来应该用头巾包住头发的，但她对自己那一头浓密发亮的爱尔兰长发是那么地骄傲——它们让芝加哥的男人都乐于和她调情——忍不住要把头发放下来。她的尸体支离破碎，以至于举行葬礼时，不得不采取闭棺的方式。

我真的好爱那个女孩。我一直坐到仪式结束，脑子里一直在想：要是我在现场，也许我能救她。我想象着自己在那千钧一发之际，砍断她的头发，一把将她拉回，然后我们俩紧紧地抱着，欣慰地啜泣起来，庆幸逃过一劫。

其实我也知道，就算我真的在那儿——而且手里正好有把剪刀——也不见得有时间在她的头发被卷进机器的那一刻，就出手救她。有些事情就是这样，前一秒钟你还在和这个人说话，也就是一眨眼的工夫，下一秒钟她就死了。

米妮曾经花了好多时间计划她的未来；她存了些钱，而且信心满满地认定自己能嫁个好老公，然后在橡树公园买一栋小房子，生一大堆活蹦乱跳的孩子，他们个个都是绿眼睛。可无论你有多少计划，一次小小的失算、一时的心神涣散，都能让这一切在刹那间化为泡影。

这个世界充满了危险，要想应付，你必须足够聪明，必须竭尽全力避免灾难的发生。那天晚上回到宿舍里，我找出了一把剪刀和一面镜子，虽然妈妈老说这一头褐色秀发是我的"无上荣光"，我还是把它剪到齐耳处。

我没想到自己会喜欢这新的短发造型，但我真的很喜欢。现在洗和吹都不需要花什么时间，而且再也不必为那些卷发钳、发夹、蝴蝶结之类的东西烦恼了。我带着剪刀到各个宿舍串门，试图说服其他女孩也把头发剪短，我向她们指出：即使她们不在工厂工作，但今天的这个世界到处是形形色色的机器——上面有轮子、齿轮，还有涡轮——都有可能把她们的头发卷进去。长长的卷发已经成为过去，对我们这些现代女性来说，短发才是正道。

实际上，顶着这头短发，我觉得自己像是芝加哥摩登女郎中的典范，男人们比以前更加注意到我。某个星期天，我沿着湖畔散步，一个穿着绉条纹衣服，戴着草帽的宽肩男人走过来和我搭讪。

他叫泰德·康纳弗，从前是个拳击手，现在是电动吸式清洁器公司的吸尘器推销员。"先一脚踏进门，再偷偷撒上一点尘土，这样他们就会愿意让你展示你的产品了。"他嘿嘿地笑着说。

打从一开始我就知道泰德是那种用大吹大擂的手段来推销的人，但即便如此，我还是喜欢上他的活力和胆量。灰色的眼睛看上去很机灵，鼻子凹凸不平——那是拳击生涯给他留下的纪念，红润的脸色显得整个人活力充沛，还有米妮若还活着一定会特别指出的一点：口若悬河的口才。他从街头小贩那儿给我买了个锥形蛋筒。我们坐在一张长椅上，旁边是一座粉红色大理石喷泉，上面有一群嬉戏中的海马的铜像。他告诉我他在南波士顿长大，曾经挂在电车后面偷搭便车，从卖腌菜的小贩的马车上偷腌菜吃，和外国佬在街头打架，因此学会怎样一记猛拳把人击倒在地。他超喜欢自己讲的笑话，每次讲到一半就开始笑起来，引得你也开始发笑，虽然你还压根没听到那个可笑点。

也许是因为我太想念米妮，需要有人进入我的生活，于是我便深深地爱上了这个男人。

接下来的那个星期，泰德带我到帕尔玛之屋饭店吃饭，之后我们开始定期约会，不过他常常一连好几天在城外，因为他推销的范围一直到斯普林菲尔德。泰德很喜欢往人堆里钻，所以我们到雷格利球场看球赛，到佛立剧院看电影，到芝加哥竞技场看职业拳击赛。我第一次抽烟，第一次喝香槟，第一次玩掷骰游戏。泰德非常喜欢玩掷骰子。

夏天快结束的时候，他跑到我的宿舍来，带了一件他在马修费尔德百货公司买给我的泳装。我们搭火车去了盖瑞，整个下午都在湖里游泳，在大沙丘前晒日光浴。我不会游泳，因为我从来没有在比洪水留下的水坑还深的地方待过，于是泰德便教我怎么游泳。

"你必须信任我，"他说，"只需要放松。"

然后他用手臂扶着我，让我脸朝天漂浮。他说得没错，我能做到，只要身体放松，就不会往下沉，反而会朝水面上升，直到脸破水而出，而水真的在我身下支撑着我。哇，漂浮哦！我从来没体验过这种感觉。

在我认识泰德六个星期之后，他带我回到那座有海马的喷泉处，又买了另一个锥形蛋筒给我。他递给我的时候，在上面放了一枚钻戒。"希望这块冰能融化你的心。"他这么说。

我们在我刚来芝加哥时去过的天主教堂结婚。那天，我穿了一件蓝色的亚麻洋装，那是我向同宿舍的一个女孩借的。我们俩都抽不出时间去度蜜月，但泰德答应我，将来我们会去大饭店，那是一家位于休伦湖上的麦基诺岛上的豪华休闲胜地。

那天下午，我们搬进招待夫妇住的宿舍，在房里开了瓶家酿杜松子酒庆祝。第二天，我就回去上班，继续当我的女佣，泰德则出门推销去了。

工作的时候我把钻戒脱下来，放进一个丝制的小袋子里，然后藏在我们的床垫下。我一直担心它会被偷走，我还担心这枚钻戒超出了泰德的承受能力。

"放松点，你稍微改变一下，学会享受生活！"泰德说。

"但这个实在是太奢侈了！"我说。

"如果我是从零售店那儿买来的，那就真的是有些奢侈，"泰德说，"事实上，这是我想办法弄来的。"

泰德向我保证这枚钻戒绝对不是偷来的，他只是有点门路，认识另一个有门路的人，那人又认识一个知道如何通过正当渠道弄到这东西的人。他喜欢说：在这个世界上，"门路"才是真正管用的。

我从来没想过要别人来照顾我，但我发现自己很喜欢结婚后的感觉。这么多年来，我都是单打独斗，这是我第一次和别人共享我的生活，它让艰难的时刻变得更轻松，让美好的时光变得更美好。

　　泰德总是鼓励别人要有干一番大事的雄心，要有大的梦想。当他发现我最大的抱负不仅是完成高中学业，而且还想要继续上大学时，他告诉我，我甚至可以考虑拿个博士学位。当我告诉他自己梦想过开飞机时，他说他可以想象出我当上巡回表演特技飞行员的样子。泰德自己也有一大堆计划：建立自己的吸尘器生产线，在北美高原上建起自己的无线电天线，成立一家电话公司等等。

　　我们决定推迟要孩子，先把钱存起来，直到我念完夜校。等到将来时机更成熟时，我们就已经做好了准备。

　　泰德经常出差，这对我来说不算什么，因为我自己也很忙，白天上班，晚上上夜校。为了省钱，我们吃了不少撒盐饼干和泡菜，一个茶包要冲四次才会丢掉。我们忙得都感觉不到时光飞逝，转眼数年过去了。我在二十六岁的时候，终于拿到了高中文凭，于是我一边还做着女佣，一边开始寻找更好的工作。一个夏天的早上，我抱着给雇主家买的杂货，正过马路的时候，一辆有着金属辐条轮胎的白色敞篷跑车冲过街角；司机看到我时猛踩刹车，但已经来不及了，车子的水箱罩撞上我，我滚过引擎盖，原本抱着的苹果、小圆面包和罐头散落一地。

在滚过引擎盖再跌在马路上时，我出于本能放松了身体；最后在地上躺了好一会儿，惊魂未定；路人见了都围了上来。司机从车上跳了下来——是个年轻人，往后梳的头发油光滑亮，脚上穿着双色皮鞋。

这位油头先生先是向人群宣称，车来车往间是我自己没先看清楚就闯到车道——这当然是他妈的谎话，然后他跪下来问我："你还好吧？"这场车祸表面上看起来比实际状况糟糕得多，我躺在那儿，能够感觉出自己并没有受到什么重伤，除了胳臂和膝盖处有些严重擦伤，就只有其他几处挫伤。

"还好。"我说。

但油头先生是城市佬，看到一个女人摔了这么大一跤，居然还能自己爬起来走开，感到很不习惯，所以一直在问诸如"我现在举了几根手指头？""今天是星期几？"之类的问题。

"我没事儿啦！"我说，"我以前驯过马，知道怎么摔跤才不会有事。"

油头先生坚持要送我去医院检查，而且帮我支付所有费用。我跟急诊处的护士说我没问题，但她告诉我，我的状况比我自己以为的稍微严重一点。她填写表格时，问我有没有结婚，我刚回答结婚了，油头先生马上就对我说我应该打电话通知我先生一声。

"可他是旅行推销员，"我说，"现在正在半路上。"

"那就打到他的办公室去，他们应该知道怎么联络上他。"

护士替我在擦伤处涂上红药水，然后用绷带包扎时，油头先生帮我查到了电话号码，又给了我五分钱让我打公用电话。为了让他安心，我拨了那个电话号码。

一个男人接的电话。"销售部，您好，我是查理，愿意为您服务。"

"我想麻烦你帮我联络一下正在出差的泰德·康纳弗，我是他的太太莉莉。"

"泰德没有出差啊！他只是出去吃午饭了，而且他太太叫玛格丽特；你在搞恶作剧吧?"

我觉得脚下的地板整个儿都倾斜了。我不知道该说什么，所以挂了电话。

我冲出电话亭，从油头先生身边冲过，他被我的举动搞得一头雾水；但我必须赶快离开他，赶快离开医院，才能让自己清醒下来，才能开始思考。为了抵御内心的慌乱，我朝湖边走去；沿着湖水我走了好几里路，希望湛蓝又平静的湖水能让我冷静下来。那是个晴朗的夏日，湖水拍打着沿湖小径旁的石堆。会不会是我听错了查理的话？或者他的那些话是我自己想象出来的？这件事会有合理的解释吗？难道是我的丈夫不忠，欺骗了我？只有一个方法可以找出答案。

电动吸式清洁器公司销售部的办公室在一栋五层楼高的铸铁建筑中，靠近市中心的卢普区。我来到那个街区，从垃圾桶中拣出来一份报纸，然后在对街大楼的门厅里找了个位置坐下。快五点钟时，人群开始涌到人行道上来，然后——千真万确地，我的丈夫泰德·康纳弗，加入到了人群中。他是从那栋铸铁建筑里走出来的，头上潇洒地斜戴着他最喜欢的那顶帽子——上面装饰着时髦的小羽毛。显然他在说谎，什么出差啦，全是骗人的，但此刻的我仍然不知道谎言背后的事实真相究竟是什么。

我跟在泰德后面，一路上保持着一定的距离；他穿过拥挤的街道，往高架铁道走。我跟着他上了楼梯；我站在月台远远的另一端，把鼻子埋在报纸里，和他搭上同一班车。我在他的下一个车厢，每到一站，我都会把头探出去看看，看他在哪一站下车。最后，他在海德公园那一站下了车。我跟着他往东走了几个街区，来到一个破旧的小区，四周是没有电梯的公寓楼，屋子背面有凹进去的木头楼梯。

泰德走进其中一栋楼里。我在外面等了几分钟，但是没看到他出现在任何一扇窗户后面，于是我走进前厅。信箱上都没有标示姓名；我一直等在那儿，直到几个小朋友从里面出来，趁大门打开之际，我溜了进去，来到门厅。里面又黑又窄，散发出煮卷心菜和咸牛肉的味道。

每层楼有四间公寓；我一一在每扇门前停步，把耳朵贴在门上，倾听里面是否传出泰德的南波士顿口音。终于，在第三层，我听到了他的低沉嗓音压过其他一些声音。

还没想好自己打算怎么做之前，我就已经敲了门。没过几秒钟，门开了，站在我面前的是一个女人，臀上还挂了一个刚开始学步的小孩。

"请问你是泰德·康纳弗的太太玛格丽特吗?"我问道。

"我是，请问你是谁?"

我盯着这个叫玛格丽特的女人看了一会儿。我猜她跟我差不多年纪，但她看上去很累的样子，头上已经提前出现白发。然而，她那苍白的脸上依然露出忧心忡忡的笑容，仿佛在说，生活是一场艰苦的战斗，但她挺过来了，还时不时能找到一些乐子。

在她背后，我可以听到两个小男孩吵架的声音，接着是泰德的声音："宝贝，谁呀？"

我心中立刻涌起一股几乎无法遏制的冲动，想一把推开玛格丽特冲进去，把那个满口谎话的骗子的眼睛挖出来；但有什么东西阻止了我——如果我这么做，对这个女人和她的孩子会有什么样的影响呢？

"人口普查的，"我说，"我们只是想确认一共是一家四口住在这里。"

"是五口人，"她说，"虽然有时候我觉得比较像是有十五个人。"

我强迫自己挤出一点笑容，说道："我只需要了解这个就够了。"

我坐上高架地铁，打算回宿舍。路上，我努力想搞清楚现在自己该怎么应付这个局面。我忽然想起我们在银行开的联合账户；结果那天晚上我整宿睡不着，担心极了，一大早我便跑到银行门口等他们开门。泰德和我在这个有利息的储蓄存款户头里存了将近两百美元，但当我问出纳员时，他告诉我里面只剩下十块钱了。

我回到宿舍，坐在床上，对自己居然这么平静感到不可思议。不过在我把镶嵌了珍珠的左轮手枪装进皮包里时，我发现自己的手抖个不停。

我乘公交车来到卢普区，爬上那栋铸铁大楼的楼梯，来到泰德的办公室。推开那扇磨砂玻璃门，里面是个很小的、布满灰尘的房间，有几张老旧的木书桌；泰德和另一个人坐在其中两张桌子旁，脚跷在桌子上，一边看报，一边抽烟。

一看到泰德，一股怒火直蹿向那个不忠的贼，所有那些淑女该有的端庄举止——妈妈一心想灌输到我的身上——全都抛到九霄云外。我变成一个野女人，一边咒骂一边尖叫："你这个混蛋下三滥肮脏卑鄙满嘴谎话小人狗娘养的王八蛋！"同时用皮包痛打他。因为皮包里装着那把左轮手枪，所以可以说我真的用枪给了他一顿好"打"。

泰德举起手臂想保护自己，但有几次我都结结实实地打到他。等到另外那个人跑上来把我拉开时，他脸上已经开始流血了。在他抓住我之前，我再次回身，用皮包狠狠地又打了他一下。"冷静下来，不然我会抢你一拳，"他说，"你知道我会的。"

"动手啊，你这个混蛋。你敢打我，我就告你伤害、抢劫，加上重婚罪。"不过我也停止了挣扎。

另外那个家伙抓起自己的帽子。"看得出你们俩有些事需要讨论一下。"说完，他一溜烟溜了出去。

接下来，我的情绪一下子就爆炸开了：为什么他要欺骗我？为什么他明明已经有了妻子和三个孩子，却还要和我结婚？为什么他要把那些我们为了共同的未来而存的钱拿走？还有哪些是我没有发现的谎言？为什么他第一次在湖边看到我时，要来搭理我，而不是让我一个人待在那里？

泰德听我说着，脸上的表情从挑衅，转为羞愧，然后是全然的悲伤，最后他的眼里充满了泪水。他说，他把钱领走是因为他积欠了一些赌债，那些拉丁佬一直追着他讨钱。他原本希望在我发现之前，就把钱补回去。至于玛格丽特，他说，她只是孩子们的母亲，他爱的是我。"莉莉，"他说，"撒谎是我能够拥有你的惟一方法。"

这个烂人居然演起戏来，似乎还期待着我会同情他。

"都是我的错。"他说。然后他伸出手来，而且还真的拉住我的手，他又说："因为爱你，却反而毁了你。"

声音听上去好像要放声大哭了。我抽回了我的手。

"你太高估自己了，"我告诉他，"事实是，你并不爱我，你也没有毁了我，因为你还不够格！"

我猛地推开他，出去后砰地甩上门，然后我转过身，挥舞着皮包，将那扇磨砂玻璃窗砸了个稀巴烂。玻璃碎片掉落下来，散得一地都是。

我又沿着湖边一直走。有时候我觉得自己能看透未来，但这次我确定自己完全没有预料到会发生这种事。虽然现在的状况看起来很惨的样子，但是我曾经历过比这件事——和一个无赖的短暂的婚姻关系——还糟糕许多的事情，所以我相信这次自己一定也能挺过去。

起风了。我看着风掠过水面，想道：有时候某些事，就像发生在米妮身上的一样，灾祸在那一刹那间突然现身，从此永远改变了一个人的生活；有时候，则是一些偶然发生的小事件导致另一个事件，然后一个接一个，最后也能造成人生的大转变。如果那辆车没有撞上我，如果那个司机没有坚持送我去医院，没有听说我已婚，之后没有坚持要我打电话给泰德，我显然还是会高高兴兴地继续过着我的日子。然而现在我的生活已经完蛋了。

我凝视着湖水，一件事情渐渐变得清晰起来，那就是我和芝加哥之间的缘分已经尽了。尽管这座城市有美丽的湛蓝湖水和高耸的摩天大楼，但对我来说都不算什么，只留下心痛而已。是时候回牧场了。

就在这一天，我回到那座天主教堂，我在这儿嫁给了那个混蛋。我一五一十地告诉了神父整件事情的经过。他说只要我能证明我的丈夫已经结过婚，就可以向主教申请判定我和他的婚姻无效。在市政厅一位办事员的帮助下，我找出了泰德另一桩婚姻的证书复印件，神父说剩下的事情他会帮我处理。

我觉得泰德的太太需要知道发生的一切，于是我给她写了封信，解释了整件事情的经过。不过我决定不起诉泰德，那个狡猾的家伙取走那些钱并不算违法，毕竟那是个联合账户；是我自己太笨，竟然信任他。他的太太和孩子，本来就已经因为一家之主是泰德·康纳弗这种人而过得相当辛苦，如果他因为重婚罪坐牢，恐怕以后这一家大小的日子会比身在牢中的人还惨。我也觉得那个卑鄙的混蛋耗掉了我太多的时光和精力，如果老天爷日后会给他应得的报应的话，我想我会乐观其成的。

把信寄出后，我带着泰德之前给我的戒指去了珠宝店。我一点也不想留下这只戒指，但我也不想做出肥皂剧里的举动，比如把它丢进湖里。我想它应该能卖个几百块钱，我可以用这笔钱去修一些大学的课程，也许还有余钱挥霍一把，到马修费尔德百货去买件新衣服。然而珠宝商只用他那只目镜看了这钻戒一眼，就说："这是假货。"

最终我还是把它丢进湖里了。

等我不再猛击自己的头，责怪自己竟然会愚蠢到上那卑鄙小人的当之后，才开始集中精神，思考自己的未来。我已经二十七岁了，不再是黄毛丫头。显然，我不能依赖男人来照顾我，我现在比以往任何时候都更需要身上具备一项专业技能。我得念完大学，然后找份教师的工作。于是我申请了旗杆镇的亚利桑那州立师范大学。在等待大学回复的那段时间里——同时也等待婚姻无效的判定——我埋头工作，省吃俭用，努力攒钱；我周一至周五打两份工，周末还有一份工作。时光飞逝，等到那份婚姻无效的特许状和录取通知书寄来时，我已经存够了大学第一年的学费。

向芝加哥说再见的那天终于到来。我把所有东西都打包进了当初我带来的那只手提箱里；我即将离开这城市，虽然带走的东西和之前来的时候差不多，但我学到了很多——和自己有关的，和别人相关的。这些教训大多是吃了苦头后得到的，举例来说，如果有人想偷你的东西，他会先博取你的信任；所以最后他们拿走的不只是你的钱，还有你对人的信任感。

火车从联合车站开出——这是一栋全新的建筑：大理石地板，

一百英尺高的天花板上镶着大大的天窗。市长认为新的车站将芝加哥展示为一座未来之城，是科技现代化的典型。当初我来到芝加哥，也是为了沾到一些现代化的气息，因为这个原因我热爱这个城市，但芝加哥并没有以爱回报我。

火车驶离车站，没多久就往乡间驶去。我走到列车末尾，透过列车员使用的车厢，可以看到那些巨大的摩天大楼在远方越变越小。在芝加哥没有一个人会想念我；除了拿到了学位，在这过去的八年里，我的时间都花在既无人感谢又毫无意义的苦活上：擦亮那些一定会再度失去光泽的银器，日复一日刷洗同样的碗碟，熨平一堆堆的衬衫。熨衣服是一件特别让人恼火和浪费时间的事情。你花了二十分钟把一件衬衫前前后后熨得妥帖，再喷上粉浆让所有的褶子棱角分明，但只要这家的男人一穿上它，手肘一弯，衣服就皱了；更恼火的是，该死的衬衫穿在西装外套下，根本看不出有没有熨过。

战争发生那几年，我在那些沙漠小镇工作，教那些衣衫褴褛的、没受过教育的孩子读书识字，那会儿我倒是有一种在芝加哥不曾有过的被需要的感觉。这种感觉正是我现在想要再度体验的。

第四部

红色丝绸衫

海伦·凯西，红湖镇

现在在圣达菲可以看到很多汽车，甚至乡间也是如此；但当我回到 KC 牧场时，很惊讶地发现这儿几乎没有什么变化，惟一的改变就是伯斯特和多罗西生了一对孩子，这是凯西家族在牧场成长的第三代。爸爸已经完全不管牧场的经营了，但还是和一些老牛仔有书信来往，谈论比利小子的英勇事迹。妈妈的身子变得更虚弱了，一直抱怨牙疼。海伦几年前就搬到洛杉矶，去追逐她进军电影业的梦想。她在写回家的信里解释，虽然她还没有得到任何一个角色，但她确实遇到过几位制片人，目前她在女帽店里担任销售人员。

　　回家后的第一天，我走到外面去看小斑，它独自站在牧场草原中。它有点年纪了，但看上去似乎比别的马老得慢。我替它装上鞍具，然后我们俩一块儿去了溪谷。当时已近黄昏，我们投下的长长的紫色影子随着草原起伏的地势而上下跳跃。小斑已经十七岁了，但依旧精力充沛；到了一处斜坡，我轻喝一声，要小斑快跑。马蹄哒哒落在坚实的地面上，风把我的头发往后吹，并在我的耳边呼啸而过。自从去了芝加哥后，我就没有再骑过马了。骑马的感觉真是太棒了。

我有点为海伦担心，因为她不是那种自强自立的人。令我惊讶的是，妈妈居然鼓励她只身前往洛杉矶，并坚持认为凭着姣好面容和纤纤细手，她一定会被发现，并一举成名；就算不成功，她也能为自己找到一个有钱的好莱坞老公。妈妈还暗示了好几次，幸好我要去上大学了，不然有了一次失败婚姻，要想再找到一个好丈夫可就难了，所以必须求助于别的什么东西。"一个包裹一旦被打开过，吸引力就大打折扣啦。"她说。

和我上次回家不一样，这回没有人恳求我留下来。连爸爸也表现出一副他早就知道我一定会继续往前走，而这样对我也比较好的姿态。我对芝加哥没有归属感，但芝加哥改变了我，所以现在的我对 KC 牧场的归属感也没有了，连睡在自己的旧床上都觉得别扭。而且如果我想留下来，必然得分担一些家务；做了这么多年的女佣后，打扫鸡笼、清理畜栏的事情，实在让我提不起劲儿来。最后我早早地离开家，去了旗杆镇。

虽然年纪比其他大多数同学大一些，我还是很喜欢大学生活。许多男孩子只对足球和喝酒有兴趣，而女孩子们则只对男孩子有兴趣；我不一样，我很清楚自己为什么要来这里，以及我想从这里带走什么。我恨不得修完学校里的每一门课，读完图书馆里的每一本书。当我读完一本特别好的书时，经常会有股冲动想拿到那本书的借阅卡，看看还有谁读过这本书，然后找到他们，和他们聊聊读书心得。

我惟一担心的是如何支付下学年的学费。不过在我整整待了一个学期后，校长格雷迪·加马奇约见我；他说红湖镇的人找过他，说镇上现在正在找老师。他一直都在关注我的表现，因为他自己也是靠刻苦努力才念完大学的，所以对于同样努力的人特别欣赏。红湖镇的人还记得我曾经在那儿教过书，他们很乐意和我签约，尽管我才刚踏入大学之门。加马奇先生认为我的能力足以胜任这份工作。"这是一个棘手的选择，"他说，"如果你现在开始教书，就得放弃学业；很多人都发现学业一旦中断，就很难再回来了。"

对我来说，做这个决定一点也不困难：要么花钱去上课，要么教书赚钱。

"我什么时候可以开始?"我问。

我回到牧场去带走小斑，这是我和这匹马第三次踏上提尼镇和红湖镇之间的五百英里旅程。小斑的身体状况不佳，但我沿路经常让它休息，所以它很快就恢复过来。我们俩都很享受在开阔田野间缓步前进的乐趣。

　　比起上次，这次我在路上遇到的人更多，而且不时地，就会有辆汽车疾驰而过。碾过马车留下的车辙时，整辆车都会弹跳起来，这时候司机就会死死地握住方向盘。在留下飞扬的尘土后，车子绝尘而去。此外的大部分旅程只有小斑与我孤独为伴，我们从容不迫地沿路慢行。到了晚上，我坐在小火堆旁，土狼一如往常，引颈长嚎，而硕大的月亮高挂天际，把整个沙漠变成银白色。

　　和从前一样，红湖镇看起来就像是在世界的某个最高点上，绵亘的草原自四面向下方延伸；但和我十五年前第一次来到这里相比，它还是有些变化。亚利桑那州幅员辽阔，没有人会多看你一眼，所以这里一直是那些不喜欢受法律约束的人或爱管闲事，想知道他们在搞什么鬼的人的避风港。还有更多恶棍与怪人集聚于此：

墨西哥私酒贩子；满脑子发财梦的矿藏勘探者；痴迷于战事的老兵，至今仍因当年吸入芥子毒气而为气喘所苦；还有一个娶了四个老婆的家伙，而他甚至不是摩门教徒，这家伙的一个小孩取名为"香膏基尔"（Balmy Gil），因为小孩出生时，此人随手打开圣经，闭着眼睛手一指，正好指到"基列香膏"那一节。

越来越多的农民到这儿来打下木桩，标明属于他们的地界；越来越多的商店在这儿开张营业，其中包括一家汽车修理厂，厂前有一台加油泵。以前，镇子外围的草原的牧草高到可以挠到牛群的下腹，现在却被放牧的动物吃得只剩下根部了，这让我不禁怀疑这里的居民数量已经超过这块土地所能负荷的程度。

学校现在有教师宿舍，就建在教室后面，所以我总算有自己的房间可以睡觉了。我有三十六个学生，年龄、个头、种族都不一样，但我设法确保每天我踏进教室时，每个学生都会起立，并且说："早上好，凯西老师。"凡是在不对的时间说话的人，都要到角落罚站；凡是顶撞我的人，都会被叫出去折一条柳枝回来，然后我就用这条柳枝体罚他们。在这方面小孩子就和马一样，如果一开始就博得他们的尊敬，事情会好办得多；但如果在他们发现做了坏事却不会被处分之后，再要求他们遵守一堆规矩，就很难了。

在红湖镇待满一个月后，我到镇公所去领我的第一张薪水支票。镇公所旁边有个畜栏，里面站着一匹栗色的小野马，血脉偾张，放马鞍的背上还留着汗水。它一看到我，就对我投以凶恶的眼神，耳朵平伸；我立即看出它是一匹坏脾气的马。

镇公所里，两位警官懒洋洋地靠在一张桌子旁，帽子向后斜戴着，裤脚塞在靴子里。我向他们介绍完自己后，其中一个——此人长得瘦巴巴的，腿细得像公鸡，两眼之间的距离很短——开口说："听说你大老远从芝加哥过来，是来教我们这些乡巴佬一点东西的？"

"我只是个努力工作的女孩，来这儿拿我的薪水支票。"我回答。

"拿支票前，你得先通过一项简单的测验。"

"什么测验？"

"骑上外面畜栏里的那匹小家伙！"

我可以从公鸡先生和他的搭档之间所使的眼色，看出他们想整整新来的老师，我也看出，他们认为我是那种在阅读、写作、算术方面①无所不知的人，所以想让我这个城里来的女孩搞清楚自己在第四个 R——骑马（riding）——方面是几斤几两。

我决定跟他们奉陪到底，看看究竟是谁笑到最后！我故意让眼神飘来飘去，装出忸忸怩怩的样子，跟他们说，这个测验看来很不寻常，但我可以试试看，因为我以前骑过马，而且这匹马的性情应该很温和。

---

① 被称为"三个 R"：reading、"riting"、"rithmetic"，是学校教育最基础的科目。

"温和得像婴儿放的屁一样。"公鸡先生说。

我身上穿的是一件宽松的套裙，脚上套的是一双实用的教师鞋。"我现在穿的不是骑马装，"我说，"但是如果它像你们说的那样温和，我觉得我应该可以骑着它在附近小跑一下。"

"这匹马就算穿着睡衣骑都不是问题。"公鸡说，脸上露出一丝得意的假笑。

我跟着这两位喜剧演员走到畜栏里，在他们帮那匹小野马上鞍具时，我走到杜松树篱旁，折了一枝柔韧的枝条，剥掉了上面的细枝。

"准备通过测验了吗，小姐？"公鸡问道。他觉得这场即将发生的灾难一定会非常滑稽，他都快忍俊不禁了。

那匹野马一动也不动地站在那里，从眼角瞟着我。它不过是又一匹未被驯服的马而已，我这辈子看过太多这样的马啦！我撩起裙角，缩短缰绳，让马头转到右边，这样它的后半身就不能摆到另一边去。

我的脚刚踩上马蹬，它立刻躲闪，但我抓住马鬃，把自己荡上马鞍。它猛然弓背跃起。到这个时候，那两个家伙已经笑破肚皮，但我完全不理睬他们。阻止一匹马弓背尥蹶子的方法，就是先把它的头拉高——因为它得把头部压低，才能让后腿往外踢——再让它往前走，所以我猛拉连到马嘴的缰绳，把它的头部拉起来，并且用杜松树枝抽它的臀部。

这下总算引起这匹小流氓的注意了——当然也引起那两位喜剧演员的注意了。我们开始奔跑起来，但是它还是不时地扭动肩膀，像鱼一样甩着尾巴。我密切观察它的动作，我让上半身放松，但是脚跟使劲向下卡紧，两腿像老虎钳一般夹着它的两侧；公鸡和他的同伴绝对无法在我和马鞍之间看到一丝空隙。

每次一感觉到它稍有迟疑——那意味着它又想弓背跃起，我就会再度拉紧缰绳，并猛抽它的臀部。于是它很快就意识到：惟一的出路，就是乖乖地照我的指示去做。没多久它就平静下来了，我也轻轻地拍它的脖子以示赞许。

我骑着这匹野马慢慢地踱回到那两位喜剧演员身旁，他们已经笑不出来了。两个人都忘了原本准备好的台词，一副目瞪口呆的模样。我看出，这件事让他们懊恼不已：我竟然如此轻易地就降服了这匹显然给他们带来一大堆麻烦的野马。不过我并没有故意说些落井下石的话。

"很不错的小马，"我说，"现在我可以拿我的支票了吗?"

有关我驯服那匹野马的传闻，很快就在红湖镇传开了，人们开始把我当成值得重视的女人。不论男人或女人，遇到和马或小孩相关的问题，都会来请教我的意见。公鸡先生——他的真名叫奥维尔·斯塔布斯，不过我还是一直叫他公鸡——俨然成了我的忠实伙伴，大概是因为我在他设计的游戏里打败了他，他理应向我奉献耿耿忠心。

　　公鸡只是一个兼职警察。他住在红湖镇马厩的上面，同时也从事一些副业，比如清理马厩、给马钉掌、围捕时搭把手之类的，借以赚点小钱。和大多数住在乡下的人一样，他没有什么特定的工作，更谈不上"事业"了，只是有什么就做什么。公鸡其实是个相当讨人喜欢的小个子男人，尽管他有一个很不好的习惯：他喜欢嚼烟草，而且会把烟草吞下去，不吐出来。"那些吐出来的人，真是完全浪费了这些美好的汁液。"他如此宣称。

　　公鸡把我介绍给红湖镇其他的骑师，说我原本是芝加哥的摩登女郎，放弃了喝香槟和跳查尔斯顿舞的机会，到这儿来教这些可可尼诺郡的小孩子。他鼓励我骑着那匹野马参加当地的比赛；原来这匹马是他的，被取名为"红恶魔"。每逢周末都会有集会活动，大概有五到十匹马参加四分之一英里的分组赛，获胜者将赢得五元或十元的奖金。我赢了几场比赛，这也让我的名声更加远扬。

我也开始在周六晚上和公鸡，还有他的几个哥们儿一起玩扑克牌。我们都是在咖啡馆里玩的，当然他们通常都会喝得醉醺醺的。生活在亚利桑那州该地区的居民，大都不把禁酒令当一回事①，认为那是不通情理的东部人的反常行为。禁酒令真正的意义，只是酒吧老板开始把自己的店改叫"咖啡馆"，把原本放在吧台后面架子上的一瓶瓶酒，改放到柜台下面了。毕竟牛仔和他的威士忌之间的交情，可不是随便谁都能斩得断的！

公鸡和其他人每次都会干掉不少他们称为"豹尿"的黄汤②，但我都是坐在那儿，整晚就盯着同一杯酒。我尽量避免使用其他牛仔打牌时爱使的招式——精心谋划的虚张声势，我向来是抓到什么牌就打什么牌；如果牌已经叫到超出我手上的牌的程度，我就不会再跟，而是直接盖牌。我只喜欢小赢一把，而不是冒险在大赌注时企图全桌通吃。大多数时候，我会在整盘游戏结束前就收手，这时我面前的桌上往往会有挺不错的几小堆硬币。

人们开始知道我是莉莉·凯西，是驯服了那匹野马的骑师，一个扑克牌玩家，在可可尼诺郡教书的赛马赢家。一个女人家有这么

---

① 美国在一九二〇到一九三三年实施全国性禁酒令。
② 指劣质威士忌酒。

多外号，居然也不遭人诟病，这个地方看来还真是挺不错的。

　　过了没多久，我就看出，公鸡对我很有好感，但在他表明心意前，我已经先让他知道我结过一次婚，而且失败了，因此不打算再婚。他似乎接受了这一现实，所以我们一直保持着好朋友的关系。但是有一天他跑到教师宿舍来找我，脸上带着害羞但认真的神情。

　　"我有件事想问你。"他说。

　　听上去好像他打算求婚了。"公鸡，我还以为你已经明白我们俩只能是朋友！"

　　"不是那回事啦！"他说，"这样我就更不好意思开口了！"他犹豫了一会儿。"我是想问，你可不可以教我'奥维尔·斯塔布斯'这几个字怎么写？"

　　这就是公鸡变成我的秘密学生的经过。

公鸡开始在每个周六的下午来访，我会教他阅读和写作；然后我们一起出门参加五张牌梭哈之夜。我还是会骑着红恶魔去比赛，并且多半能赢钱回来。我用部分赢来的钱买了一件深红色的真丝衬衫，每次比赛我都穿着它，这样就算近视的观众都能一眼认出我来。我就是喜欢那种鲜艳闪亮的红衬衫，任何人只需随便一瞥，就能看出它是邮购的，可不是自家裁制或自家染色的。这件衬衫成了我的注册商标。

初春的某一天，公鸡和我骑马到红湖镇南边的一个牧场参加比赛。这场赛事的规模比以往的每次都要大，一共有五场预赛，一场决赛，奖金高达十五美元；而且是在真正的跑道上举行，甚至还设置了内栏，观众就在里面观看比赛。

红恶魔的腿算是偏短的，但这匹小野马有着火一样的冲劲儿，一旦跑起来，速度快得让它的蹄声听上去像是一长串的鼓点。在第二场预赛中，我们一开始就取得领先地位，冲向第一个弯道时我们还跑在最前面；可就在这时，一辆靠近栏杆的汽车引擎突然回火，发出砰的一声巨响。小红整个儿弹跳起来，猛然转向右方，我则向左边倒去，还没搞清楚发生了什么事，我就已经滚到了赛道上。

我用手紧紧夹住头，静静地躺在那儿，满嘴都是土，而其他的马匹如雷声般轰隆隆从我身边飞奔而过。除了被卷起的旋风打了一顿外，我还算没事。等到所有的马蹄声渐渐远去之后，我站起身来，拍掉屁股后面的尘土。

公鸡抓住了小红，牵着它向我慢跑过来。我爬上马背，虽然已经没有机会追上其他的马了，但小红得明白这样一个道理：我非自愿的下马，并不意味着它就可以不把事情干完。

当我通过终点线的时候，裁判站了起来，脱下他的牛仔帽向我致意。我又参加了之后的预赛，但小红已经乱了阵脚，最后我们以完全落后于其他参赛者收场。我原本把那十五元奖金视为囊中之物了，所以后来公鸡让小红喝水时，我还在咒骂那辆回火的汽车。这时那个裁判走了过来。他是个大个子的男人，行动从容不迫，有一张历尽风霜的脸，和一对淡蓝色的沉着的眼睛。

"你的那个翻滚可真是漂亮极了！"他说，声音低沉，听上去像是从低音提琴里面发出的。

"别再提醒我这档子事了，先生。"

"每个人都从马上摔下过，小姐。但是你之后的举动让我印象非常深刻：你不是马上收山回家，而是回到跑道，继续完成这场比赛！"

　　我又开始痛骂那辆突然回火的破车，但是公鸡打断了我的话。

　　"这位是吉姆·史密斯，"他说，"有人叫他大吉姆，他刚在镇上开了一家修车厂。"

　　"你不太喜欢汽车，对吧?"吉姆问我。

　　"我只是不喜欢汽车惊吓到我的马。事实上，我一直想学开车。"

　　"也许我可以教你。"

我可不打算错过这样的好机会，所以吉姆·史密斯就开始教起我这个学校老师怎么开车来了。他有一辆福特T型车，黄铜制的水箱、黄铜制的前照灯以及黄铜制的喇叭。这辆车吉姆管它叫"芙丽儿"①，要发动起来，可真够折磨人的，有时这家伙还是个彻头彻尾的危险物。天气很冷的时候，你完全无法发动起来；就算天气暖和，也要两个人才能发动它，不然你就得先用手摇动曲柄，然后跳进前座，拉出阻气门。有时你还在转动曲柄，车子就会一个趔趄，向前冲去；有时引擎逆转，导致曲柄突然反转。曾经有人的腕关节就是在这种情况下被弄断的。

　　一旦你成功让这辆芙丽儿发动起来，驾驶它驰骋就会变成一件乐事。我发现我爱汽车胜过爱马，因为它们不工作时不用喂食，而且也不会到处拉大便。汽车跑得比马快，它们不会踢倒或跑出围栏，也不会弓背跃起、后腿直立或咬人；它们不需要驯服和训练，也无须在出门时捉住它们装上马鞍；它们也不会有自己的想法。它

———————————

① 芙丽儿（Flivver），现在这个词变成"廉价小汽车"的俗称。

们完全听你的。

吉姆陪着我到外面的牧场上练车；在这里，除了那棵杜松树外，你不用担心会撞到任何人。我很快就摸到了开车的窍门，没多久就以时速二十五英里的高速，在红湖镇的街道上呼啸着来回驰骋；冲着挡路的鸡群猛按喇叭的同时，我还能用脚控制踏板，用手操作变速杆；为了不撞上可怜的步行的农夫，我会突然转向；偶尔因为回火会吓到马匹。

但大家必须习惯这个东西。汽车的普及已是大势所趋。

我的驾驶训练课程，开始包含去大峡谷的短途旅行——把汽油运到那儿附近的一个加油站，之后就开始野餐了。我学会开车后，我们还是继续外出野餐；有时也会骑马到其他地方去，比如红湖镇附近的冰洞。这个洞非常深，如果你往下爬，就算是仲夏时分，也可以在里面找到冰块。我们用这些冰块来做冰柠檬，或者配饼干和肉干吃。

过了一段时间，情形变得明显起来，虽然没有明说，但吉姆在追求我。他结过一次婚，妻子是一个漂亮的金发美女，十年前死于一场流感。我仍然对婚姻提不起兴趣来，但吉姆有许多地方让我很欣赏。举例来说，不像我之前那个混蛋丈夫，吉姆不会滔滔不绝地说一堆假大空话，他只在有事情要说的时候才开口；如果没什么事要说，他不会觉得有必要讲一些空话来填补空白。

　　吉姆是一个不严格遵守教规的杰克摩门教徒，虽然出身在信奉摩门教的家庭，却并不遵照教规生活。他的父亲叫罗得·史密斯，是一位军人、拓荒先驱，也是一名骑警。当摩门教徒与美国政府开战时，罗得·史密斯是杨百翰麾下的一名中尉，联邦政府曾一度悬赏一千美元要他的项上人头，而他靠手上的枪打败了前来逮捕他的士兵。他还协助摩门教徒在土巴市建立定居点，后来在该地被纳瓦霍族人杀害——或是被摩门教中的竞争对手杀害，看你相信哪个版本了。

　　罗得·史密斯有八个妻子和五十二个孩子，这些孩子都得学会自谋生计。吉姆十一岁时，他父亲给了他一把步枪、一些子弹，还有一包盐，对他说："这就是你一星期的口粮啦！"吉姆十四岁时，已经成为一名优秀的射手、骑师和牛仔。他在加拿大工作了一阵子，但因为随意开枪而与当地骑警发生冲突，所以回到亚利桑那州，当了伐木工人，并分得土地。妻子过世后，他加入了骑兵队，第一次世界大战时在西伯利亚服役——美国士兵在那儿负责保卫西伯利亚大铁路，被夹在白色俄罗斯和红色俄罗斯的争战中。他在西伯利亚期间，因为没有纳税，原先分到的土地被没收了，所以从骑兵队退伍后，他变成了探矿人，最后才在红湖镇开了修车厂。这个男人可不是等闲之辈。

　　吉姆快奔五十岁了，也就是说他比我大二十岁。他身上有几处显示他曾历尽风霜的痕迹，包括某一事件造成他右肩上一道星形的

子弹疤痕，但他觉得那事儿不值一提。另外，他还秃得很厉害，而
且整个左半身都没有毛发，因为他曾经被一匹马拖了二十四英里
地。但是吉姆几乎从来不曾筋疲力尽过，他可以骑上十二个钟头的
马，把汽车车轴抬离地面，还能砍下、劈开、堆砌好足够他的火炉
燃上整个冬天的木柴。

吉姆可以用他那淡蓝色的眼睛，看到别人看不到的东西：浓密
灌木丛里的一只鹌鹑，远方的地平线上的马和骑马人，悬崖峭壁上
的老鹰巢穴。正是这样的好眼力让他百发百中。他对一切东西的观
察也是巨细靡遗：马的膝盖下面的一个小肿块——意味着肌腱发
炎；手上的老茧——只有蹄铁匠才会有。他能从一开始就看出来谁
在说谎、谁在骗人、谁是吹牛大王。虽然没有什么东西能够逃过他
的法眼，但他从来不显山露水，让人知道其实他什么都知道。

没有什么事能够吓倒吉姆·史密斯，他永远镇定自若，从来不
发脾气，也不曾因搞不清楚自己的想法而抓狂。他对自己的想法和
感觉始终相当笃定，为人可靠，讲信用。他是个稳重的人，有自己
的事业，经营稳定且受人敬重。他只修需要修理的车子，绝不会在
地板上撒把尘土，哄骗轻信的家庭主妇买下吸尘器。

即便如此，我还是没准备好再结一次婚。不过吉姆也不曾提过
有关结婚的话题，所以我们只是继续享受一起野餐、骑马，以及驾
着芙丽儿在可可尼诺郡四处兜风的乐趣。就在这时，我收到海伦的
来信。

信上盖着"好莱坞"的邮戳。

海伦从搬到加州去以后，一直定期给我写信。她的信总是兴高采烈的，却显得很不自然，什么就快有机会拍电影啦，又跑去参加了一回试演啦，可惜以毫厘之差没被选上啦，正在上踢踏舞课啦，看到某个明星开着敞篷车在镇上兜啦……诸如此类的事情。

海伦也一直在和某位"棒极了的先生"交往，这位先生既有门路又有本钱，把她当公主一样伺候。据海伦说，他一定能为她在这个疯狂的电影圈里叩开一扇门，她甚至可能会嫁给他。但几封信之后，她再也不提这位特别的"棒极了的先生"，接着又会有另一位更加"棒极了的先生"出现。所以，我怀疑实情是，她遇到的都是些下流胚，一个个都是先利用她，厌倦后又抛弃了她。

我担心海伦正处于堕落的边缘，便回信警告她不要想着依赖男人来照顾自己，要为自己的将来谋划好退路；以目前的情形看，她的电影梦实现不了是明摆着的事情。但她回信责备我用这么负面的眼光看她，并解释说这是所有好莱坞女孩成功的模式。我希望她说的是对的，毕竟我对电影圈里的行事方式所知甚浅，而且我自己的男人缘也好不到哪里去。

在这封新寄来的信中，海伦坦承自己怀孕了，孩子是最后一个"棒极了的先生"的。他要她找个地方偷偷把孩子拿掉，但海伦很怕那种把衣架当工具的堕胎手术，她听说有些人就死在这上面。在她把这些说给那位先生听之后，那人就开始声称她肚子里的孩子不是他的，从此就消失了。

海伦不知道该怎么办。她已经怀孕两个月，知道一旦肚子大起来，被人看出自己已有身孕，就会被女帽店解雇；参加试演更是不可能的事了。她觉得很丢脸，都不敢回到牧场里的爸爸妈妈身边。现在她开始在考虑，也许她最终还是得去堕胎。她在信里写道，这一大堆乱七八糟的事情，让她恨不得从窗户跳出去算了。

海伦该怎么做才好，我的脑子里立刻有了清晰的答案。在回信里，我叫她不要去堕胎，真的有不少女人因此而送命。她最好继续怀着那个孩子，生下来后再决定是否自己抚养或者送人。我对她说，她可以到红湖镇来，跟我一起住在教师宿舍，直到她想清楚自己该怎么做。

一周之后，海伦抵达旗杆镇，吉姆让我借了那辆芙丽儿去接她。看到她从火车上走下来，拿着一件也许是"棒极了的先生"送她的浣熊皮大衣，我不得不咬住自己的嘴唇：她纤细的肩膀，看起来比以往都来得单薄，但脸部却显得肿胀；双眼哭得红红的，头发漂白成许多小明星最喜欢的那种闪亮的白金色。我给她一个拥抱后，心中惊诧不已，因为感觉得出来她好脆弱，身体几乎像小鸟的躯体一般可以折叠起来。我们一上了车，她马上点起一根香烟，我注意到她的手在发抖。

回到红湖镇的一路上，差不多都是我在讲话。上星期我花了一整周的时间，一直在考虑海伦的困境。到我们开过牧场时，我列出我认为她可以做的选择：我可以写信告诉爸爸妈妈，解释目前的状况，设法让他们心软，我确定他们一定会原谅她，欢迎她回家；我也已经打听到一家在凤凰城的孤儿院，如果她想选择这条路的话；此外可可尼诺郡也有不少男人想找老婆，她说不定可以找到一个想娶她，不介意她怀有孩子的人。我心里想到的两个可能人选是公鸡和吉姆，但是我并没有明确说出来。

然而海伦看起来心烦意乱，几乎陷入恍惚状态，香烟一根接着一根地抽，说出口的全是支离破碎的句子。她不但无法集中精神在实际可行的步骤上，反而心神涣散，一直沉湎于一些荒唐的计划和无意义的忧虑，认为可能只要把孩子交给孤儿院，那位"棒极了的先生"就会回到她身边；又担心生孩子会破坏身材，以后无法在电影里穿泳装了。

"海伦，你该回到现实来了！"我说。

"我完全是实事求是啊！"她说，"女孩子只要身材走了样，就不可能成功了！"

　　我确定现在并不是谈这些重要问题的好时机。一个人如果受了伤，首要之务是先止血，至于怎样让伤口愈合得漂亮，之后再考虑吧！

我的床很小，但我尽量往旁边靠，让海伦和我能肩并肩睡在一起，就像我们小时候一样。此时已是十月，沙漠的夜晚开始变冷，所以我们偎依在一起。有时到了深夜，海伦会啜泣起来。我觉得这是好的征兆，表明她偶尔还能意识到目前的处境有多么糟糕。她抽泣时，我会紧紧地抱着她，一再安慰她我们一定会渡过这个难关，就像小时候在得克萨斯州时我们安然逃离那次洪水一样。

"我们需要做的，"我说，"就是找到那棵棉白杨树，然后爬上去，就一定能渡过难关！"

白天我教书时，海伦就待在那个小房间里。她悄无声息，也很少睡觉。我一直希望她能好好休息一下，让脑子清醒一点，然后以有建设性的积极态度考虑自己的处境。但她依然恍恍惚惚，无精打采，梦呓般地诉说着她的好莱坞。老实说，我真的对她很恼火。

我相信海伦需要新鲜空气和阳光，所以每天下午我们都会到镇上散散步。我向别人介绍，她是我的妹妹，来自洛杉矶，到沙漠里来治疗忧郁症。到了我下一次赛马的那天，吉姆开着芙丽儿带着海伦一块儿去。他显得彬彬有礼，细心周到，但我一看到他们俩，就知道这两人并不般配。

然而，公鸡一看到海伦，立即被她迷住了。"她可真是个美人胚子！"他向我吐露。

可海伦对公鸡不感兴趣。"他把烟草汁直接吞下去！"她说，"每次我一看到他的喉结忽上忽下，就觉得恶心。"

我虽不认为都到了这个节骨眼儿，海伦还有资格挑三拣四，不过一个才刚学会写自己的名字的兼职警官，的确算不上是她的最佳丈夫人选。

海伦非常喜欢我那件深红色的衬衫，她一看到我穿上它，就笑了，那是她自打来到红湖镇以后的第一个笑容。她要我给她穿穿看；在扣上纽扣时，她看上去是那么地兴奋，以至于我以为她已经摆脱了所有忧愁。但是当她把衬衫下摆塞进裙子里时，我发现她的肚子已经能看出是有身孕了；看来我们那些关于她来沙漠换换空气的说法，可能维持不了多久。我意识到，不管她的心情是否好起来，她的问题都不会消失的。

海伦和我开始到红湖镇的天主教堂去做礼拜。那是一个灰扑扑的土砖造的小布道所,而我对那位卡瓦诺神父着实没有什么好感。他是一个枯瘦且毫无幽默感的人,他眉头一皱,谷仓上的油漆都会吓得掉落下来。但很多当地农民都会到那儿去,所以我想也许海伦可以在那儿遇到不错的男人。

　　海伦到这儿差不多有六个星期了。一天,我们在那个闷不透气的教堂里听弥撒:先是站着,接着跪下,然后坐下,再站起来。焚香飘向天花板。海伦穿着宽松的裙子和外套,借以掩饰身材。突然,她昏死过去。卡瓦诺神父从祭坛上冲了下来,先摸了摸她的额头,然后看了她一会儿,不知怎么他碰了碰她的肚子。"她怀孕了,"他说,又瞥了一眼她未戴戒指的手指,"而且没有结婚。"

　　卡瓦诺神父告诉海伦说她必须进行一次完整的忏悔。她照做了,但他非但没有宽恕她,还警告说,她的灵魂正处于致命的危险中,因为她犯了淫欲之罪。他说,她在这世界上惟一的容身之处,就是教会为任性的妇女建立的收容所。

拜访过卡瓦诺神父后，海伦比以往显得更加心烦意乱。她不想去那些收容所——我也不可能会让她去——但现在她的秘密已经曝光，红湖镇居民对我们的态度完全变了。在街上，经过我们身边的女人，眼睛都盯着地面；牛仔们大概是听到谣言，说我们是放荡的女人，所以觉得可以随便对我们挤眉弄眼。有一次，我们走过一个坐在板凳上的墨西哥老奶奶旁边，我偶一回头，居然看到她正在胸前画十字。

海伦忏悔后过了两个星期，一天傍晚，我听到有人在敲教师宿舍的门，开门一看，见麦金托督学——当年，战争结束后，把我从教师岗位上赶下来的正是此人——正站在外面。

他轻触了一下帽檐，然后目光越过我往屋里瞧；海伦正在一口锡锅里洗晚餐的盘子。"凯西小姐，我可以私下和你谈谈吗？"他问我。

"我出去散会儿步。"海伦说。她用围裙擦了擦手，从麦金托先生身边走过，他则相当有礼地再次触碰了一下帽檐，以示致意。

我既不想让麦金托先生盯着那些脏碗盘瞧，也不想让他看到海伦的手提箱打开放在地上，所以我领着他穿过中间连接的那扇门，进到教室里。

一边看着窗外，一边用手指拨弄他那顶软呢帽的帽檐，麦金托先生神经质地清了清喉咙，然后发表了一通显然早就准备好的话，内容涉及海伦的状况、道德的标准、学校的政策、敏感的孩子们，还有树立榜样的必要性，以及亚利桑那州教育委员会的声誉等等。我开始和他争论：除了我，海伦没有其他人可以依靠，而且她离那些学生远远的，根本不会接触到。但麦金托先生说这件事没有商量的余地，很多家长向他施压，事情已经超出了他能控制的程度。虽然他也觉得很遗憾，但他还是必须说清楚，现在的情况是，如果我还想保住这份工作，海伦就必须走人。说完，他戴上他的软呢帽就离开了。

我感到愤怒，且有一种被羞辱的感觉。我在书桌前坐了一会儿。这是我人生中第二次，由那个鱼脸先生来告诉我：他们不需要我。我的学生家长里包括偷牛贼、酒鬼、土地投机商、私酒贩子、赌棍，以及从良的妓女；他们不介意我赛马、玩牌、喝走私来的威士忌，而我只不过是怜悯自己的妹妹，因为她被油嘴滑舌的流氓利用后又遭抛弃，他们就突然间有了道德感，义愤填膺起来了？我真恨不得把他们全部掐死！

我走回教师宿舍，海伦坐在床上抽烟。"我没有真的出去散步，"她说，"我都听到了。"

那个晚上我把海伦紧紧抱在怀里，再三安慰她说一切都会迎刃而解。我跟她说，我们可以写信给爸爸妈妈，他们一定会谅解的，因为这种事情经常发生在年轻女孩身上；她可以一直住在牧场，直到孩子生下来。我会每个周末都去赛马，把所有赢来的钱都攒下来给她和孩子。孩子生下来后，伯斯特和多罗西会把孩子当自己亲生的来抚养，而她就会有钱，可以到一些有趣的地方开始新的生活，比如新奥尔良或堪萨斯城。"我们有各种各样的选择，"我说，"但这个最靠谱。"

然而海伦还是伤心欲绝，她深信，尤其是妈妈，永远不会原谅她，因为她给家庭带来了耻辱。她相信，爸妈一定会和她脱离关系，就像当年家里的女仆露比怀孕后，被她的父母赶出来一样。海伦说，不会再有男人要她了，她已无处容身。她说，她没有我那么坚强，根本无法独立生存。

"难道你从来都没有想过要放弃吗?"海伦问我，"我现在想放弃了!"

"胡说八道!"我回答，"你比你自己以为的要坚强多了。总会有出路的。"我又谈到那棵棉白杨树，还告诉她当年因为爸爸不愿意付学费，我从拉瑞多修女学院被送回家时，阿尔贝蒂娜修女对我说的那番话："当上帝关上一扇窗的时候，他一定会打开另一扇门，但你得自己找到这扇门。"

最后海伦仿佛是从我的话中找到了安慰。"也许你是对的，"她说，"也许还有路可走。"

当第一道灰色的曙光出现在窗户外时，我还醒着，和海伦躺在床上。海伦终于睡着了，我端详着她那张从阴影中浮现出来的脸庞，她那头傻气的白金色秀发散落到脸上，我把头发别到她耳后。因为哭得太多，她的眼睛都浮肿了，但面容依然还是那样精致柔弱，皮肤也还是那样苍白光滑。当阳光充满整个房间后，她的脸庞仿佛在发光。她看上去就像个天使，一个有点臃肿、怀了孕的天使，但仍然不折不扣是个天使。

突然，我对眼下这些事的感觉好多了。今天是星期六，我从床上起来，穿上裤子，煮了一些浓咖啡，煮好后我给海伦拿了一杯，告诉她该起床了，太阳晒屁股啦。新的一天开始了，我们应该出门去，融入这个世界，尽情享受眼前的一切。我说，我们今天要做的，是先去向吉姆借芙丽儿，然后一起去大峡谷野餐。那些雄奇的峭壁将为我们提供更加开阔的角度，思考目前我们面临的那些微不足道的小问题。

海伦坐在那儿喝着咖啡，面露微笑。我告诉她，我去借车子时，她可以穿好衣服，这样我们就能早点动身，充分利用这一天的时光。"我很快就回来了！"我站在门口说。

"好的，"海伦说，"还有，莉莉，我很高兴你让我到这里来。"

这是一个美丽的早晨，在十一月的明媚阳光下，空气是如此新鲜清爽，嫩枝和草叶都探出了头。牧场已经转成干草的颜色，天空万里无云，哀鸽在香柏树上咕咕叫着。我走过那些老旧的泥砖屋，还有新建的木屋，经过咖啡馆和加油站，经过镇上那些准备市集日的一家家农户，突然，我觉得有什么东西卡住了我的喉咙。

我把手放在喉咙上，就在那一瞬间，我被一种可怕的恐惧感所淹没。我立刻转身，拼命往回跑，那些商店、房屋，还有一脸困惑的人们在我眼前飞过，一切变得模糊一片。等到我猛然撞开房门，已经太迟了。

我的小妹妹摇晃着悬挂在房梁上，一张踢翻了的椅子倒在她的脚下。她上吊自杀了。

卡瓦诺神父不肯让我把海伦葬在天主教会的墓地里。他说自杀是弥天大罪，是所有罪行中最严重的，因为这是惟一一件无法忏悔求得宽恕的罪行，因此自杀者不准埋在圣地。

于是，吉姆、公鸡和我开车往牧场去，离镇上远远的。我们在一座小山顶上找到一个漂亮的地方，从那儿可以俯瞰一处草木丛生的浅谷——这里风景优美到让我相信它在上帝的眼里一定是块圣地——我们就把海伦葬在那里，穿着我的红色丝绸衫。

第五部
羊 羔

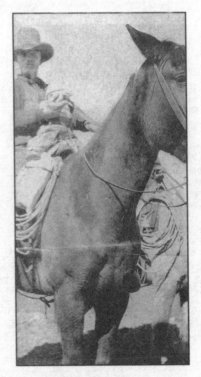

抱着罗丝玛丽的大吉姆

采用自杀的方式了结生命的人们，以为这样可以摆脱痛苦，但其实是把痛苦转移给了被他们抛下的，仍然活在这个世上的人。

　　海伦死后的那几个月里，痛苦就像一块厚厚的铅板压在我身上，如此黑暗和沉重，除了上课，其他时候我都躺在床上不想起来。无论是骑马——更不用说比赛——打牌，还是驾着芙丽儿在乡间转悠，全都变得毫无意义，让人厌恶。任何事情都会让我心烦：孩子们的喊叫声，甚至只是在学校后院里的嬉笑声，或是教堂的钟响，小鸟的啁啾声。有什么事值得他妈的如此闹喳喳？

　　我想过把这份工作给辞了，但合约尚未到期，而且不管怎样，我也不能把孩子们的父母做过的事，怪在他们头上。但我和红湖镇的缘分算是到头了，这学年一结束，我就搬走。我甚至不确定自己是否还想当老师。我觉得自己把一切都献给了这个镇上的孩子，可就在我需要一些理解的时候，他们的家人却不愿意放我一马。也许我不该再把自己贡献给别人的孩子，也许我该生几个自己的孩子。我从来没有特别想要自己的孩子，可海伦的自杀，不但杀死了自己，还杀死了她肚子里的小婴儿，这件事情让我想要把另一个小婴儿带到这个世界上来。

时间流逝，我甚至未曾察觉，"生一个自己的孩子"的想法让我的悲痛得到缓解。春日里的某一天，我如往常一般起了个大早，坐在教师宿舍前的台阶上喝咖啡。太阳从东头的旧金山山脉上方升起，一束束阳光带着春日里才有的金色光泽，滑行着掠过整个高原，最后洒落在我身上，让我的脸和手臂感到一阵温暖。

我忽然意识到，在海伦死后的这几个月里，我很少注意到类似日出这样的事情。但太阳这位老兄根本不在乎我的感受，不管我是否注意到它，它都照常升起落下。如果我打算把日升日落当成一种享受，那也是我自己的事，完全取决于我自己怎么想。

如果我想要有个孩子，就得找个丈夫。我开始用不同的眼光来审视吉姆·史密斯。他有很多优点，但最重要的，是我觉得自己可以完完全全相信这个人。一旦下定决心，我就觉得没必要再兜圈子或装模作样，于是在五月初的某个傍晚，放学后，我给小斑套上马鞍，骑着它去了修车厂。吉姆正躺在一辆车底下，我只看到露在外面的他的腿和靴子。我告诉他，我要和他谈谈，于是他慢慢地把自己推出来，然后站起身，用抹布擦拭手上的油渍。

"吉姆·史密斯，你愿意娶我吗?"我问道。

他瞪着我看了好大一会儿，突然咧嘴大笑。"莉莉·凯西，那天看到你从红恶魔身上滚下来，之后又上马继续比赛，那时候我就想娶你了；我只是一直在等待一个求婚的好时机。"

"那好，此刻就是你的好时机，"我说，"现在，我只有两个条件。"

"说吧，女士!"

"第一，我们变成合作伙伴，不管什么事，我们都一起做，各自分担应尽的职责。"

"听上去不错。"

"第二，我知道你是在摩门教家庭长大的，但我不希望你再娶别的老婆。"

"莉莉·凯西，根据我对你的认识，一个男人只要有了你，就不会再有余力想要别的女人了。"

我告诉吉姆我的第一任混蛋丈夫给了我一只假戒指后，他马上拿出一本西尔斯罗巴克公司的产品目录来，我们一起选了一款戒指，所以我确定我得到的绝对是如假包换的真货。学校放暑假时，我们在我的教室里结了婚，公鸡是伴郎。仪式开始前，他亲了我一下。

　　"我知道总有一天自己要亲你一下，只是没想到会是因为你嫁给了我的好朋友，"他说，"不管怎样，我得到了我能得到的。"

　　公鸡有个朋友会玩手风琴，因为我对教书这个职业还是有点留恋，所以就请他弹奏"家长教师协会"① 的会歌，而不是门德尔松的《结婚进行曲》。

　　当时是一九三〇年，我二十九岁。很多女人在我这个年龄，小孩差不多都长大了。但是起步晚并不意味着我享受到的乐趣会比她们少——说不定还更多呢。吉姆理解我想离开红湖镇的原因，他同意把修车厂迁到阿什福克——红湖镇往西大概三十英里处，刚过亚

---

　　① PTA，Parent Teacher Association，美国教育体制中的组织，旨在发挥家长的力量改进学校工作。

瓦派郡的边界。阿什福克是个繁华的小镇，位于威廉姆斯山山脚的六十六号公路①上。它也是圣达菲铁路上的一个停靠站，有一个扇形的机车库，所以在某些日子里，小镇的街上会挤满准备运往市场交易的羊群。阿什福克有一家杂货店，店主是乔治·华盛顿兄弟的后代；教堂不止一间，而是有两间；还有一家为准备乘火车的人提供服务的"哈维之家"餐厅。那里的女侍穿着白围裙，如果你点的是一片派，她们会给你端上整整四分之一个派，连客人擦嘴用的都是优雅的亚麻材料的餐巾。

　　我和吉姆向阿什福克的银行贷了一笔款，用可可尼诺砂岩盖了一家修车厂。从砌石到涂抹灰泥，全都是我们自己动手。然后我们把从红湖镇带来的招牌挂在门上。用贷来的钱，我们从先前订购婚戒的西尔斯罗巴克公司的产品目录上邮购了轮胎打气泵、有滚珠轴承的手摇千斤顶和一摞棱纹胎面的轮胎。

　　我们还把气泵从红湖镇带过来了，它上面有个很大的玻璃气缸，里面装满了汽油——染成了红色，以区别于煤油——每次给车子加油时，气泡就会咕噜咕噜地往上冒。

　　车厂生意相当兴隆。既然我们是合作伙伴，吉姆便教我怎么为车子加油。这台气泵是手动操作的，我得不停地压、压、压，汽油才会咕嘟、咕嘟、咕嘟地流出来。我还学会换机油、补胎。到了那

————————

① 贯穿美国东西部，是二十世纪三十年代向西部移民的主要公路。

年冬天，我怀孕了，但我还是每天拼命干活；在吉姆忙着修车时，我就帮着把油箱灌满，找钱给客人。

我们盖了一栋小房子——用的材料还是可可尼诺砂岩——就在六十六号公路旁。这条路还是泥土路，旱季时，马车车轮或汽车轮胎扬起的尘土，有时会从窗户外飘进来，给家具蒙上一层沙。但我酷爱这栋房子，我们从西尔斯罗巴克公司的产品目录上订购了整套管道系统，我们自己安装。于是我们的厨房里有了自来水，从闪闪发亮的镀镍龙头里汩汩流出。我们还安装了一拉链子就会冲水的卫生间——就像我在芝加哥做女佣时的有钱人家里一样——有搪瓷制的马桶和桃花心木饰面的马桶盖。

房子竣工时，公鸡来看我们。他跟我爸爸一样，不敢相信有人会把厕所装在屋子里。"这样不是很不卫生吗？"他问。

"所有的东西都从这个管子排出去，"我说，"如果你想上茅坑，把自己的屁股冻僵，我没问题。"

公鸡也是那种不喜欢改变的人，不管这个改变能否改善他的生活。而我对这套室内管道系统自豪得不行，随便来个人敲门问路，我都会忍不住对他们说："要不要来杯新鲜的自来水？"或者是："你需不需要上个厕所呢？"

到我怀孕八个半月的时候，身材已经相当臃肿。我很乐意继续在修车厂里干活，但吉姆认为以我目前的状况看，这样做有点危险。他说，我可能会因为踩在溅出来的油上而滑一跤，或者因为汽油味太重而熏晕，甚至因为试图扭开生锈的水箱盖而导致羊水破裂。所以他坚持要我待在家里，这样我才能确保安全。对大多数女人来说，没有比这更好的了，穿着家常服懒散度日，什么事都不用做。可没过几天，我就开始得幽闭症了，把自己关在那里看书、缝补衣服。也许这就是我会对那个顺路探访的耶和华见证人教徒发火的原因。

　　平日里我对像耶和华见证人教徒一类的人都很友善，对他们真诚的信念甚是钦佩，但这个家伙特别执着，说了一大堆的废话，什么末日审判即将来临，为了我那尚未出生的孩子，我需要寻找救赎，改变信仰等等。他算老几啊？有什么资格教导我该信什么？我问自己。每个人都得找到一条适合自己的通往天堂的路。今天这个世界的问题之一，就是所有这些笨蛋都坚信自己是惟一知道答案的人，于是便把持不同意见者统统杀掉。

　　我真是气得不行，不停地走来走去和这个家伙辩论，完全想不到自己原本在做什么，结果一屁股坐在针线活儿上，一根针扎进了我的屁股。我痛得大叫一声，开始咒骂起来，并试着把那根针从屁股上拔出来，而那个耶和华见证人教徒摇了摇手指，辩称这正是耶稣所给的暗示，说我得看清自己的错误，追随主走上正道。

　　"这是什么征兆，先生？"我说，"它是不是暗示我不应该一个人待在家里，和一个愚蠢的陌生人辩论神学问题？"

　　我回到修车厂，把刚刚发生的事情告诉了吉姆。"哪怕我只管收钱也行，"我说，"我要在这儿干到生产，待在家里实在太危险了。"

　　两周后，在一个酷热的七月天里，宝宝出生了。我是在家里生产的，助产的是库姆斯奶奶，她是整个亚瓦派郡最棒的接生婆。库姆斯奶奶的一条腿比另一条短，走起路来跛得比我爸爸还厉害。她也嚼烟草，不过她会吐出来，不像公鸡那样吞下去。郡里所有的妇女都非常信赖她，她们说，如果连库姆斯奶奶都无法将你的宝宝带到这个世界上来，那么这个宝宝就注定是不该来的。

　　我分娩时，那股疼痛像波浪般一阵紧似一阵地袭来。库姆斯奶奶告诉我不痛是不可能的，但是她可以教我如何将疼痛降到最低。我需要做的，就是把真正的疼痛和恐惧区分开，这种恐惧让我害怕会有可怕的事情发生在自己的身上。"这种疼痛是你的身体在抱怨，”她说，“如果你倾听疼痛，然后告诉你的身体：‘好，我听到了！’你就不会这么害怕疼痛了。我并不是说疼痛就会消失，但这样它就不会让你痛到发狂。”

我的生产过程只进行了几个小时，库姆斯奶奶的建议对疼痛的确有抑制的作用——好吧，多多少少。宝宝出来的时候，库姆斯奶奶说："是个女孩。"接着把她举起来。可她全身发紫！我心里一阵惊恐。库姆斯奶奶开始拍打、揉捏她。宝宝发出哭声，身体渐渐变成粉红色。然后库姆斯奶奶剪断脐带，用一个烧焦了的软木塞揉搓宝宝的肚脐，以愈合伤口。

库姆斯奶奶有第六感——有时候我觉得我也有——她懂读心术，还会算命。我抱着宝宝喂奶的时候，她为自己撕了一块口嚼烟草，然后把牌摊开，看看我的小宝宝的未来如何。

"她的命很长，但多变故。"库姆斯奶奶说。

"她过得快乐吗?"我问。

库姆斯奶嘴里嚼着烟草，继续研究那些纸牌。"牌上说她会是个流浪者。"

我给女儿取名为罗丝玛丽，"罗丝"是玫瑰，我最喜欢的花，"玛丽"是很好的天主教女性名字，加起来变成"罗丝玛丽"，则是很有用的草药①——我希望这孩子有务实的一面。在我看来，大多数婴儿长得要么像猴子，要么像佛陀，可罗丝玛丽真是个漂亮的小东西。她的头发刚长出来的时候，颜色浅，发质纤细，看上去像是白色的。到她三个月大时，已经会露出笑盈盈的小脸了，和她那充满喜悦的绿眼睛非常相衬。虽然这样说有点早，但我觉得她长得很像海伦。

在我看来，正是海伦的美貌害了她，所以我决定永远也不告诉罗丝玛丽她长得有多漂亮。

一年半后，我又生下了一个小男孩。往东四十英里外的威廉姆斯镇新开了一家大医院，所以我决定去那儿生产。但就在我快临盆的时候，一场可怕的冬季暴风雪从加拿大袭来，路面上积满了吹雪。我们几乎无法上路，因为芙丽儿一直在空转、打滑，后来吉姆

①　即迷迭香（rosemary）。

取出千斤顶，把链条套在轮胎上。他蹲下身子，抵挡风雪，而我坐在蒙上水汽的窗子后面，不停地深呼吸。我们抵达医院时，正好是宫缩开始变得厉害起来的时候。

库姆斯奶奶那种"意念战胜物质"的疼痛控制法，用在脚趾骨折上应该会相当管用，也的确帮我熬过了第一次分娩，但它可没法跟了不起的现代麻醉技术相提并论，这次，医生们正是用它把我弄得失去知觉。

他们把一个面罩扣到我的脸上，很快我就迷迷糊糊地睡去了。醒来时，我就有了一个儿子。他可是个壮壮的小男孩，也是在这家医院诞生的第一个宝宝，所有的护士和医生，都像吉姆和我一样很是得意。我们给他取了跟他爸爸一样的名字，从一开始就叫他"小吉姆"。

大概也就是在这个时候，艰难的时刻降临在北亚利桑那州。造成问题的最大原因，是太多的农民和没有经验的牧场经营者迁入这个地区。他们不知道亚利桑那州和东部的土地不同，那里有几千年积累下来的朽木，造就了肥沃的土壤，而这里的土地上只有一层薄薄的表土，一旦被犁耕过，这层表土马上会被吹过的第一阵强风带走。那些菜鸟们只知道嘲笑纳瓦霍族人，说他们种玉米时每一株都种在相隔三英尺远的小洞里，而不是已经犁好的相距一英尺的土块里。然而印第安人知道这才是此地的土壤所能负荷的程度。上帝设计这块土地时，绝不是想用来耕种的，可现在的耕耘程度已经超出了这块土地的承受极限，原本绿油油的牧场因为过分的放牧已经变成只剩下残茬的干硬土地。牧草无法追播，等到下雨时，就没有足够的牧草可以保住雨水，所以水分很快流失，并带走了肥沃的土壤，一块好地就被永远破坏了。一旦遭遇久旱，整个州的大片农村地区，将弥漫着打旋的尘土，高度可达半英里高的空中。

也是在这个时候，全国陷入长达数年的经济大萧条时期。一开始，似乎只有大城市才有这个问题，但很快就伤及牲畜市场，因为太多东部居民已经吃不起牛排了。亚利桑那州的一些小牧场开始破产，牧场的帮工们加入到流动求职者的潮流中，从我们家门前的六十六号公路经过，往加州前进，他们希望能在那儿找到工作。

很多人买不起汽油了，便开始把以前买的拖拉机和汽车一辆辆卖掉，很多人后悔当初把耕田用的马都卖掉了。修车厂的生意日渐清淡，且吉姆为人又过于慷慨，遇上穷人，常常算得便宜，甚至有时免费帮他们修车。

我坐在厨房的餐桌旁，手里拿着纸笔，计算着账目，想找出减少开销的办法。但不管从哪个角度计算，结果还是一样：我们的支出大于收入，破产是迟早的事。如果把贷款也算进去，我们实际上已经破产了。我把孩子们带到修车厂，尽我所能地搭把手，同时我也在想，一定有别的什么路子可以给我们带来一点额外收入。

一天，阿什福克小镇上的中国人李先生来敲我们家的门。他在修车厂附近的一个棚子里卖中国菜，赚到钱后买了辆福特 A 型车，平时都是吉姆帮他维修。往常这位李先生总是很开心的样子，笑容满面的，但那天他显得非常惊慌。禁酒令早在几年前就已经取消了，但很多人已经尝惯了私酒销售带来的甜头，李先生便是其中一位。他为顾客提供私酒，让他们伴着面条下肚。他听说稽查私酒的官员已经发现了他，所以他想找个地方藏几箱酒。

李先生和吉姆很合得来，当年他在满洲①当兵时，吉姆正在西伯利亚服役。他们经历了同样严寒的冬季，把头发上的冰锥折下，咬嚼冰冷的冻肉。李先生很信任吉姆，最后我们同意他把几箱私酒送来，藏在小吉姆的婴儿床下，因为有床罩垂下遮掩着。

那天晚上，我躺在床上，一直在想李先生的那些私酒，突然产生了一个念头：我可以通过从后门卖私酒来赚点外快。虽然爸爸是个忠实的禁酒主义者，但他的父亲也曾在 KC 牧场上开店卖私酒，所以卖私酒对我来说，可说是家族遗传。而且，我从来不觉得一个诚实的人喝点应分的饮料能有什么错，我自己时不时也会喝上一杯。

第二天早上，我在餐桌上向吉姆提出了这个建议，他听了兴致不高。很多年前，吉姆因为喝醉后在加拿大某个小镇上胡乱开枪造成破坏，之后便把酒给戒了。但他对私酒本身并没有什么意见，他只是不想看到他的两个孩子的母亲因为贩卖私酒落了个身陷囹圄的

---

① 满洲（Manchuria），旧称中国东北三省。

下场。

我对吉姆说，正因为我是两个孩子的妈妈，而且之前又是受人尊敬的老师，所以那些缉私官员绝对不会怀疑到我的头上。外面肯定有这个市场，现在所有人都想一分钱掰成两半用。我们又不是开地下酒吧，只不过是做点零售的小生意，还无须本钱。我们也算是在帮平凡小人物，让这些辛苦工作的牛仔有机会喝上一杯，而无须每次都被迫额外缴五分钱给山姆大叔。

我一直对吉姆说个不停，指出我实在想不出其他办法来解决目前收支不平衡的窘境了。他看出我在这件事情上不会消停，只好勉强同意我的计划。因为我们帮了李先生的忙，因此他也同意了，答应每个月给我两箱私酒，利润对半分。

我可是个不错的卖酒妇。我小心翼翼地放出风声，很快，当地的牛仔们就开始来敲我们家的后门了。我只把酒卖给认识的人，或者是他们介绍的人。我待人和善，但生意归生意，一点都不含糊，可以请他们进门待一会儿，但不允许任何人在附近逗留不去，或者干脆直接就在我店内喝开了。我开始有了固定的常客，其中包括天主教神父，他走之前都会为我们的宝宝祈福。常客能享受折扣，但我从来不让人赊账，也不卖酒给那些我认为是拿房租来买酒喝的人。李先生拿走他那一份利润后，我每卖一瓶酒可以赚两毛五。很快，我平均每天能卖出三瓶，每个月有二十块钱左右的额外收入，家里的收支平衡不久便得以实现。

那年春天的某一天，当时罗丝玛丽已经三岁，小吉姆刚学会说话，卡蒙兄弟赶着一大群羊从我们家门前经过，他们是去镇上的火车站。卡蒙兄弟买下了一个很大的牧场，在阿什福克镇的西边，亚瓦派郡境内，他们打算在那儿养羊，兼得羊毛和羊肉。他们来自苏格兰，非常了解羊的习性，但对亚利桑那州的牧场草地却知之甚少。最后卡蒙兄弟俩认定亚瓦派郡的牧草对羊来说太干了，尤其是干旱的时候；他们决定把羊群卖掉，连同牧场一起，这样好过眼睁睁看着那些羊群日渐消瘦虚弱，越来越多地不是被狼叼走，就是被饥饿的流浪汉掳走。

　　那天又干又热，羊群挤满了阿什福克镇的街道，它们踢起的尘土弥漫开来，你得用大手帕捂住嘴才行。母羊咩咩叫，小羊咪咪叫；卡蒙兄弟的帮工们骑着马来来回回，想把羊群赶往运送站，鞭子声噼噼啪啪地响在那些离群的羊儿身上。

　　卡蒙兄弟俩都不在那儿——他们回牧场去了，把剩下的羊集中起来——等到羊群被赶进运送站的畜栏里后，有个笨蛋想了一个"超有才"的主意：把羊羔和它们的母亲分开。等他们真的这样做之后，现场变得混乱不堪：这些小羊都还在吃奶的时候，走完这段路后肚子饿了，它们争相哭喊着要妈妈，乱成了一团；而母羊那边，也在疯狂喊叫，想找到它们的孩子。

这些帮工马上意识到自己的错误，立刻打开分隔母羊和羊羔的栅栏门，羊群又混在了一起，妈妈找孩子，孩子找妈妈。情况变得越发糟糕了，小羊们闹得越疯狂，体能消耗得越多，肚子也就越饿。这个羊群太大了，乱得不行，以至于没有一只羊羔找到了母亲。几个小时的骚乱过后，羊羔们因为饥饿变得更加虚弱，它们想从就近的某个母亲那儿得到奶水，但母羊们都想把奶水留给自己的宝宝。母羊们会用鼻子在小羊身上嗅嗅，如果闻到的不是熟悉的气味，就会把它们踢开，然后继续寻找自己的孩子。

帮工们也乱成一团，在羊群里费劲地走来走去，想强迫母羊给任意羊羔喂奶。但那些母羊都不肯合作。它们又踢又叫，不断扭动身体，不但让现场更加纷乱喧闹，而且扬起更多尘土到空气中，让牛仔们咒骂不已。镇上的人渐渐聚拢上来围观，有人帮着出主意，其他人则在一旁窃笑，摇头，等着看这场闹剧如何收场。

我也带着小吉姆和罗丝玛丽站在那里围观。罗丝玛丽对于母羊靠嗅觉辨识自己的孩子的做法相当着迷，她跑来跑去地把自己的鼻子塞到小羊的羊毛里，想闻出来点什么。"我闻上去就是羊的气味嘛！"她宣布道。

卡蒙兄弟俩终于出现了，但他们也不知道该怎么办，形势变得越来越危急，有些小羊羔开始因为受不了炎热和饥饿而倒下。

"你们应该和我丈夫谈谈，"我对他们说，"他懂动物。"

卡蒙兄弟派人去请吉姆，他正在修车厂。他一到，帮工们便向他解释事件的经过。

"我们现在要做的，"吉姆说，"就是让母羊临时把随便一只羊羔当亲生的来喂奶，之后再来解决整顿羊群的问题。"

吉姆派我回家找一块旧床单来，他自己则回修车厂拿了两罐煤油回来。他要卡蒙兄弟的帮工们把床单撕成碎布，再把布条在煤油里蘸了蘸，然后用它来擦母羊的鼻子，这样就能妨碍它们的嗅觉，让它们愿意为身边的羊羔哺乳。

等羊羔们都喂饱了，最直接的危机就解除了，吉姆让帮工们再次把母羊和羊羔分开，然后他们把小羊一只一只分别带进母羊的畜栏到处走，直到它的母亲认出它为止。羊群实在太大了，以至于花了近两天的时间才完成这一工作，中途还停下来了好几次，因为还没找到妈妈的羊羔又饿了，得重新让母羊的鼻子失灵才行。

小罗丝玛丽被眼前的场景深深吸引住了，她一直很担心会有小羊找不到妈，所以整个过程她都待在那儿，密切关注着事态的发展。等到一切最终结束时，还真有一只小羊没有被任何母羊认领，它那黑黑的眼睛里充满了惊惶的神色，白色的羊毛上布满了厚厚的尘土；它颠着细弱的小腿跑来跑去，凄凉地咩咩叫着。

卡蒙兄弟告诉吉姆，这只羊羔他爱怎么处置就怎么处置好了。

于是吉姆一把抱起这只小羊羔，把它带到罗丝玛丽身旁。他跪了下去，把小羊放在她面前。"所有的动物都有它们各自的去处，"他说，"有些适合在野外生活，有些适合养在谷仓旁的院子里，有些适合送到市场上去卖，而这只小羊羔，注定了要成为宠物。"

罗丝玛丽爱极了这只小动物，她会和它分享冰淇淋蛋筒，而它则跟着她到处跑。我们决定叫它"Mei-Mei"，李先生告诉我们这是中文"妹妹"的意思。

　　在吉姆帮忙搞定羊群的几周后，我听到一辆车在房子附近停了下来，接着有人敲后门。一个男人站在外面，嘴里抽着烟。他让车门开着，一个女孩和一个年轻女人坐在里面，眼睛看着我们。他是个长得不错的家伙，一绺浅黄色的头发散落在前额上，不过牙齿有点参差不齐，还被烟染黄了，但笑起来还是很有魅力的。甚至在他开口说话前，我就从他略微有点失衡的站姿上，看出他已经有点醉了。

　　"我是公鸡的朋友，"他说，"我听说这儿是能让一个男人拿到一瓶好酒的地方。"

　　"我看你已经拿到好酒了。"我回答。

　　"哎，我正在努力中呢。"

　　他的笑容甚至变得更迷人，但我看看那个女人和女孩，她们一点笑容也没有。

"我想你喝得已经够多了。"我说。

他的笑容消失了，取而代之的是一脸的愤怒，是那种你对酒鬼说他们醉了时他们脸上会出现的表情。他开始告诉我他的钱和别人的一样都是钱，我只是个卑微的卖私酒的女人，凭什么断定谁喝得少谁又喝得太多。但我全然不为所动，当他最终意识到我不会让步，自己将空手而回时，他简直气炸了，说我一定会后悔这样对他，说我不是东西，只是上吊自杀的婊子的姐姐。

"你等着。"我对他说。我让门敞开着，走进卧室，找到那把镶嵌了珍珠的左轮手枪，然后走了出去，用枪对准他的脸。枪管离他的鼻子只有六英寸。"惟一让我没有一枪崩了你的原因，是车里的那两个女人，"我说，"你最好给我滚，永远不要再回来！"

那天晚上，我把白天发生的事告诉了吉姆。

他叹了口气，摇了摇头。"这件事恐怕还没结束。"他说。

果然，两天后，一辆车停在房子附近，我打开门，两个穿着卡其制服，戴着牛仔帽的男人站在那儿。他们的衬衫口袋上有徽章，枪套里插着手枪，皮带上晃着手铐。他们轻触了一下帽檐。"下午好，女士。"其中一个说道。他提了提裤子，拇指插进腰带里。"我们可以进来吗？"他问。

我看不出来在这件事上我还有别的选择，所以就把他们让进客厅里。小吉姆在婴儿床上睡觉；就在床下，在白色棉布床罩后面，藏着两箱私酒。

"你们想不想来杯清凉的自来水?"我问。

"谢谢你,女士,不用了。"刚刚说话的那个人回答。他们俩开始四处扫视,想要找出藏酒的地方。

"我们接到举报,"他继续说,"说这儿附近的房子里有人违法贩卖私酒。"

就在这时,罗丝玛丽跑了进来,妹妹跟在后面。她应该是先看到闪闪发光的金属和油亮的皮带,然后等到她抬头看清那两人是执法人员时,立刻发出一声尖叫,声音之大,足以把死人唤醒。接着她开始号啕大哭,扑到我的脚上,抓着我的脚踝不放。我想把她抱起来,但她变得歇斯底里起来,胡乱挥动着手臂,拼命尖叫,又哭又闹。

妹妹也跟着咩咩叫了起来,这些吵闹声把小吉姆吵醒了,他从婴儿床上站了起来,也开始哇哇大哭。

"这里看上去像是地下酒吧吗?"我问他们,"我是个老师,也是个母亲,单是照顾这些孩子,就够让我的双手忙不过来了!"

"我看得出来,"他说,这些尖叫声让他们完全乱了分寸,"我们必须过来核查一下,不过我们马上就走。"

那两位执法人员很高兴能离开这里,他们一走,罗丝玛丽立刻就不哭了。"你真是救了我一命,小宝贝。"我说。

吉姆回家后，我告诉他执法人员来过，我们的小年轻们上演了一场哭闹大合唱，最终让两位执法人员落荒而逃。对我来说，这是个非常好笑的故事，也的确让吉姆笑了，但他笑完却对我说："即便如此，他们也算是警告了我们一下，我看是到了金盆洗手的时候了。"

"可是，吉姆，"我说，"我们需要这笔钱。"

"我宁可看到你住在救济院里，也不愿看到你待在监狱里。"

贩卖私酒让我们一整年都能收支平衡，但我们不得不结束了这门生意。六个月后，银行取消了我们的抵押品赎回权。

秋天通常是一年中我最喜欢的季节，空气开始变得凉爽，小山丘因为八月的雨水而转为翠绿；但我实在没有时间享受九月的日落和繁星满天的清爽夜晚。吉姆和我决定把所有东西都拍卖掉——家具、他的工具、轮胎、轮胎打气泵、手摇千斤顶，还有带漂亮玻璃气缸的气泵。一旦卖掉这些东西，我们就会把手提箱绑在芙丽儿的车顶上，加入到那群流动农民工的潮流中，去加州找工作。

　　一想到黯然的前景，我们俩都感到备受打击，很是惶惑。一天早上，我们正在修车厂里，一边在工具上贴价格标签，一边争论应该带走哪些工具，就在这时，老黑卡蒙跑来找我们，他是卡蒙兄弟里的哥哥。老黑有个大肚腩，留着浓密乌黑的胡子，总是穿着他那件刺绣背心到处跑。在关于羊的话题上，他算得上是个数学天才，只消对羊群瞥上一眼，他不但可以告诉你确切的羊只数目，还可以告诉你能从这群羊身上撸到多少磅的羊毛。

　　自从吉姆帮他们救了那些羊羔后，老黑就开始不时地来修车厂找他闲聊。他越是了解吉姆，就越喜欢他。他还特别喜欢告诉别人，吉姆不仅懂羊，而且甚是了解牛、马，以及其他有皮毛或羽毛的动物。吉姆从来不吹嘘自己，这也是老黑特别喜欢他的一点。尤其让他印象深刻的是他从当地一个霍比族人那儿听来的故事，说的是吉姆年轻的时候，有一回看到一只老鹰正在追逐一头刚出生不久的小牛犊，最后他竟然用套索将那只老鹰从半空中给逮了下来。

那天早上，我们坐在吉姆当做办公桌的那张摇摇晃晃的油布桌前，老黑告诉我们，他和他弟弟已经把他们的牧场卖给英国的一群投资者了，这些人打算在那里养牛。他们请卡蒙兄弟推荐管理牧场的人选，老黑说只要吉姆有这个意向，他们兄弟俩就会推荐吉姆。

吉姆把手从桌下伸过来，紧紧地握住我的手，紧到我的指关节噼啪作响。我们俩都知道，在加州能找到的工作无非是采摘葡萄和橘橙，而且无论怎么微不足道的工作，农工潮里的人都会为它争得你死我活，而那些有钱的雇主则会想着法子克扣每个人的工钱。不过我们可绝对不能向老黑坦白，说我们已经走投无路了。

"听起来挺不错的，值得考虑。"吉姆回答。

老黑发了封电报到伦敦，几天后，他跑来告诉吉姆说这份工作是他的了。我们马上取消了拍卖活动，吉姆把大部分工具都留了下来，但还是把汽油泵和轮胎卖给了一个从塞多纳来的商人。公鸡从红湖镇驾了一辆平板马车过来，我们把家具搬上去，把孩子和羊妹妹放在芙丽儿的后座，然后由吉姆开车，公鸡驾马车，我骑小斑走在后头，我们这一小队人马开始动身前往塞利格曼，那是离那座牧场最近的一个小镇。

这一部分的旅程相当顺利，前进速度很快，因为六十六号公路第一次铺上了一层黑亮的柏油。塞利格曼没有阿什福克大，但是一个牧场小镇该有的它都有了：一栋既当监狱使，又作邮局用的建筑，一家旅馆，一间酒吧兼咖啡馆，甚至还有一处所谓的"商业中心"，其实就是一家杂货店，里面的宽木地板上码堆着足有四英尺高的利维斯牌牛仔裤，紧挨着摆放的是铁铲、一卷卷绳索和铁丝、水桶以及罐装苏打饼。

从塞利格曼往西走十五英里，途中穿越绵延起伏的牧场——上面长满兔草、草原野草和杜松树。远处的孔雀山是黛绿色的，头顶上的天空是鸢尾蓝色的。走完这十五英里后，我们便离开了六十六号公路，然后沿着一条窄窄的泥土路再走个九英里路。如果是乘马车，从塞利格曼到牧场得花上一整天。最后，在傍晚时分，我们来到这条路的尽头处的一扇大门跟前。

这扇门的左右两边，各围着装有倒钩的铁丝篱笆，靠修剪整齐的杜松树苗支撑着，向远方延伸。门是关着的，上面没有任何标牌，不过因为里面已经有人在等我们，所以大门其实是虚掩着的——关门的链条用一个挂锁扣住，但是挂锁却没有扣上。走进门，是一条长长的车道，我们循着车道又走了四英里，终于抵达一片栅栏围着的院落，里面有一些未刷漆的木造建筑物，遮蔽在几棵巨大雪松的树荫下。

这些建筑物位于一座小山丘的山脚下，山丘上种满了矮松和雪松。往东，可以看到绵延数英里的起伏牧场，渐渐往下倾斜，最后到达长满草的平坦盆地，即科罗拉多高原。高原一路延伸到莫格伦圈——巨大的粉红色峭壁，那儿的地面沿着一条直伸向新墨西哥州的断层线陷落。从我们所站的地方，视线所及处是无垠的天边，抬眼望去看不到一栋房子、一个人，甚至一丝人类文明的迹象，只有浩瀚的天空、无尽的草原和远处的山脉。

卡蒙兄弟遣散了大部分的帮工，使得这个地方看上去荒寂无人——只有一位帮手留了下来，他叫老杰克，是个头发斑白，嚼着廉价雪茄，有点古怪的老人，他一拐一拐地从谷仓里走出来，迎接我们。第一次世界大战期间，老杰克为了躲避服兵役，把一只脚放在铁轨上，让火车碾过脚指头，因此落下了走起路来一瘸一拐的毛病。"我是不可能赢得舞蹈比赛啦，"他说，"不过骑马用不到脚指头——而且这比闻到芥子毒气呕吐不止要好。"

老杰克带着我们四处转了转。主屋有一条长长的走廊，未刷漆的木板侧面显露出太阳暴晒后的灰色。谷仓很大，紧挨着四栋原木建造的小屋：打谷房、铁工房；一间专门用来加工牛皮和牛肉的房子；还有一间是毒品房，架子上放满了瓶子，里面装着药品、药水、酒精和溶剂，每个瓶口都塞着软木塞或碎布。老杰克不停地向我们指出各种细节：一袋袋的硫磺和广口瓶装的焦油，是用来治疗受伤的牲口用的；磨刀器在铁工房里；水槽是用来收集从屋顶流下来的雨水。

接着，他又带我们看了其他外屋，包括一间工具房、鸡棚和工人宿舍。然后我们来到车库，里面总共有二十六辆载人或拉货的马车以及汽车——几辆四轮双座轻型游览马车、几辆二头四轮轻型马车、一辆旧的宽轮大篷马车、几辆老爷车、一辆生锈的雪佛兰小卡车。老杰克很骄傲地为每辆车都取了名字。他指给我们看车库里的维修坑道：修理汽车底盘时，你只要爬到坑道下面，然后让人把车子开到坑道上面就行了。

最后，老杰克带我们往回走，穿过谷仓，来到两个畜栏前：一个是用一株株六英尺高的小树苗垂直围起来的，专门用来驯马；另一个则是标准的钢丝木桩栅栏，里面关着一小群剽悍的小马。

吉姆四处走动，不住地点头，认真地听着老杰克的介绍。我们都看得出来，这些建筑虽然历经风吹雨打，却依然很坚固实用。这个牧场里没有什么花里胡哨的东西，是一个真正可以让人投入工作的地方：工具都挂在该挂的地方；绳索整整齐齐地卷成圈状；马具都修补好了；围栅栏用的木桩一捆捆堆得整整齐齐；谷仓地板打扫得干干净净。在牧场里，一旦出现紧急情况，你必须能在仓促间找到准确放置的工具，这一点你不得不佩服卡蒙兄弟，他们知道让一切各就各位是多么重要。

显然这个地方给公鸡留下了非常深刻的印象。"这儿搞得还真是不错哦！"他说，"吉姆，你这只老猎狗，真是太走运了！"他瞥了我一眼，加了一句："第二次走运！"

我使劲拍了一下公鸡的手臂，而吉姆只是摇了摇头，咧嘴笑了笑，然后放眼眺望牧场。"我想我们可以做得很好。"他说。

"我也觉得可以。"我说。

我看出，要在这个牧场上讨生活可不易，一定会有大量的艰苦工作要做。我们离镇上太远，不可能依靠别人帮忙，吉姆和我不得不同时担任兽医、马掌工、机修工、屠夫、厨子，还有赶牛人、牧场经理、丈夫与妻子，以及两个小孩的父母。但我们俩都是那种知道怎么挽起袖子来干活的人，而且我意识到，在眼下这样的时节里，我们是非常幸运的，不但得到了一份工作，还能自己当老板，做自己擅长的事。

我感到内急，便问老杰克哪里有厕所，他指着北边角落里的一间小木棚。"很简陋，单人用的，"他说，"门上也没有半月形标示，因为大家都知道那是干什么用的。"

关上厕所门后，虽然少了门上的那个半月形洞，却还是有足够的光线透过木板裂缝照进来，所以里面还是可以看清的。天花板的角落里挂着蜘蛛网，一袋石灰放在泥地面上，有个勺子用来把石灰撒进坑洞里，防止孳生苍蝇。明显的恶臭从坑洞里升起，有那么一会儿，我很是想念我那漂亮时髦、邮购来的厕所：发亮的白色搪瓷马桶、桃花心木马桶盖，以及最新的一拉链子就会冲水的功能。然而，当我坐下时，我意识到一点，即你可以习惯某些奢侈品到觉得它们是必需品的程度，但当你不得不舍弃它们的时候，你会发现其实你压根不需要这些东西。"需要某物"和"想要某物"之间有很大的差别，然而很多人都分不清。我能看出，在这个牧场里，差不多所有的东西，都是我们需要的，不必要的东西则几乎没有。

座圈旁边有一堆西尔斯罗巴克公司的产品目录，我拿起一本浏览了一下，其中一页上展示的是女式丝绸紧身上衣和带花边的女式无袖衬衫。我想我不会订购这些东西，所以等我完事后，便把这页撕了下来，用掉了。

第二天早上，公鸡准备返回红湖镇，临出发时碰上我一个人在厨房里。

　　"谢谢你帮我们搬家。"我对他说，递给他一杯咖啡。

　　他看了我一会儿。"你知道，我一直暗恋着你。"他说。

　　"我知道。"

　　"很可笑，"他说，"但我就是情不自禁。"他停了一下，然后问道："你觉得我将来可能结婚吗？"

　　"会的。"我出于礼貌这样说道，但突然我清楚地看到这样一幅场景：一个适合他的女人在那儿等着他。"一定会的，"我又说了一次，"只要你把目光投向那些你意想不到的地方。"

　　公鸡离开后，吉姆说我们首先要做的是巡视牧场。这是个大牧场，十万英亩都不止——差不多一百六十平方英里——沿着外栅栏线骑马绕行一圈，至少需要一个星期的时间。我们让一匹小马驮东西，吉姆和老杰克各骑一匹马，我骑着小斑，小吉姆坐在我的腿上，罗丝玛丽则爬到她老爸的马上。

　　我们往西前进，一直来到黄白交错的石灰岩山脚下，然后再向南去。干燥的热风吹过溪谷，我们穿过矮松和杜松树丛，时不时地能看到远处山坡上一群群白尾羚羊，正在加玛草草地上吃草。老杰克指着"三座十字架"给我们看，那是一组岩石，有人在上面雕刻了一些马和骑马者，后面拉着三座十字架——根据牧场里的传说——描绘的是早期西班牙探险队的故事。傍晚，我们抵达土狼山下的一处高地。从那儿，向南望，可以看到杜松山；向东望，则可以看到莫格伦圈。

"好大一块地，"吉姆说，"却没有一点儿水。"

"比老母羊的奶子还要干瘪。"老杰克说。

路上有一些脏脏的泥塘，小得可怜，挖来收集雨水的，一到干旱期，那些水就蒸发得无影无踪。现在这些池塘空空的，到处是裂开的坑洞。

就这样走了十天，我们绕了一个大圈，把大部分地方走了一遍，但还是有大片土地来不及看。尽管一路上我们经过许多沟壑和洼地——看得出在山洪暴发期间，里面会流满水——但是整片土地上没有一条小溪、一汪泉水，或任何其他的自然水源。"难怪卡蒙兄弟会拱手认输。"吉姆说。

吉姆去旗杆镇找能用测水杖发现地下水源的人，然后再和他一起出发，二度巡视牧场。他们看到树丛或碧绿的草地，就会停下来测试一下。那个人伸着手臂，手里握着一根叉形的木杖，走来走去，看木杖会不会下降，如果会，那就表示地底下有水；但是那根木杖始终没有下降。

我一直在想环游牧场时经过的那些沟壑和洼地。这块土地上惟一看得到的水，只有天上的雨水。洪水季节里，成千上万加仑的水咆哮着经过这些沟壑和洼地，最终却透过地表被吸入地下。如果我们能够想出办法存住这些水，那我们就不愁没水用了。

"我们需要做的，就是建一座水坝。"我告诉吉姆。

"怎么建?"他说，"你得有一支军队。"

我想了一会儿，忽然记起曾经在某本杂志上读到一篇关于顽石坝的建造的文章。"顽石坝"是我们这些讨厌赫伯特·胡佛①的人对"胡佛水坝"的称呼。文章旁边，有几张建造水坝时用的最新式的重型推土机的照片。"吉姆，"我说，"我们去租一台推土机吧!"

一开始吉姆以为我疯了，但我下决心至少要对这个想法再仔细研究一番。我开车去了塞利格曼，有个熟人认识一个在凤凰城开建筑公司的人，他有一台推土机。果真，等我找到此人，说明来意后，他说只要我们愿意付钱，他可以把他的推土机和司机一起送上去塞利格曼的火车。我们只需要找一辆平板卡车，把推土机从火车站拉回牧场就行了。这笔费用肯定不便宜，但推土机一来，几天里就能建起一座相当大的土坝来。

吉姆说我们必须把这个想法告诉英国的投资人。恰好他们派了

---

① 赫伯特·克拉克·胡佛 (Herbert Clark Hoover, 1874—1964)，美国第三十一任总统。

几个人来视察他们的产业，此刻正在来的途中，几周后就会抵达。

那些英国佬先是坐轮船从英国抵达纽约，然后乘火车到了旗杆镇，最后坐马车来到此地——路上总共花了三个星期的时间。他们说话时发音短促却清晰，戴着圆顶高礼帽，穿着配有背心的全套西装。他们没有一个人穿过牛仔靴或甩过牛鞭，但吉姆和我都觉得无所谓；他们是生意人，不是来牧场度假，扮牛仔玩的东部城市佬。而且他们很有礼貌，人也精明，从他们问的问题，就知道他们了解自己哪些方面不懂。

他们抵达的当晚，老杰克在外面生了一堆火，准备烤牛肩肉招待他们。他一直小声地取笑那些投资人，学他们用英国腔，说一些"相当冒失"或"太好了"之类的话，还故意模仿他们的礼帽，把牛仔帽的帽檐卷起来，我在他的后脑勺拍了一下，让他收敛些。我准备了一些牧场的招牌菜，比如清炖响尾蛇、油炸小牛睾丸等等，这样他们回到伦敦的俱乐部后，就有可资夸耀的东西了。

饭后，大家围坐在火堆旁，吃着桃肉罐头。吉姆掏出装有"达拉谟公牛"牌烟草的小布袋，给自己卷了一根烟，接着像往常那样，用牙齿咬住袋口的黄绳子，把布袋拉紧，然后开始游说了。

他说，对牧场经营者来说，只有两件事是最重要的，那就是土地和水。就我们目前的情况看，土地有的是，水却严重匮乏；而没有水，这些土地就变得一文不值。水是关键。在这个地区，水是非常珍贵的，他说，其珍贵的程度，绝对超出你们这些居住在多雨岛国的先生们的想象。这也是几个世纪以来，印第安人、墨西哥人、白人一直争战不休，很多家庭因此支离破碎，邻里之间不惜互相残杀的原因之所在。

其中一个英国佬开口了，说他已经亲身体验到这里的水有多宝贵了，在塞利格曼的旅馆里，他因为洗了个澡，被多收了五毛钱。大家听了都哈哈大笑起来，这让我不由得产生一种希望，那就是他们能满怀同情地倾听吉姆的演说。

既然这个牧场没有自然水源，吉姆说，那么，如果想大规模放养牲畜，就要想办法开发出水源来。有些牧场主会钻井取水，但在真正挖到水源之前，可能会先钻出各种各样的枯井来，而且也不敢保证这口有水的井能维持多久。当初圣达菲铁路上的蒸汽机车需要水时，人们钻了一个深达半英里的井，结果一滴水也没找到。

最有效的方式，吉姆继续说下去，就是建一座大型的水坝来存雨水。他开始介绍我的计划，提到从凤凰城那边租一台推土机过来。一说到费用，那些英国佬马上你看我，我看你，有几个人眉毛都往上挑了。然而吉姆马上拉出一张我之前画好的数据列表，解释说如果没有水坝，这个牧场最多也就只能养个几千头牲口；一旦有了水坝，这个数字就可以飙升到两万头，这意味着每年可以有五千头牲口出现在市场上。用不了多长时间，建造这座水坝所耗费的开支，将由它带来的利润所填补。

第二天，他们到塞利格曼镇上，给英国的其他投资人发电报。他们反复讨论工程细节，几个回合之后，我们得到"放手去做"的答复。他们在离开前开了张支票，没过多久，一辆平板卡车拖着一台黄色的大型推土机抵达牧场。这一带第一次出现推土机，人们从亚瓦派郡各处赶来，一脸讶异地瞪着眼前的庞然大物隆隆驶过。

既然有了这么奇妙的新式机械，我们决定要在牧场多建几个水坝。推土机司机把沟壑和溪谷的边缘挖下来，把夯实的黏土铺在坝底，再用填料砌起水坝的墙面，以便山洪暴发时能挡住洪水。我们所建的水坝中最大的那一座——大到要走上五分钟才能绕它一圈——就建在牧场房子的前面。

等到十二月开始下雨时，雨水奔腾流经沟壑和溪谷，倾泻进水坝形成的水池中，就像把浴缸放满了水一般。那年冬天，雨水特别多，入春前，大池子里水位就已经深达三英尺了——这是我自芝加哥的密西根湖之后，看到的最大的一片水域了。

从某种意义上来说，这个池子不过是地面上的一个大坑而已，但吉姆却将其视为我们最值得骄傲的财产，而它也的确当之无愧。吉姆每天都会查看水坝的状况，测量水深，检查水坝壁面。到了夏天，人们会驱车好几英里跑来问我们，他们可不可以下去游游泳，我们总是应允。干季来临时，缺水的邻居有时就会驾着装满水桶的马车前来求我们借水给他们。显然，他们根本没有办法偿还这些水，但我们从未向他们收费，因为——正如吉姆喜欢说的——这是老天爷赐给我们的。

这座水坝取名为"大吉姆水坝",传开了之后,众人干脆把它简称为"大吉姆"。本郡的人会根据"大吉姆"的储水多少来估量干旱的严重程度。"今天大吉姆怎么样?"镇里的人们会这样问我,或者是:"我听说大吉姆没精神。"我完全了解他们是在说池子的水位,而不是我丈夫的心情如何。

这座牧场的正式名称是"亚利桑那联合养牛场",不过我们一般称它叫 AIC,或者就简称"牧场"。只有那些纨绔子弟和牧场新手——就是那些从西部电影或廉价小说知道牧场这个概念的人——才会给自己的牧场取什么"伊甸园地"、"梦幻牧场",或者"天堂高原"这类花里胡哨的名字。吉姆常说,从这些时髦的命名,就能肯定牧场主人对牧场经营一窍不通。

经济大萧条势头日渐强盛,许多对牧场经营仅略知一二的牧场主,开始渐渐退出这一行当,这意味着更多的人要卖掉而非买入牲口。吉姆走遍了整个亚利桑那州,以最低价买进了一大群牛。他雇了十几个牛仔——大多数是墨西哥人和哈瓦苏派族人——把买来的牛群赶回牧场,并在放出去吃草前给每头牲口烙好标记。做牛仔是一份很粗野的工作,那些孩子本身也一样粗野——一群无法适应环境的异类,他们中大多数要么是离家出走儿童,要么曾经在家里挨过不少鞭子。对这些年轻小伙子来说,要么去围捕牲口,要么进马戏团,能供他们选择的机会真的不是很多。他们过着有一天算一天的生活,他们惟一确定自己能做得最好的事就是骑在马上,他们对此颇感自豪。

这些牛仔抵达牧场后第一件事，就是奔赴开阔的原野，去围捕牧区内的一群野马。接着，他们便在一个用栅木条围起来的畜栏里，马马虎虎地驯服这些野马。这些马会突然弓着背跃起，像参加竞技的半驯化的马一样摆动着尾巴，但这些凶悍的牛仔们，直到全身骨头都快要散架了，才肯罢休。跟这些半驯的野马比，他们自己也驯服不到哪儿去。

我和罗丝玛丽站在那里看着他们。"我真为那些马儿难过，"她说，"它们只是想要自由自在。"

"在生活中，"我说，"没有任何人能真正随心所欲。"

一旦每个牛仔都有了自己的一群马，他们就开始把马带到牛群中，并且为它们标好记号。他们都住在工人宿舍里。我成天除了为煮饭给大家吃而忙得不可开交外，还得帮他们一起给牲口做标记。牛仔们早餐吃牛排和蛋，晚餐则是牛排和豆子，另外还提供给他们足够的食盐及屋顶收集的饮用水。谁要是想吃的话，还可以拿到一颗生洋葱，这和吃一颗柳橙的效果相当，可以防止罹患坏血病。大多数牛仔都会把洋葱皮剥掉，然后像吃苹果一样吃下去。

我不大放心让他们接近罗丝玛丽，也不准她走近工人宿舍——充斥其中的是没完没了的脏话和粗口的咒骂、喝不停的酒、吵不完的架、打不完的牌，以及玩不够的飞刀——这也是为什么我开始习惯和罗丝玛丽睡在牧场主屋的卧房，让大吉姆和小吉姆睡在客厅的缘故。

罗丝玛丽也有点像一匹半驯的野马。如果我不管不顾，一丝不挂地在屋里屋外四处乱窜，就是她最开心的事。她爬雪松树，泼马槽里的水，在院子里撒尿，抓着藤蔓荡秋千，从谷仓的屋檐往下面的干草堆里跳，还一边对妹妹大呼小叫让她闪开；她还喜欢坐在她老爹屁股后，成天待在马背上。马鞍太重，她举不起来，于是她就骑她那头没有鞍的小骡子珍妮。她抓住它的鬃毛，再踮起脚尖踩着骡子的腿爬上去。

吉姆有一次对罗丝玛丽说，她太调皮捣蛋，就算有哪只牲口咬了她一口，也会马上吐出来。罗丝玛丽对父亲这个说法很是受用，她从不害怕土狼、野狼什么的，而且她很讨厌看到动物被关在笼子里、被拴在某个地方，或被圈起来。她甚至认为应该把鸡笼里的鸡全放出来，即使这样有被土狼吃掉的风险，但这种为了自由而付出的代价是值得的，何况——她说——土狼也需要食物啊。这就是我一直把乳牛波西的遭遇，归咎于罗丝玛丽的原因。

那些英国人对吉姆在牧场经营上的卓著业绩赞赏有加，所以送给我们一头纯种的格恩西奶牛"波西"。波西有暗褐色的毛，个子大又漂亮，每天可以为我们提供两加仑乳脂质量上乘的牛奶。它真的是一头很棒的奶牛，我打算秋天为它配种，到了春天就会有小牛可卖，所得的收入可以存起来。我早就开始计划存些钱，以便日后能够买一座属于我们自己的牧场。

但是有一天，有人把波西的畜栏门栓打开没插上，它跑了出来，闯进谷仓，在那里狼吞虎咽地吃掉差不多一整袋粮食。当老杰克突然发现它在那儿时，那畜生的肚子已经胀得不行，靠在谷仓墙边，腹部一鼓一鼓地痛苦哀号着。

吉姆和老杰克费尽心思，试图让它把肚子里的东西吐出来。他们把所有能想到的最糟的东西混合在一起，包括烟草、苦土浆、威士忌，还有肥皂水，将这混合物装进威士忌酒瓶里，然后往波西喉咙里灌，但波西咽不下去，混合物全都从它嘴边一滴滴流出来。最后老杰克只好把它的上下颚用力扳开，让吉姆尽可能把瓶子伸进它的咽喉深处，深到吉姆的整个前臂都伸进去了。

吉姆直接把那瓶混合物倒进它胃里后，波西真的吐了点东西出来。但它胀得实在太厉害，根本无济于事。它膝盖渐渐发软，身体慢慢倒在地上。绝望之下，吉姆只好拿出折叠小刀，刺穿了它的胃，好让里面的胀气排出来，但还是没起到什么作用。一小时后，我们那头又大又漂亮的格恩西奶牛，双眼渐渐黯淡，最后重重地躺倒在谷仓地面上，香消玉殒了。

我气疯了，不但为波西的死而心碎，也为自己打算卖出小牛犊来赚点钱的美梦破碎了而愤怒不已。我确信这绝对是罗丝玛丽干的好事，一定是她那些有关动物与自由的离经叛道的怪念头，让她把波西放出来。小姑娘这会儿害怕极了，根本不敢去看吉姆和老杰克如何绞尽脑汁挽救母牛。我发现她蜷缩在长长的门廊上，为波西的结局泣不成声。我真的很想好好打她几巴掌，但她坚称母牛不是她放出来的，是小吉姆干的。因为我实在无法证明到底是谁做的，只好不了了之。

"你好好记住，"我对她说，"这就是动物获得自由后可能会有的下场。这些动物表面上看起来好像很痛恨被圈在栏里，但事实上它们得到自由后，根本无所适从。很多时候，自由反而会害死它们。"

买来的那些牲口抵达牧场后没多久，吉姆开始着手修理牧场的篱笆，这工作得花上一个月时间。他带着罗丝玛丽，开着小货车出门，一去就是好几天。他们睡在卡车里的床上，在营地生火煮东西吃，只有需要补充食物和铁丝时才会回来。罗丝玛丽特崇拜她的老爹，老爹对她野性未驯的性子也安之若素。他们俩都相当享受有对方陪伴在身边的时光，罗丝玛丽会叽里咕噜讲个不停，而吉姆几乎一声不吭，只是点头和微笑——偶尔插一两句："就这样？"或是"听起来挺不错！"——一边忙着挖洞、修整木桩、加固铁丝。

"这孩子到底有没有闭过嘴？"有一次老杰克这么问。

"她想说的东西太多了。"吉姆说。

他们出门的时候，我得打点整个牧场的生活。每天要做的事，竭尽所能还是永远做不完，所以我很快就为自己制定了一些规定。其中之一，就是省略所有不必要的清理工作——也就是女佣做的那些工作。亚利桑那是个尘土飞扬的地方，可是那点灰尘又不会让人活不下去，对我而言，那种"清洁近乎圣洁"的说法，简直是胡说八道。我甚至还觉得这句话完全是侮辱人。所有在大地上劳作的人，一定会全身脏兮兮的；而我在芝加哥时，曾见过那么多不甚圣洁的人生活在一尘不染的豪宅里。所以每隔几个月，我才会在某一天，疯狂而热烈地投入到洗洗擦擦中，对整幢屋子进行一次彻底清扫。

说到衣物，我坚决不洗。我会先保证大家买的衣服都是宽松的，这样我们就可以轻轻松松地蹲下来，双臂也能自由转动——完全不是我妈妈热衷的那种纽扣系得紧紧的东西。一件上衣穿到脏，接着把背面当成正面穿；等到背面也脏了，翻过反面来继续穿；等到反面也穿脏了，再把反面的背面转到正面来穿。这样每件上衣穿的时间，会是那些穷讲究的人的四倍，直到衣服已经脏得不能再脏，吉姆开始开玩笑说这衣服脏得连牛都会吓跑时，我才会把一大堆衣服拿到塞利格曼镇上，送到论磅计费的洗衣房，用蒸汽洗涤一次。

利维斯①牛仔裤我们是从来不洗的，因为它们缩水缩得太厉害，而且洗涤会让裤子变得不耐穿。所以我们一穿再穿，一直穿到它们开始发亮，那是因为上面沾满了泥浆、粪便、动物油脂、牲口的口水、熏猪肉脂肪、轴承润滑油和马蹄用油——然后我们再继续穿一阵子。直到最后，牛仔裤上的尘垢已经饱和到极点，再也无法变得更脏了；此时摸起来就像是一块油布，不但防水，连荆棘都刺

---

① 利维斯（Levi's），美国牛仔裤商标名。

不透，这时候，你就知道你已经驯服了这条裤子。一条利维斯牛仔裤穿到这个程度，已算得上是烟熏火腿或陈年波本威士忌的级别了，就算你想倒付钱给一个牛仔，求他让你把这条牛仔裤洗洗，他也不愿意了。

同时，我还把烹饪工作维持在最基本层面。我从来不做东部贵妇人做的那一类菜式——什么舒弗利啦、调味酱啦，或在这里装饰点缀一下、那里填充点什么东西啦，我只是做吃的东西而已。豆子是我的招牌菜，我总是把一锅豆子放在炉子上，一般能吃上三五天，这要依吃饭的牛仔人数而定。烹饪方法很简单：将豆子煮熟，加盐调味。豆类让我最喜欢的一点，就是只要一次又一次往里加水，怎么煮都不会过头。

如果不吃豆子，我们就吃牛排。我的牛排烹调法也一样简单：两面煎一煎，再加盐调味。和牛排一起上桌的还有马铃薯：去皮，水煮，再加盐调味。至于点心方面，我们常吃泡在美味的糖浆里的罐装桃子。说起来我的烹饪最缺乏的是多样性，水平也是始终稳定不变。"不会有惊喜，"我告诉那些牛仔，"但是也不会令人失望。"

曾有一次，有些牛奶坏了，于是我兴致勃勃地用小时候母亲常用的那个方法来做松软干酪。先把半凝固的牛奶煮开，用刀把凝乳切碎，再用粗麻布糖袋子包好，挂起来，晾一个晚上，第二天再切一遍，用盐腌。晚餐时端上桌，全家人都很喜欢，不到一分钟，居然就狼吞虎咽地吃光了。我觉得难以置信，我花那么长时间做出来的东西，竟然这么快就被一扫而光。

"这真是最浪费时间的一件事，"我说道，"我再也不会犯这种错误了。"

罗丝玛丽眼巴巴地看着我。

"这也可以算是给你的教训。"我对她说。

吉姆心里从来不曾动过要伸出手去打他女儿的念头，他和罗丝玛丽每次从修围篱的地方回来，她都变得比之前更难管教。虽然她还只是个小女孩，我还是感觉到了她和我之间观点基本不同的端倪。我觉得有好多事我都该好好教导她，我想在基础算术和阅读方面给她打好根基；但最重要的一点，我想让她明白——这个世界充满危险，人生难以预测，你必须聪明伶俐，心无旁骛，而且要有决心克服一切困难；你必须心甘情愿地努力工作，在面对厄运时，能坚持不懈；很多人虽然生来才貌兼备，却因懦弱而徒具天资，终究一事无成。

从罗丝玛丽三岁起，我就开始训练她数数。如果她想要一杯牛奶，我会告诉她必须拼出"牛奶"这个词才有得喝。我想让她渐渐明白生活中的每一件事——从波西到干酪——都可以是一次经验或教训，但能否从中学会什么，全在于自己。罗丝玛丽在很多方面都是慧根不错的孩子，但是数学和拼写却让她云里雾里；而回答带有提示性的问题，或是做日常的家务事，都会让她觉得无比厌烦。吉姆叫我不必太较劲，孩子才四岁而已。但是我自己四岁的时候，已经能负起收集鸡蛋，以及照顾襁褓中的小妹妹的责任。我开始担心罗丝玛丽是不是生性散漫，如果我们不尽早将此遏制在萌芽状态，散漫会成为她性格中根深蒂固的一部分。

"等她长大成熟后就不会这样了，"吉姆说，"而且即使她将来还是这样，也是她的天性，这不是我们能改变的。"

"将她导入正道是我们的责任，"我说，"我能教会大字不识的墨西哥孩童读书，就能让自己的女儿成器。"

罗丝玛丽老是让自己陷入险境，而且几乎每次都像是自动被吸过去的。她时不时地掉进小溪或从树上摔下来；最能吸引她眼球的，总是顶撞、跳跃起来最厉害的马。她喜欢抓蛇和蝎子，抓来后放进瓶子里养一阵子，然后又开始担心它们太寂寞，会想念家人，就又将它们放了。

搬进牧场来的第一个十月，我们从塞利格曼镇买了个南瓜回来，把它刻成南瓜灯笼来庆祝万圣节。罗丝玛丽穿了一件破破烂烂的旧丝绸裙子，作为万圣节的装扮，那是她在储藏库内一只旧行李箱里找到的。她把衣服提起来罩在南瓜灯笼上，火光透过薄薄的丝织物，映出图案，她就这样被深深吸引住了。就在吉姆和我都没太留意她在做什么的时候，她把衣服往下拉得靠蜡烛太近，于是着火了，干爽的丝绸即刻化成一团火焰。

罗丝玛丽顿时尖叫起来，吉姆则迅速抓起他的马皮披风，把罗丝玛丽裹住，闷熄火苗，火马上灭了。我们把她抱进卧房，吉姆一直轻声细语地安抚她，让她别再歇斯底里，我则把丝绸裙子剩余部分剪下来。罗丝玛丽的腹部有一大片烧伤，还好伤得不太重。最近的医院远在两小时路程之外，而且我也不想把钱挥霍在医生身上，所以就在她烧伤的部位涂了一层凡士林，那东西无论对烫伤还是皮疹都管用。接着，我用绷带把她包扎好。一切完毕后，我低下头看着她，并摇了摇头。

"妈咪，你在生我的气吗？"罗丝玛丽问。

"还没到该气疯的程度。"我说。我只是觉得，孩子自己把自己弄伤的时候，不应该纵容她，父母的过分关爱并不能帮助她认识到自己所犯的错误。"你是我见过的最会捅娄子的小女孩，我希望你以后至少能明白，玩火会有什么结果！"

不过她这次的表现算很勇敢的了——她一直是个勇敢的小女孩，这点倒是我们不得不佩服的——所以我的态度也就缓和下来了。

"我弟弟伯斯特小时候也发生过同样的事，还有我的祖父，"我说，"所以，我觉得这是祖传的！"

搬到这里后的第一个冬天，我们花了五十块钱从蒙哥马利·华德百货买回一台非常了不起的远程收音机。它有一条硕大的金属天线，那可是两个牛仔帮忙才装起来的，绑在屋外两棵高大的雪松之间。"这宝贝把二十世纪带到了亚瓦派郡。"我跟吉姆说。

　　因为我们这里没有电，所以要靠两个超大的电池供电，这电池又另外花了五十块钱。每个电池重约十磅，刚用的时候，我们可以接收到欧洲四面八方的电台广播，播音员叽叽喳喳地说着法语或德语，报道阿道夫·希特勒已经接管了德国，而西班牙的内战也即将发生。不过我们对欧洲事件并不是特别感兴趣，花了这么大一笔钱，完全是为了获悉天气预报，这对于我们而言，可比德国人接着又该打什么主意重要多了。

　　我们每天早上黎明前就起床，吉姆把收音机开得很小声，蹲在收音机旁收听加利福尼亚电台的天气预报。来到我们这边的锋面，通常都是从那里开始的，不过偶尔也会受到一路从加拿大那边过来的暴风雨袭击。此地水源稀缺，可强风暴又那么危险——淹死或冻毙牲口，夷平谷仓，冲走一户户人家，闪电还有可能把钉了蹄铁的马匹击毙——所以天气预报直接关系到我们的生死存亡。你可以说我们是名副其实的天气迷，我们会密切关注从洛杉矶起步而后转移到东部的某场暴雨。密布的雨云，常因为落基山脉的阻挡而停下脚步，在那儿，大部分水汽都耗光了；但有时那股风暴会朝南方飘移，穿过加州湾上空一路向东，这意味着我们获得丰沛雨水的时节到了。

罗丝玛丽和小吉姆喜欢暴风雨胜过一切，天空变得乌云密布、空气凝重的时候，我就会把他们叫到门廊上来，我们一起看着暴风雨来袭——看着翻滚的云朵，伴随着轰隆作响的雷鸣，还有一闪而过像爪子一般的白色电光，以及大片飘移着的漆黑雨幕，在目光所及之处席卷而过。掠过辽阔的高原时，远处暴风雨被衬托得有时看上去似乎很渺小，雨幕所经之处，会变得一片黑暗，而周围的一切却依然沐浴在阳光之下。有时风暴也会突然转向，导致我们这个地方完全被雨水错过了。不过暴雨一旦亲临我们的院落，真正的兴奋就开始了。雷声与闪电劈过天空，雨水敲打着铁皮屋顶，从屋檐上倾泻而下，把水槽、小溪、水坝填得满满的。

住在雨水如此稀缺的地区，这样的时刻实在不多见——老天爷让充足的雨水四处飘泼，原本干硬的大地变得柔软，草木繁盛、青翠欲滴，犹如施了魔法一般，简直就是奇迹。孩子们按捺不住冲动地跑到外面去，在雨中起舞。我不但会遂了他们的意愿，有时自己也会加入他们的行列。我们一起在雨中欢蹦乱跳，高举双手，雨水在我们的脸颊敲打、倾泻而下，沾湿我们的头发，湿透我们的衣衫。

然后我们大家一起跑向流往大吉姆水坝的小溪，第一股奔涌的水流过去后，我就让孩子们脱掉衣服，下水游泳。他们会在那里待上好几个小时，在水里四处划行，假装自己是鳄鱼、海豚或河马。暴雨过后，在雨水形成的水坑里，他们也能乐上一阵子。即便水坑里的水被泥土吸干了，只剩下泥浆，他们还会继续疯玩，在里面打滚，直到浑身上下除了眼睛和牙齿露出点白色，其他地方都沾满脏兮兮的泥浆。过不了多久，泥巴就干了，一片一片脱落下来，泥巴掉光后的身子就变得异常干净，然后他们就可以把衣服穿回身上去了。

有时在吃晚饭的时候，吉姆正好在暴风雨之后回到家里，孩子们会向他描述如何在水中和泥浆里搏斗，吉姆则开始滔滔不绝地展示他丰富的有关水的学问及历史知识。很久很久以前，世界除了水之外别无他物，他解释说，看到我们自己的身体时，你肯定不会想到，人类身体的绝大部分也是水。他说，水最神奇的一点，就是永远不会真的消失。地球上所有的水，从太古之初就已存在，它只不过是从河流、湖泊、海洋中，转移到云朵、雨水和水坑里，然后经过土壤，流入地下河，于是就有了泉水和井水，供人类和动物饮用，接着再回到河流、湖泊和海洋中。

你们这些小家伙玩的那些水，他说，也许曾流经非洲或北极，说不定还被成吉思汗、耶稣门徒圣彼得，甚至耶稣本人喝过；也许埃及艳后也曾沐浴其中，疯马①可能也曾用这水喂马。水有时是流动的液体，有时却坚如顽石——如冰；有时柔软——如雪；有时它看得见却摸不着——如云；而有时它根本看不见——如蒸汽——飘浮在空中，犹如逝者的魂灵。世界上没有一样东西像水那般，吉姆说，它能让沙漠荒原花儿盛开，也能让河边洼地泛滥成沼泽。没有它我们固然活不下去，但它同样也能夺去我们的生命——这正是我们既爱它、渴望拥有它，却也惧怕它的缘故。千万别把水当成理所当然的东西，吉姆说，一定要永远珍惜它、永远对它心存敬畏。

---

① 疯马（Crazy Horse），北美洲原住民苏族首领，军事家，他在美国西部地区抵抗白人的入侵，以作战勇敢、就像一匹疯狂的战马而闻名于世。

雨水通常在四月、八月及十二月来临，但我们来到牧场的第二年，四月份始终未见雨水降临，八月和十二月也一样。接下来这一年，我们陷入严重的干旱之中。整个牧场干燥得风沙四起，泥滩也干涸皲裂了。

　　吉姆每天都面孔铁青地听气象预报，幻想着能听到下雨的预报，希望却一直落空。后来，我们去大吉姆水库，确定水位。天气一片晴好，碧蓝的晴空一望无际，可这等好天气，只会给我们带来绝望和无助的感觉。我们站在水坝边，眼看着水位日渐下降，直到大吉姆水库的基底完全袒露在眼前。接着池水终于全部消失，只剩下一摊淤泥；最后连淤泥也干涸、皲裂了，裂开的口子大得手臂都伸得进去。

　　进入旱灾初期，吉姆就预感到它的来势。他在沙漠地带长大，知道大旱每隔十到十五年就降临一次，所以他很早就开始精挑细选牲口，卖掉一些小公牛和小母牛，只留下最健康的良种牛。即使如此，旱灾风头正盛的时候，我们还是得设法到别处取水。吉姆和我把大篷四轮马车连接在小货车后面，拖着它到皮卡镇去。那是二十英里外圣达菲铁路沿线一个小车站，那里有人用船运水来卖。我们用旧油桶装水，尽可能多载一点，篷车拉得动就行，然后拖着它——一路上，四轮篷车的挂架因为承受着水的全部重量而吱嘎作响。回到牧场后，我们就把所有的水倒入大吉姆水坝。

我们每个星期都得去好几趟，为了搬运那些装着水的该死的油桶，我们的背都快要垮了。不过我们终究保住了牲口的性命，不像附近的一些牧场的经营者那样，以破产告终。

次年八月，雨水总算再度降临，不过它们是以报复姿态回归的，那是一场我从未见过的滂沱大雨。当时我们坐在厨房一张长长的木餐桌前，桌面上钉着有图案的油布，听着雨点叮叮咚咚敲击屋顶。这场暴雨和之前不一样，下了半小时，未见其渐渐减弱，反倒越下越大。雨水打在锡制屋顶上的声音嘈杂不停，搅得我心烦意乱起来。大雨持续一段时间后，吉姆开始担心起大吉姆水库来，如果大量洪流疯狂涌入水坝，他说，坝基有可能会垮掉，那样的话水库就会化为乌有。

吉姆第一次检查水坝回来，向我们汇报说它还撑得住。但一小时之后，大雨仍然没完没了地倾盆而下，他又出去检查了一次，这时他意识到，如果我们不采取措施，水库必将付之东流。他计划冒着暴雨前往水库，先在水坝周围的小溪和河床中挖几条沟，河里的洪水流入大吉姆前就把它排掉。为了挖这些沟渠，吉姆打算给我们那匹佩尔什马"老巴克"套上马具，再连到犁头上。

吉姆披上他那件湿漉漉的还滴着水的马皮风衣，我则穿上帆布外套，两人一头冲进暴雨里。风雨猛烈难挡，一会儿工夫，雨水就沿着我竖起的外套领子，流进袖子里，浸透了鞋子。我感觉到了雨水在全身慢慢流淌，人还没到畜棚，我心里就很清楚——想要保持身体干爽是不可能的，死了这条心吧。

畜棚在风雨中一片漆黑，我们找不到马具，因为已经好多年没人用过了。老杰克上回从马上摔下来，扭到他那条原本完好的腿，所以现在走起路来跛得比以前更厉害了，一想到水坝可能决堤、牲口可能被冲走，他就开始惊慌失措。我叫他别嚷嚷，因为此时我们都知道什么叫利害攸关，要挽救牧场，就需要有清醒的大脑。

我告诉吉姆，现在我们能做的，就是直接把犁头连在小货车上，他来操控犁头，我来开车。吉姆赞成这个主意，老杰克根本派不上用场，所以我们留下他在畜棚里愁眉苦脸，但把孩子们都带上。当时院子里的水已经没过脚踝，雨下得实在太猛烈，打得罗丝玛丽差点跌倒在地上，吉姆马上把她抱进怀里；我胡乱抓起一只木箱，带着小吉姆跟在后面，他还是个婴儿，我们得想办法把他保护好。就这样，我们一行晃晃悠悠地蹚着水，朝那辆雪佛兰小卡车走去。

到了工具棚那边，吉姆从车上跳下来，把犁头、绳子，以及链条丢在卡车后厢地板上。我们一抵达水坝上游的河床，就把犁头和雪佛兰卡车后的拖钩连接在一起，我手握方向盘，把小吉姆放在车厢内地板上的木箱里，这样他就不会东倒西歪。

我紧盯着后视镜，但是大雨猛烈地泼溅在车后窗，吉姆的影子一团模糊。我让罗丝玛丽在座位上站起来，把头伸出窗外，告诉我吉姆示意的方向。吉姆打着手势，大声叫喊，只是雨声嘈杂，很难听清他到底要我怎么做。

"妈妈，我听不到爸爸说什么。"罗丝玛丽说。

"尽你最大努力吧，"我回答，"每个人所能做到的就只有这样了。"

我得让小卡车以步行的速度挪动，但雪佛兰的传动装置可不是为如此缓慢的速度而设计的，它不停地熄火、不停地左右颠簸，吉姆手里的犁头猛地一下被拉掉。罗丝玛丽也跌倒在座位上，掉进小吉姆的木箱里。更糟的是，靠近水坝的地面尽是可恶的熔岩石砾，轮胎在上面忽而打滑空转，忽而被堵住，我们就这样猛地被往前推。

我们知道时间不多了，吉姆和我都像水手一样不停地骂娘，而罗丝玛丽的头发早已湿透，黏在头上。每次被撞倒，她都会迅速再爬回座位上，竭尽全力分辨吉姆的手势和叫喊声，再比划给我看。我终于找准了离合器踏板操控方式，以比以往任何时候都轻微的力度轻轻地松开，再踩下去，这样就能让卡车一次只前进几英寸。就这样，我们最后终于大功告成，河床四周挖了四条沟渠，不断高涨的水流被排出水坝。

雨还在凶猛地下个不停。吉姆把犁头抛进后厢地板，爬进车厢，与我并肩而坐。他浑身湿漉漉的，像刚掉进马匹饮水槽似的，水在他靴子里咕噜着，在帽檐边滴答着，在马皮披风上浸润着，继而在车座上泛滥成池。

"我们做得很好，只能做到这样了，"他说，"万一水坝还是会崩溃，就让它崩溃吧。"

结果水坝真的没有溃决。

我们的牧场算是逃过一劫，但别人并不见得有同样的运气。雨水冲走了几座桥梁，以及数公里铁轨；有些牧场主失去了牲口和外屋。塞利格曼镇被淹没，有几栋房屋被冲走，残存下来的房子上留下的泥痕足有五米高。奇怪的是，居然没有人想用油漆把墙刷一遍。多年过后，经历过这场暴风雨的百姓会指着这些泥痕，以既难以置信又相当骄傲的口气说："当年的洪水一直淹到这么高。"一边说一边摇着头。

雨停后不过才几个小时，高原上就呈现一片新绿。第二天，我见过的最惊艳的花卉以傲然的姿态开满牧场，有殷虹的火焰草、橙色的加州罂粟花、带洋红色花萼的白色蝴蝶罂粟、金色的秋麒麟草、蓝花羽扇豆，以及粉红色和紫色的甜豌豆花，就像是可以让人触摸、近闻的彩虹。应该是这场洪水令土壤中埋藏数十年的种子都萌动了吧。

罗丝玛丽心醉神迷地看着这番景象，花了好几天采集野花。"如果我们一直都有这么丰沛的水，"我对她说，"可能我们就得破除陈规，给我们的牧场取个菜鸟名字，叫什么'天堂高原'之类的。"

第六部

老师女士

上飞行课前的莉莉·凯西·史密斯

我们在干旱时期买的那些水，花了一大笔钱。不过那些英国佬知道经营牧场是项长期项目，只有钱袋饱满的人，才能扛过艰难的时期，然后在形势良好时大赚一笔。事实上，他们是把干旱及其造成的一切破产，视作收购资产的良机。吉姆的看法也一样，虽然我们的土地已经相当大，但他很清楚，想要让牧场撑得过下一次旱灾，我们就需要更多的土地——自己有水源的土地。于是他说服了投资者，让我们买下附近一个牧场，叫做"朴树牧场"。这座牧场有一些丘陵，那里有股终年冒水的涌泉，另外在平缓的牧场远处还有一口带抽水风车的深井，风车能把井水抽到牲口饮水的水槽中。

　　吉姆的计划是让牲口在两座牧场之间来回跑，冬天把牛群留在朴树牧场，夏天再把它们带回大吉姆水坝附近的高原地带。两座牧场合并后，土地总面积会高达十八万英亩，这可是很辽阔的一片土地——应该是全亚利桑那州最大的牧场——收成好的年头，我们每年会有上万头牛卖到市场上。英国佬一看到这个数字，便大喜过望地从腰包里掏出钞票，把朴树牧场买下来了。

　　我们第一次骑马到朴树牧场去，我就情不自禁地爱上了这个地方。牧场位于高原之下,在孔雀山和瓦拉派山之间,原野上有东一丛西一丛的树木点缀,山上流下来的径流滋养着下方的平原,那股泉水还从花岗岩山麓小丘间涌出。房屋在山谷中若隐若现,那原本是一座舞厅,被拆卸后运至此处重新组建。屋内有华丽的油毡地板,墙上漆着标语,写着:**禁止暴力行为,打架请到外面去!**

我一看到那座抽水风车,马上舀了那井里的水来喝。水来自我们脚下深处,已经在那儿待了几万年,等着我来品尝。井水尝起来比最好的法国利口酒还甘甜。有人发了横财,喜欢说自己"掉进钱堆里",此时我的感觉正是如此——富足——不过我们是"泡在大片水里"。从今往后,弓着背搬运装着水的燃油桶在尘土飞扬的路上跋涉的日子一去不复返啦。

英国佬买下朴树牧场后,吉姆做的第一件事,就是开着雪佛兰一路驱车到洛杉矶,载了一卡车的铅管回来。从泉眼到房子的距离大约一英里,我们全程铺上水管,在相互衔接的水管末端之间,用多条内管相连,并用铁丝加固。这并不是室内水管设施——而且样子也不好看——但是这些管子把源源不断的泉水引到我们后门,只要一打开龙头,就有清澈的活泉哗哗地流出。

我们在水龙头旁边放了个金属杯。在酷热的天气,一路风尘地骑着马回到家,喝上满满一杯冰凉、甘润的水,再把剩下的清水淋在头上,这等享受,世上没几件事情能与之媲美。

秋天，我们把牲口驱赶到朴树牧场，一直在那儿待到春天。我一直很喜欢明亮的颜色，到了朴树牧场，我决定好好将它美化一番。我把每个房间都漆成不同的颜色——粉红色、蓝色和黄色——在地板上铺上纳瓦霍族的毯子，在窗户上挂上红色天鹅绒窗帘，花掉了好几本我积攒多年的 S&H 绿色救济补助票券①。

罗丝玛丽比我更喜欢那些颜色。她已经展露出某种艺术天分，她可以笔不离纸、一气呵成画出线条完美的画作。两个孩子对朴树牧场这个地方非常着迷，他们喜欢这里的翠绿山峦、丁香花、天堂鸟，还有环绕在鸡舍附近的落叶松，群山之间有几道幽深的峡谷。雨后，我会带着孩子们冲到某一处峡谷边缘，一边看着一瞬即过的洪水轰隆隆地冲下来，流入干涸的沟谷，撼动我们脚下的土地，一边高声欢呼。

罗丝玛丽和小吉姆对朴树牧场的鬼故事也一样着迷。听说早些年，这里的屋子曾经失火，当时屋里还有两个小孩，他们的母亲冲进屋里，救出男孩后，再次回屋抢救女婴，不幸与孩子双双葬身火海，站在屋外的小男孩都能听见她们痛苦的叫喊。几个月后，这个小男孩在荡秋千，渐渐越荡越高，接着猛地用力一蹬，想要飞到天上，和母亲、妹妹在一起。可是他荡得太高了，结果摔了下来，也

---

① S&H 绿色救济补助票券（S&H green stamps），流行于美国二十世纪三十年代至八十年代。是购物时获得的票券，搜集足量的票券后，可以换购别的商品。

命归黄泉了。

这三个人的鬼魂可能常在牧场游荡。罗丝玛丽不但不觉得害怕，反而从未停止过四处寻觅那些鬼魂。她常在夜晚四处徘徊，呼喊着他们的名字；无论什么时候，只要听到某种突如其来的声响——远处山猫之类或落叶松的沙沙声，或是油桶因热膨胀发出砰的一声——她就会兴奋不已，以为鬼魂出现了。她对那个小男孩的鬼魂尤其感兴趣，她很想向他解释，既然他已经和母亲及妹妹在一起了，也就万事顺遂了，所以他们得到自由，可以升上天堂了。

自我们搬到牧场之后，吉姆和我不时谈到把牧场买下来，或是至少有一天能买下一块属于自己的土地。但是我们手里永远有忙不完的牧场活儿要干，买牧场这件事，似乎成了遥不可及的梦想。既然我每天都在朴树牧场度过——这个有着良好水源的美丽地方——我真的很想得到这样一个地方，于是下定决心让我的梦想付诸实施。

我们需要现金，我发誓我们再也不想负债累累了；我们不想像之前在阿什福克失去房子和加油站那样，失去我们现在这片土地了。我算了一下这笔账，估计我们可以在十年内办成这件事。只要我们现在开始盈利，而且省吃俭用，把每分钱都捏得紧紧的，捏到连硬币上的林肯总统都喊痛为止。

一直以来，我们生活都很节俭——吉姆为那帮英国佬赚了不少钱，不过这些钱可是一分一分省下来的。每根钉子都重复使用，旧的刺铁丝都保存起来，围篱是用杜松树苗做的，而非工厂加工好的栏杆。我们从来不曾抛弃任何东西，我们连小块木片也会收藏起来，填填缝隙什么的。旧上衣终于磨损成破片时，我们会把纽扣剪下，收入纽扣盒中。那些衣服破片则要么用来当抹布，要么拿给塞利格曼镇上的女裁缝，她会把它们做成拼布床单。

不过现在我想出更多方法来攒钱。我们用装柳橙的木箱板条，做成小朋友用的椅子；罗丝玛丽画画，也是画在用过的纸袋上——而且两面都要用到，如果要画油彩，就画在旧的木板上。我们用咖啡罐代替杯子喝东西，在四周绑上铁丝当把手。开车的时候，我总是尽可能跟在卡车后面，这样就可以借助卡车后方气流的牵引，让我节省一点汽油。

我还想出各种各样的赚钱方案，有一些还挺成功的。我挨家挨户推销过百科全书，不过生意不是那么好，想想就明白，在亚瓦派郡的牧场，书生气的牧人能有几个呢。我拜访了许多邻居，募集到许多蒙哥马利·华德百货的邮购订单，而且做这些时，我根本不必像我那无赖前夫一样，耍那种把尘土撒在地板上的花招。我还熬夜写一些有关牛仔、持枪歹徒之类的故事，把稿子投到庸俗杂志——用"勒洛伊快腿"的笔名，因为我估摸着庸俗杂志的编辑们，应该不会用一个女人家写的西部故事——不过最终还是没有人要我的稿子。我开着雪佛兰去捡拾废铁，然后论磅卖掉。同时我也开始和帮工们打扑克牌，但在我把他们几个打了个落花流水后，吉姆不让我继续打下去。"老实说，我们付给他们的工钱本来就不算多，"他说，"我们不能把他们那点可怜的小钱都赢走。"

周末的时候，我会带着孩子们开车驶上六十六号公路，派他们下车去捡拾别人从车内丢出来的饮料瓶。罗丝玛丽负责公路的这一侧，小吉姆则负责另一边，两个人手上各拖着一个麻布袋。可乐瓶可以换来两分钱的积蓄，奶油瓶值五分钱，牛奶瓶十分钱，一加仑装的瓶子一毛五，我们一天可以捡到价值三十块钱的瓶子。

有时候别的驾驶员会停下车，看看我们是不是遇到什么问题。"我说伙计，你们需要帮忙吗？"他们大声喊道。"我们好得很，"我回答他们，"你们有空瓶子吗？"

罗丝玛丽很喜欢我们这种拾荒行动。有一天，我们一家四口都到邻居哈特家做客，吃过晚饭后，我们正往停在他们谷仓附近的雪佛兰走去，罗丝玛丽忽然看到在他们当垃圾桶用的汽油桶里有一个空瓶子，她赶快跑过去把瓶子捡了过来。

"莉莉，这么做有点太过头了吧，"吉姆说，"我们家还没有穷到他奶奶的为了一只两分钱的瓶子让女儿去翻人家的垃圾。"

罗丝玛丽把瓶子举得高高的。"爸爸，这不是两分钱的瓶子，"她说，"是十分钱的。"

"乖孩子。"我说，然后转头对吉姆说："又多赚了十分钱，不管怎样，我还教会了他们身边就有无比丰富的资源。"

在我三十九岁生日临近的时候，还有一件我一直想做却还没做过的事。夏日里的某一天，吉姆和我带着孩子们开着芙丽儿到莫哈维县，去看一头吉姆很想买的种公牛，恰好经过一座牧场，一架小型飞机就停在大门旁边，飞机挡风玻璃上摆着一块手写招牌，上面写着：**飞行课程：五美元。**

"那正是为我准备的。"我说。

我让吉姆把车停在路边，然后我们下车去看那架飞机。这是一架双座飞机，座位一前一后，还有一个敞开式座舱。机身的绿漆已经褪色，铆钉四周生了一圈的锈，方向舵在风中嘎吱作响。

我想起自己第一次看到飞机的情景。当时我骑着小斑穿越沙漠，从红湖镇打道回府。我很爱小斑，可那行程太漫长，骑到屁股都麻木；如果是坐飞机，那只不过是咻的一下。

有个家伙从飞机后边的一个小房间里走出来，信步朝芙丽儿走去。他有一张饱经风霜的脸，嘴角叼着一根香烟，一副飞行员戴的护目镜推到额头上。他把手肘靠在吉姆那一侧摇下来的车窗上，说："打算学开飞机?"

我从变速箱上斜靠过去。"不是他,"我说,"是我要学。"

"哇噢,"护目镜先生说,"我可从来没教过女人。"他看着吉姆:"难道是这位小女人想学?"

"你可别说我'小女人',"我说,"我会驯马,会给牲口烙印子,我管理着一个有几十个粗野的牛仔的牧场,打扑克时我打得他们片甲不留。要是有哪个傻瓜站在那儿跟我说我没资格驾驭那堆不起眼的金属玩意儿,那可真是活见鬼。"

护目镜先生站在那儿盯着我瞧了好半晌,吉姆拍拍他的臂膀。"和她打赌,从来没谁赢过。"吉姆说。

"这点我倒是不感到意外。"护目镜先生说。他掏出另一根香烟,用已经抽过的那根把它点燃。"女士,我很欣赏你的精神,那咱们让它飞起来吧。"

护目镜先生找了套飞行服我,还附带一个飞行员的皮制防护帽,以及一副护目镜。当我把这些东西都穿戴好了,他就带着我在飞机旁走了一圈,检查各个构架,指着飞机的副翼给我看,解释基本的升力和顺风的概念,示范如何操作副驾驶的控制杆。不过护目镜先生没有谈太多理论,不一会儿,他就爬上驾驶座,并让我爬上他后面的座位。等我坐定了,才发现机身原来并不是用金属制的,而是帆布;准确地说,飞机其实就是一个纺锤形精巧机械装置。

然后,我们开始在跑道上滑行,一路颠簸碰撞,慢慢加速。渐渐地颠簸感消失了,起初我并没有意识到我们已经升空——真的非常平稳——我看到我们在渐渐远离地面，我知道自己已在天空飞翔。

我们在上空兜圈子，孩子们来回奔跑着，像疯了似的拼命挥手，连吉姆也激动地把帽子扔了起来；我探出身子向他们挥手。天空是宝蓝色的，飞到一定高度，我看见我们的亚利桑那牧场向四周伸展；莫格伦圈在东边，而在西边远处，一条蜿蜒的河流之外，可以看到落基山脉，山巅有些稀薄的高层云朵环绕。六十六号公路像条丝带般穿越沙漠，有几辆小小的车子在路上移动。住在亚利桑那的时候，我已经习惯了辽远的视野，但在飞机上看着整片大地在脚下延展，我还是感到一种旷古的巨大和遥远，仿佛我是第一次看到整个世界，我想这也是天使所看到的吧。

整堂课大部分时间是护目镜先生在操作控制杆，但我把手放在我的控制杆上，也能感受到他转弯、爬升以及俯冲时的操控方式。课程差不多要结束的时候，他让我接手，几次让我心跳停止的急促、猛烈的动作之后，我终于能让飞机持久、平稳地转弯，带着我们直朝太阳飞去。

课程结束后，我谢过护目镜先生，将酬劳付给他，并告诉他以后一定还会再见到我。当我们返回到小车旁，罗丝玛丽说：“我觉得我们应该多存点钱。”

“比存钱更重要的是赚钱，”我说，“而且，有时为了要赚钱，你得先花钱才行。”我告诉她，如果我拿到飞行员执照，就可以靠着帮作物洒农药、运邮件或载有钱人来赚钱。“这是一项投资，”我说，“而且是投资在我身上。”

丛林地带自由飞行员作为一种无比荣耀的谋生方式深深地吸引着我，但是我知道，要拿到飞行员执照，还需要挺漫长的一段时间，而且我们现在很需要钱。最后我断定，对我而言，最明智的赚钱方式，就是把自己最适合市场需要的技能——教书——重新捡起来。我写信给格雷迪·加马奇，也就是当初引荐我到红湖镇教书的校长，问他知不知道哪里有教书的机会。

他回信说有个叫"主街镇"的小镇有空缺职位。这个小镇位于亚利桑那带①，我到那儿肯定会很受欢迎，他说，因为主街镇实在太偏远，而且，坦白说，还是个比较特殊的地方，所以有大学学位的老师们不会想要这份工作。有些事实得让你知道，他又继续说道，那里差不多都是一夫多妻的摩门教徒，为了逃避政府的法律干预，才千里迢迢搬到那么远的地方定居。

地方偏远、环境特殊，倒是都难不倒我，至于摩门教徒，我嫁的正是他们之中的一位。所以我估计自己还是能搞定这些一夫多妻

① 亚利桑那带（Arizona Strip），亚利桑那州西北角的荒凉区域。

的教徒们。我回信给加马奇，让他接收我。

　　最有意义的是，我带着罗丝玛丽和小吉姆一同赴任。于是，夏末的某一天，我们把打包好的行李全装到芙丽儿上——它虽然还跑得动，但已经奄奄一息了。我们开始朝亚利桑那带前进，吉姆驾着雪佛兰跟着我们，好帮我们在那儿安顿下来。

　　亚利桑那带在莫哈维郡西北角，被大峡谷和科罗拉多河与本州的其他部分分隔开来。要去到那个地方，我们得先开车到内华达州，然后是犹他州，最后再调头往南开到亚利桑那州。

　　我希望孩子们能看到现代科技令人敬畏之处，所以我们中途在巨石水坝停下来，让他们看看那四具庞大的涡轮发电机产生电力，并被一路输送到加利福尼亚。顺便去参观霍霍卡姆文明的城市遗迹，则是吉姆的主意。霍霍卡姆是一个古老而已灭绝的部落，他们曾经建造过精致的四层楼房屋，还有错综复杂的灌溉系统。我们在那里逗留了一会儿，看着那些已经塌陷的砂岩建筑，以及将水流直接输送到每栋霍霍卡姆房屋的水槽。

　　"爹地，霍霍卡姆人发生什么事了？"罗丝玛丽问。

　　"他们以为自己能让沙漠变成文明之地，"吉姆说，"这就是他们毁灭的原因。在沙漠中惟一存活的方式，就是承认：沙漠就是沙漠。"

亚利桑那带是荒无人烟但非常美丽的乡村，有绿野遍布的高原，远方的山脉闪烁着云母矿的光芒，砂岩构成的山丘和溪谷，被风或水流雕刻成奇妙的形状——沙漏形、陀螺形或泪珠形。放眼望去，所有历经沧桑的岩石，经过数千年的岁月，一点一点地被慢慢磨蚀出一道道纹理，看起来像是一个被某位非常有耐心的神创造出来的地方。

主街镇规模之小，在大多数的地图上根本找不到。事实上，主街镇上的主街，是这里惟一的一条街；两旁分布着一些摇摇欲坠的房子，有一家杂货店，还有一所学校，学校里有教师宿舍，宿舍毫无想象余地，就是一间有两个窗框的小屋子而已；房中仅有一张单人床，小吉姆、罗丝玛丽和我三个人就睡在这里；厨房外装水的大桶里，还有蝌蚪在游泳。"至少我们知道这水没毒，"吉姆说，"只不过要牙关紧闭才喝得下去。"

很多住在这一带的人家养羊，但这块土地已经因过度放牧而遭到破坏。当地居民衣着之褴褛，也非常令人吃惊。没有谁家里有小车，他们只有载货马车，有的穷到连马鞍都买不起，骑马时只在马背上铺块毯子。有些人甚至住在鸡舍里。女人们戴着软帽，小孩子们光着脚上学，身上穿的工装裤或连衣裙是用饲料袋缝制的。他们的内衣——如果有穿内衣的话——也是用饲料袋改制的。有些摩门教徒在参加特别的教堂仪式时，会穿着特别缝制的仪式内衣，因为这种衣物被认为能保护他们不受伤害，喜欢冷嘲热讽的居民会戏称那是"摩门神奇内衣"。

我们刚到那儿的时候，主街上的人们虽然彬彬有礼，却怀有戒心。但他们知道我丈夫是伟大的罗得·史密斯之子，而罗得·史密斯不但曾跟随杨百翰对抗联邦政府，并且建立了土巴市，又有八位妻子和五十二个孩子后，所有人马上变得热情百倍。事实上，他们已经开始把我们当成贵人看待。

我一共有年龄大大小小的三十个学生，这些学生个个彬彬有礼，很招人疼爱。因为这里的多配偶制，所以几乎每个人和另一个人多多少少都有点关系，谈话中总会提到"其他的妈妈们"，以及"双重亲表堂兄弟姊妹"之类的。女孩子们极度宠爱六岁的罗丝玛丽以及四岁的小吉姆，对他们关怀备至，体贴入微；给他俩梳头发、穿衣服，将为人母的种种本领都施展在他们身上。这些女孩子已经名列《喜悦名册》之中，这表示她们都已适合婚嫁，正等着她们的"大叔"来决定她们要嫁给谁。

他们生活的屋子，在我看来，本质上是个生儿育女的工厂，多达七个妻子，每一年都可能会有个婴儿出生。对此，摩门教徒的看法是：上帝依照他自己的样子，在地球上创造出了大批人类，如果摩门教的男人想遵循上帝之道，就应该有一大群自己的儿女，以求来世自己的天国世界人丁兴旺。女孩们个个被培养得驯良顺从。我刚来的那几个月里，好几个十三岁左右的女学生说不见就不见了，她们消失在被安排好的婚姻里了。

罗丝玛丽着迷于这些孩子们有好多个母亲、他们的父亲有一大堆妻子这种现象,不断地要我解释给她听。她对摩门教的内衣也特别好奇,一直想知道它是不是真的可以给摩门教徒带来特别的能量。

"这是他们相信的东西,"我告诉她,"但这并不一定就是正确的。"

"那他们干吗还相信?"

"美国是个自由的国度,"我说,"这意味着人们有足够的自由去相信任何他们想相信的荒谬可笑的事情。"

"所以如果他们不想相信的话,就可以不要相信这些事?"罗丝玛丽问。

"对,他们可以不去相信。"

"但是他们知道可以不相信吗?"

真是个聪明的孩子。在我看来,那正是所有问题的核心。你当然可以自由选择让自己被奴役,但只有在你知道自己还有别的选择时,你的选择才算得上是自由的。我开始考虑,我的教学工作,应该包括让我教的这些女孩知道,外面还有个很大很大的世界,除了穿着饲料袋当专事生育的母马,她们还有许多别的事情可做。

在课堂上,我把大多数时间花在读写能力及算术的基础培养上;但我也在课程里加了些调味料,聊及护理工作和教学工作、大城市里的诸多机会、废除禁酒令的宪法第二十一条修正案，还有艾米莉亚·埃尔哈特①及伊莲诺·罗斯福②的事迹。我还告诉他们，我如何在年纪不比他们大的时候，开始学会驯马；我跟他们聊起去芝加哥的经过，聊起学会开飞机的事。我对他们说，这些事情他们之中任何一个人都能够做到，只要他们有进取心。

有些学生——不论男孩或女孩——看起来很是震撼，但也有不少人对我所说的似乎真的很着迷。

我在主街镇没待上多久，艾利大叔就来探访。他是当地多妻制教徒的教长，留着长长的灰白胡子，眉毛稀松散乱，还有一个鹰钩鼻；他笑容老练，目光冷峻。我递了一杯蝌蚪水给他喝。说话时，他不停地拍着我的手，称呼我为"老师女士"。

他说，有些母亲向他反映，她们的小女孩从学校回家后，一直在谈论一些有关妇女权利及女性飞行员的话题。他希望我能明白，他和他的子民搬迁到这个地方来，就是为了能够和这个世界的其他地方隔离，可我偏偏把这个世界带进他们的教室里来，把那些父母认定为危险及亵渎的东西教给孩子们。作为老师，他继续说道，我

---

① 艾米莉亚·埃尔哈特（Amelia Earhart，1897—1939），第一个飞越大西洋的美国女飞行员。

② 伊莲诺·罗斯福（Eleanor Roosevelt），曾为美国第一夫人及首任驻联合国大使，与艾米莉亚·埃尔哈特是好友，亦同时在女权运动方面有诸多贡献。

只需要教会她们足够的算术及阅读能力，让她们能好好经营一个家庭，顺利地理解《摩门经》的教义就够了。

"老师女士，你不但没有让这些女孩为她们未来的生活做好准备，"他说，"反而让她们心烦意乱，困惑不已。以后再也不要跟她们谈那些什么尘世的问题了！"

"听着，大叔，"我说道，"我不是为你工作的，我是为整个亚利桑那州效力的。我不需要你来告诉我该做什么，我的工作就是教育这些孩子们，而教育的一部分，就是让她们多少知道一点这个世界的真相。"

艾利大叔的笑容始终不曾稍减。罗丝玛丽正坐在桌前画画，他走了过去，摸摸她的头。"你在画什么呢?"他问。

"我画的是我妈妈，正骑在红恶魔上。"罗丝玛丽回答。这是我的故事里她最喜欢的部分，所以她老是在画这一段。她抬头看着艾利大叔说:"我爸爸从前也是摩门教徒。"

"不过他现在不是了?"

"对，他现在是牧场主。"

"那么他就是迷失了。"

"我爸爸从来都不会迷路的——他甚至连指南针都不需要。他说都是妈妈让他抛弃了他的神奇内衣，你穿神奇内衣吗?"

"我们叫它神殿服，"大叔说，"将来你一定也会成为某个男人的好太太，我们要不要把你的名字列到《喜悦名册》里呢?"

　　"不要给她灌输那些东西，"我说，"也不准你把她列进那个什么鬼名册里。"

　　"话我已经说得很清楚了，"他说，"如果你不服从我的指示，我们只好把你当成魔鬼一样躲着你。"

第二天，我上了一堂特别充满激情的有关政治和信仰自由的课，讲到在那些极权主义的国家，每个人都被迫信仰同一样东西。相比之下，在美国，人们可以自由地为自己着想；当涉及忠诚问题的时候，人们可以依照自己的内心意愿行事。"就像在芝加哥某一间琳琅满目的百货商场一样，"我说，"你可以四处闲逛，试穿不同款式的服装，直到找到一件适合自己的为止。"

当晚我出去倒洗碗水的时候，看到艾利大叔就站在院子里，双臂交叉在胸前，眼睛盯着我。

"晚上好啊。"我说。

他没有回答，只是继续凝视着我，好像正在用他的目视来使我遭殃。

第二天晚上，我正在准备晚餐时，一抬头又看到他在那儿，正站在从窗框能看得见的地方。他的目光从那乱糟糟的眉毛下扫射过来，脸上还是带着上次那种恶意的表情。

"他想要做什么，妈咪?"罗丝玛丽问。

"噢，他只是想让我跟他来一场瞪眼比赛。"

教师宿舍没有窗帘，不过第二天我缝制了几块饲料袋，它们钉到窗框上遮住窗子。那天傍晚有人敲门，我一开门，就看到艾利大叔又站在那里。

"你想做什么?"我问。

他仍然还是瞪着我，我把门关上，然后敲门声又再响起，敲得缓慢而固执。我走进我们睡觉的那个房间，拿出那把珍珠镶柄的左轮手枪，装上子弹。艾利大叔仍然不停地敲门，我把门打开，而且一开门就马上举枪瞄准了他，这样，他一看到我，枪口已经要命地对准了他。

前一次我拿枪口指着的人，是阿什福克的那个醉鬼；因为我不肯卖私酒给他，他气得大骂海伦是死婊子。当时我没有开火，但这一次，我把枪口移到艾利大叔脸孔的左边，按下了扳机。

枪声一响，艾利大叔就被吓得大叫起来，本能地迅速举起双手。子弹嗖的一声在他耳边飞过，但是枪管已经近到足以让硝烟喷到他脸上。他眼睛盯着我，一句话也说不出来。

"你要是敢再来敲我的门，最好穿上你的神奇内衣，"我说，"因为下一次，我绝对不会手下留情。"

两天之后，县警长出现在学校里。他是个性情随和的乡村佬，脖子臃肿。调查学校女教师对摩门长者开枪的事件，显然不是他日常例行的公务，他看起来好像不知道该如何处理。

"我们接到投诉，女士，指控你持枪对着一位镇上居民滥射。"

"有威胁性的人来干扰我们，我开枪是保卫自己和孩子。我会很乐意上法庭，解释到底发生了什么事。"

警长叹了口气。"在这一带，我们的确是希望人们自行解决他们之间的分歧，但是，如果你没法子和这些居民和平相处，而且又有许多人无法和你相处，那么你也许不属于这个地方。"

自那以后，我知道离开这里是迟早的事了。我继续在主街镇任教，告诉那些女孩我觉得她们应该要了解的有关这个世界的事物，但不再有人邀我去他们家里吃晚餐，而且也有一群家长把孩子从学校带走了。到了春天，我收到一封来自莫哈维县教育部门负责人的信函，信上说，他认为接下来的秋季学期，我不太适合继续担任主街镇教学工作。

我又失业了，这件事真的让我心如刀绞，因为我是真心为我的学生好。幸运的是，那年夏天桃源镇又有教职空缺；这座小镇位于瓦拉派保护区内，离我们的牧场只有六十五公里远。我每个月可以拿到五十元的薪水。县里每月还会额外拨出费用给兼职的勤杂工、校车司机、为学生煮午饭的厨子，各十美元。我对学校说，这些事情都由我来做。这样，我一个月可以挣到八十美元，而且几乎所有的钱都可以存下来。

　　学校的旧校车已经报废了，因此郡政府预算了一笔钱用来买另一辆车——或者至少是别的交通工具——经过一番搜寻后，我在金曼镇的一家二手车车场里找到一辆堪称完美的车：一辆非常优雅的深蓝色灵车。因为这车只有前面有座位，所以可以把一大群小孩塞在后面。我给车子刷了一层银色油漆，在车子的两侧，用粗体大写字母喷上"校车"两个字。

　　尽管车上有了奇特银字标志，但住在这附近的人，包括我丈夫在内，还是一点想象力也没有，总是管这辆车叫灵车。

　　"这不是灵车，"我告诉吉姆，"它是学校的公共汽车！"

"你以为把'狗'字漆在猪身上就可以把狗变成猪啊。"他回答道。

他说得很有道理，没过多久，连我也开始管这辆车叫灵车了。

我每天早上四点钟左右起床，每天行程超过两百公里：除了来回往返桃源镇，还要到这个辖区内不同的站点接送学童。全部学生都由我一个人教，并负责送他们回家后，再返回到学校当勤杂工，然后才返回牧场。我以一周五美元的价钱，把煮饭的工作分包给邻居哈特太太。她会做好一锅锅的炖菜，让我带到学校去。那些日子是漫长的，但是我热爱这份工作，而且积攒的钱很快就多了起来。

那时候罗丝玛丽已经七岁，小吉姆也五岁了，所以我早上都带着他们一块儿去学校，他们变成班上的一分子。罗丝玛丽很讨厌被自己的母亲教，尤其是因为我有时会在别的学生面前用板子打她。我这样做一方面是为了杀鸡儆猴，另一方面为了表明我不会厚此薄彼。小吉姆也变得调皮捣蛋，所以一样要挨板子，不过打屁股从来没让这两个捣蛋鬼的顽皮劲消停多久。

我得跑两趟才能载齐所有的学童，所以当我每天跑第二趟去接住在皮卡镇的小孩时，我会先把罗丝玛丽、小吉姆和其他扬皮镇的孩子留在学校。一天早上，我回到学校时，小吉姆面朝天躺在我的书桌上，石头般冰冷，不省人事。其他的孩子向我解释，说他荡秋千时摔了下来，因为他想要一路荡到天堂去，像故事里那个变成鬼魂的小男孩一样。

我一时陷入困局。我必须把小吉姆送到医院去，但是最近的医院在金曼镇，远在二十五公里外。可我又不能把其他孩子留在学校，那么长时间没有大人监管。于是我尽可能把小朋友们往灵车里塞，剩下坐不下的就站在侧面踏板上，将手臂伸进打开的车窗攀住车内的东西。罗丝玛丽把软绵绵的小吉姆抱在膝头，坐在我身旁。我开始把所有孩子送回家。先到扬皮镇，再到皮卡镇——站在侧板上的那些孩子玩得可乐了，一会儿呜呜如汽笛声响，一会儿无所顾忌地大喊大叫，全然把这趟路程当成狂欢之旅——就这样一路喧闹之后，我们才往金曼镇开去。

我们正在六十六号公路上飞驰的时候，小吉姆突然坐起来。"我这是在哪儿？"他问道。

罗丝玛丽喜不自禁，忍不住大笑起来，但是我却快气爆了。不管怎样，我还是想把小吉姆送到医院去检查一下，可他一再强调他好得很，甚至在车内座位上站起来，开始跳起舞来向我证明，这让我更是大光其火。我开着车兜了这么大的圈子，却什么也没做成，因为一个糟糕的理由，把今天的课取消了；而且我还担心一天的薪水就这样被扣掉了。

"我们得再跑一趟，再把全部小孩都接回学校来。"我说。

"但是他们已经回家了，"罗丝玛丽说，"他们肯定都跑出去玩了，不想再回去上课了。"

"我以前就跟你说过，生活可不是你想做什么就做什么。"

罗丝玛丽撅起嘴来，然后开始说自己不大舒服，有点头晕，需要回家休息。

"噢，这么说，现在生病的人是你了？"我问。

"是真的，妈咪。"

"好吧，那我就把你送到医院去啰。"我说。

"我只想回家。"

"别再说了，"我说，"如果你生病了，需要的就不是溺爱，而是真正的治疗。"后来每当她试图抗议，我就重复这句话。

我直接往金曼镇医院开去，和一位护士聊过女儿为了想逃学而装病这回事，我就安排罗丝玛丽留在医院房间里一个人过夜，让她在那儿好好思考一下诚实的重要性及其结果。即使我真的要被扣掉一天的工资了，至少有人可以从这次的经验里得到一点教训。

"感觉好些了吗？"第二天我去接罗丝玛丽的时候问她。

"好了。"她回答。

就这样，对这件事，我们俩心照不宣地不再提起。不过从此以后，这孩子再也没动过逃学的心思。

那年秋天的一个星期六早上，我走进院子，看到停在谷仓边的灵车，它就那样静静地停在那里，这情景霎时让我顿悟到，那真是一种浪费。车和马不一样，不需要隔三岔五地休息。如果我能在周末的时候将这辆车派上用场，除了油耗外，带来的全是纯利润。于是我决定开始提供出租车服务。

　　我用同样的银色油漆，在灵车侧面"校车"字样的下方，增加了"出租车"字样。吉姆则想到另外一个主意——把轻便马车上的旧座椅绑在后厢，我们接到付费乘客的时候，就可以给他们坐。

　　在亚利桑那这一带，没有多少人会站在路边招手叫出租车，不过有些自己没车的居民，偶尔需要到金曼镇的郡政府去，或在旗杆镇的火车站下车后要搭车回家，这时他们就会雇用我。他们一般会事先在塞利格曼的约翰逊警官那里留言，每隔一两天我就会顺道去一下警官的办公室，看看有没有顾客可载。

　　赚来的钱大部分都存入我们的积蓄里，不过我另外留下一些作为偶尔上飞行课的费用。

我是一名相当出色的司机。我不太喜欢在城市里开车，因为到处都是红绿灯、道路标志及交通巡警，但在这乡村旷野开车，我就如鱼得水。我知道所有的捷径和乡间小道，无论横跨原野、在山艾树丛中高速穿梭，还是把灌木林里的走鹃惊得四处逃窜，我都不会有半点犹豫。

在沿途接送学生的途中，如果有时车子陷到沟里了，我就让学生们下车，大家一起边唱万福玛利亚，边用力推车。"大声祷告，用力推!"我大声喊，同时双手紧抓方向盘，拼命加大油门；沙子和石块在旋转不停的轮胎后喷射，最后车子摆动着尾巴被驶出沟渠。如果车上载的是付费的乘客，他们一样得下车帮忙推，我虽然没让他们唱诵圣经，但我会喊相同的口号："大声祷告，用力推!"

吉姆听到这句口号的时候，说："也许我们应该把这句话也漆在车上。"

十二月的一个周末，有三位来自布鲁克林的小姐到这儿来拜访我们的邻居哈特太太，就是那位每天帮学生们做炖菜的妇女，她是这三位小姐的表姊妹。她们雇我开车载她们去看大峡谷。我准备了野餐食物当午饭，放在车子里，顺便把罗丝玛丽也一块儿带去。

我原以为这些布鲁克林女孩应该既果敢又灵巧，甚至还是老练的社会实践家，没想到她们只是一群浓妆艳抹的傻蛋，不停地抱怨亚利桑那酷热、灵车里那些马车座椅不舒服，还抱怨整个州没有一个地方能买到一杯像样的蛋奶饮料。她们操着浓重的布鲁克林口音，我竭力遏制住自己的冲动，不去纠正她们那乱七八糟的发音。

我想方设法和她们聊些有实际意义的话题，告诉她们杰罗姆镇是以英国首相丘吉尔母亲的家族姓氏命名的。可这几个女人却不停地讲一些"尼们这里的人，都做些撒么呀？"以及"尼们莫有电，怎么生活啊？"之类的话。

她们还叽叽喳喳地大谈纽约的圣诞节、洛克菲勒中心的圣诞树、梅西百货的橱窗陈列的东西、礼物、灯光装饰，还有排着队跟穿着红衣服的圣诞老人说话的小朋友们。

"今连圣诞老人灰送尼什么礼物？"其中一位小姐问罗丝玛丽。

"圣诞老人是谁？"罗丝玛丽问。

"尼从来莫听说过圣诞老人？"那女人的声音听起来充满迷惑。

"我们这一带的人对那一类的事情不怎么在意。"我说。

"哇，拉真系太可惜了！"

"那么，圣诞老人到底是谁呀？"罗丝玛丽又问了一次。

"他叫圣尼古拉斯，"我说，"是百货商场的守护神。"

车开到皮卡乔孤峰附近时，我注意到紧急刹车一路都是拉起来的。我默不作声地弯下身子，悄悄把手刹松开。这时我们已经来到高原边缘一道长长的下坡路前，灵车开始加速，当我踩下刹车踏板，踏板直接压到车内地板上，一点儿阻力都没有。我们的车刹不了！

我开着失控的车在公路内外迂回，希望路肩的沙子和松散的砾石能让我们慢下来。那几个布鲁克林娘们吓得花容失色，一直叫我要慢下来，问我到底发生什么事了，要求我赶快让她们下车。"停措啊！"

"听着，女孩们，冷静下来！"我说道，"我们这辆出租车只是有点失控，但是一切都在我的掌控之下，我会让大家脱离险情的。"

我看了一下罗丝玛丽，她正把眼睛睁得老大，紧盯着我。我向她用力眨了一下眼，让她觉得我们这是在玩非常刺激的游戏。这个东西马上咧着嘴笑了，她全然无所畏惧，一点不像后座那些身着蕾丝花边内裤哭爹喊娘的傻瓜。蛇形的方法没能降低车速，我意识到，眼下这种情形势必要采取更猛烈的措施。我们开到一段路面延伸处，那是切削山体一侧开辟出来的地方。在我们车道这一侧是下坡，另一侧则是上坡。

"准备好了开始狂欢吗？"我喊着。

"我准备好了！"罗丝玛丽说，但布鲁克林小姐还在哀号。

"抓稳了！"我大喊。

我开着车横穿过公路，在一定角度的时候冲上斜坡，车子在路面坑洼和石砾上剧烈颠簸着。但因山坡太陡峭，随着冲力渐渐减弱，车子也开始往一边倾斜，接着，车身滚了一下，四脚朝天地停了下来，与我原本计划的毫厘不差。

我们在车里被稍微撞击了一下，幸好没有人受重伤，大家从打开的窗户爬了出去。布鲁克林小姐们情绪激动，破口大骂我的开车技术，威胁着说要去告我，并让警察来逮捕我，吊销我的执照。"尼差点就害系我们了！"

"你们遭遇到的一切，无非是内裤上的蕾丝花边被扯下来而已，"我说，"你们别在这里没事找事，相反，你们应该好好感谢我，因为我的驾驶技术把你们的命捡了回来。会骑马，就得知道怎么摔马；开车的人，就该懂得怎样撞车。"

那些布鲁克林婆娘真是一群胆小鬼，不过她们倒是让我想到了圣诞节。在大部分地区，拓荒者和经营牧场的人没有时间，也没有钱来交换礼物或装饰圣诞树，所以他们对待圣诞节，就像对待禁酒令一样，觉得那不过是东部那些人无事生非而已，根本不必太在乎。许多年前，有些传教士想让纳瓦霍族的印第安人体验一次目眩神迷的感觉，趁此让他们皈依宗教，于是他们安排了一个全身挂满礼物的圣诞老人，从飞机上跳下。可是因降落伞打不开，圣诞老人砰的一声摔落在印第安人面前，这让在场的人相信——还有我们其他人也相信——和那位快活的圣诞老人打的交道越少，我们就会过得越好。

不过，我还是怀疑我们这么做，是不是剥夺了孩子们享有这份特殊体验的机会。所以那个星期，我在金曼镇买来那些新奇的圣诞电灯饰，又从塞利格曼一个普通的杂货店——所谓的商业中心，买了一些小玩具回来。

圣诞节早上，我让吉姆偷偷爬到屋顶上，摇一串从旧马车上拆下来的铃铛，而我则对孩子们解释说，那就是圣尼古拉斯和他的飞天驯鹿来了，他们会拜访全世界的小朋友，送玩具给大家，这些玩具都是圣诞老公公和那些住在北极的小精灵，花了一整年的时间制作出来的。罗丝玛丽的表情从一脸迷惑变成满腹狐疑，然后她摇摇头，咧着嘴笑了起来。"妈妈，你在说什么啊?"她说，"再怎么傻也应该知道鹿不会飞呀!"

"你胡说什么呀，它们可是有魔法的鹿哦!"我说。接着又向他们解释，圣诞老公公本人也是有魔法的，这就是为什么他可以拜访全世界的小朋友，给每个人留下装在袜子里的礼物，只需要一个晚上就可以完成。然后，我举起两只袜子，递给罗丝玛丽和小吉姆。

罗丝玛丽从袜子里拿出一颗柳橙、一些榛果、一卷救生圈薄荷糖，以及一个装着一套抓子游戏用品的小口袋。"这个不是从北极来的，"她查看了那些玩具后说，"这是从商业中心买来的，我在那里看过。"

我走到窗边，把头探出去。"下来吧，吉姆，"我大声喊道，"他们不吃这一套!"

虽然我无法向孩子们推销圣诞老人，但他们对圣诞灯饰倒是兴致勃勃。我们开着车，一起到山上砍了一棵孩子们挑选的矮松树。吉姆在前院地上挖了一个洞，我们把树立在其中，填上泥土，在树枝上挂上灯笼。整个下午，罗丝玛丽和小吉姆都在松树旁蹦蹦跳跳，一边对着太阳大吼大叫，让它快点下山。

天色一暗下来，我们就把牛仔们从工人宿舍里叫出来。吉姆把灵车开过来，停在树旁边，打开引擎盖，把一条电缆接到车子的电池上。当大伙儿在树旁围成一圈站好后，他把电缆和灯绳高举过头顶，表情颇为得意地挥舞了一下，再把它们接在一起。整棵树马上变得五彩缤纷起来。看着那些红、黄、绿、白和蓝色的灯，在这个寒冷的夜晚如此肆无忌惮地发出绚丽夺目的光芒，我们大家都惊呆了。这是方圆数公里之内，牧原上无边无际的黑暗中惟一的光亮。

"这太神奇了！"罗丝玛丽尖叫起来。

许多牧场帮工从来没见过电灯，其中几个甚至摘下帽子，贴放在胸前，以示崇敬。

那些布鲁克林来的婆娘还以为我们不懂得像模像样地庆祝圣诞节呢。

在桃源镇任教的第二年，我把二十五个学生都安顿在只有一间教室的学校里。他们当中有六个——将近全班人数的四分之一——是约翰逊副警长的孩子。约翰逊是一个瘦削的瘾君子，抽起烟来一支接一支，头戴老旧的软呢帽，留着无精打采的胡须。在很多方面，我还挺喜欢约翰逊副警长的，他对某些无伤大雅的违法行为，总是睁一只眼闭一只眼。只要这里的老百姓认可他代表着法律，对与错都由他裁决，他还是很乐意在证据不足的情况下站在民众利益的一边。不过如果你胆敢和他争论，他就会狠狠地惩罚你。他一共有十三个孩子，这些孩子仗着他们的父亲是县里的执法者便为所欲为，不是放掉别人轮胎的气，就是往屋外厕所里丢球形红色爆竹，不然就把小保姆整夜绑在树上。总之，坏事做尽。

　　这位副警长有个儿子叫强尼·约翰逊，比罗丝玛丽大几岁，打从我在桃源镇教书起，他一直是个捣蛋鬼。也许是因为他坐在附近的哥哥老是跟他说些有关女孩子的黄色笑话，强尼那双手总是不安分地要去骚扰女孩子——真是个小色狼。他曾经亲过罗丝玛丽的嘴，这件事我还是在好几天后，从别的学生那儿听说的。罗丝玛丽说那只不过是一件已经发生了的恶心事，没什么了不起，她并不希望有人因此惹上麻烦。而强尼则对自己的行为矢口否认，说罗丝玛丽和那名告诉我实情的学生都是撒谎、告密的讨厌鬼，还说我其实什么都证明不了。

这件事虽不值得开个法庭审讯，但我心里还是充满激愤。几个星期后发生的一件事，像导火线一样将它引爆了。那一天，上课的时候，那个小流氓靠近了一个甜美的墨西哥女孩罗西塔，把手伸进她裙子里。这臭小子真的需要有人好好教训他一顿，教会他管好自己那双脏手，于是我放下书本，走到他面前，扇了他一个耳光。他看着我，震惊得两只眼睛都要瞪暴了，然后他站起身来，回了我一巴掌。

有那么一秒钟，我完全说不出话来，然后一丝微笑爬上强尼的脸，这小混蛋以为他战胜了我。这时，我突然把他拖起来朝墙上扔去，一遍又一遍地反手抽他，直到他蜷缩成一只球，倒在地板上；我抓起我的戒尺，开始抽打他的屁股。

"你一定会后悔的！"他不停地尖叫，"你一定会后悔的！"

我才不在乎。强尼·约翰逊这种臭小子需要有人好好教训一顿，让他永生难忘。你可别把这些训诫写在黑板上，你得把它打进他脑袋里才成。而且，很显然，他面临着变成一个下三滥的危险，就像我的第一任丈夫和诱骗海伦的那个王八蛋一样。这个时候，一定得让他明白糟蹋女孩子会有什么后果。所以我不停地痛打他的屁股，也许打的程度已经超出了我的职责所需，但是老实说，狠狠地揍这小子一顿，让我觉得很痛快。

正如我所料，约翰逊副警长第二天就出现在学校。

"我不是来和你交涉的，"他说，"我只是来告诉你，再也不准对我的儿子动手，明白吗?"

"你们这些警官也许以为整个亚瓦派郡都是你们说了算，但是我的教室我说了算，"我说，"我会用我觉得适当的方式，惩戒不听话的学生，明白吗?"

那天晚上，吉姆回家后，我告诉了他所发生的一切。

"这差不多都是可以预料到的结局。"他说。

"你在说什么啊?"我说。

"这是最后摊牌，这已经变成一种模式了。"

"它要么是我为自己挺直腰杆的模式，要么就是我任人摆布的模式。"

约翰逊警官并没法让我马上被解雇，因为现在正值学年中期，要找人接替我很难。但是几个月后，我又收到那种该死的信，内容是说我的合同不再延续了。此时此刻，我真的数不清自己被解雇过几次了，我对此变得无比厌倦。

收到信的那一天，我坐在厨房桌子前，考虑自己现在的处境。如果一切从头来过，我还是会做出一样的举动。错的不是我，而是这个社会的游戏规则。我真的他妈的是个好老师，一直以来都在做该做的事情，不仅是对罗西塔，而且对强尼也一样，他真的需要在惹祸上身之前悬崖勒马。不过即便如此，我还是再一次被一脚踢了出去，而我对此只能听由摆布，束手无策。

我坐在那儿，为这一切抑郁地沉思着。罗丝玛丽走进厨房，她一看到我，一丝惊恐的表情掠过她的脸庞。她开始轻抚我的手臂。"妈咪，不要哭，"她说，"别哭了，请你不要哭了。"

直到这时我才注意到泪水正淌下我的脸颊。我还记得当我只是个小女孩的时候，看到妈妈哭，心里会多么焦急不安。现在，我倒是让自己的女儿看出我其实软弱又可怜，这该让她对我多么失望啊。我对自己特别生气。

"我并不是在哭，"我说，"只是不小心眼睛里进了灰尘。"我把她的手推开。"我不是弱者，所以你永远不必担心，你母亲绝不是个软弱的女人。"

说完，我扭头朝柴火堆走去，一边挥泪一边砍木柴——把一块木头放在砧台上，然后使出全部力量，拿起斧头砍下去，劈开的白色木块四处飞溅；罗丝玛丽就站在一边看着。原来用尽全力劈柴，与痛打强尼·约翰逊的屁股几乎一样让人无比痛快。

约翰逊副警长故意要让每个人都知道我是被扫地出门的，而且他显然也没想隐瞒这件事背后有什么猫腻。当我在商业中心偶然遇到熟人时，他们觉得不能再像往常一样，问问我最近学校境况如何，现在我们之间只有尴尬的沉默，这是每个被解雇过的人都能感同身受的。

但我下定决心，一定要让大家知道，约翰逊警官所做的一切，未能击败我的意志。我一直在寻找机会来证明这一点，就在这时，有消息说《乱世佳人》的特别首映式将在金曼镇举行。我决定出席这次盛会，并且要穿上全县人们所见过的最昂贵、最花哨的服装。

《乱世佳人》是我到现在为止最喜欢的书——仅次于《圣经》——我觉得书中有许多可借鉴的东西。它刚出版，我就买来看了，后来我又静坐下来慢慢再读了一遍，书中大部分章节我还大声念出来给罗丝玛丽听过。郝思嘉是我这种类型的女孩，她坚忍不拔，她俏皮时尚，她很清楚自己要什么，绝对不会让任何事或任何人挡住自己的去路。

就像国内大多数人一样，我期待着看这部电影已经好几年了。

这是有史以来耗资最大的电影——完全用特艺彩色技术拍摄——所有的杂志、报纸，从一开始就追踪报道此片的演员阵容和拍摄过程的一切细节。现在它终于大功告成，电影制片厂正忙着在全国各地举行首映式，其中一场在金曼镇举行，一张票索价五美元——和平常看电影一张票五分钱相比，这简直就是天价。

参加首映盛会的女士必须穿着长礼服，男士则需穿着燕尾服，或者至少要穿上周日上教堂时最讲究的服装。我从来就不曾拥有任何一件长礼服，而且也不打算在这上面乱花钱——那张票就已经够奢侈了——于是我决定干脆在郝思嘉本人身上发挥我的灵感：用客厅的窗帘来制作自己的长礼服。在我看来，卧室里挂窗帘还说得通，客厅里就没有这个必要了。我用 S&H 绿色赠品券换来的那些红色天鹅绒窗帘，在朴树牧场房子的客厅里仅仅是挂着而已，上面积满了灰尘，并在亚利桑那州阳光暴晒下，已渐渐褪色了。红色，正好是我最喜爱的颜色。

我不想把长礼服做成那种修身、细腰，郝思嘉都得勒紧束腰才穿得上的款式。我要的是裙长及地、简约大方、摇曳多姿的味道，更偏向于希腊风格，而不是美国南北战争前的风格。我从邻居哈特太太那里借来一台缝衣机。哈特太太是一位熟练的女裁缝师，她帮助我设计出礼服的式样，并协助我把衣服做得更得体，但是实际的缝制全都是我自己完成的。至于腰带，我是用窗帘饰带做的。

我没有能照到全身的镜子，但等我完成这件礼服，第一次把它穿上身时，我敢断定，它确实是一件绝无仅有的杰作。

"你看起来像电影明星。"罗丝玛丽说。

"这可是一件了不起的衣服，"吉姆说，"肯定大家都会注意到你。"

吉姆不想和我一起出席首映式，他不喜欢电影。我们曾去看过几出西部片，事实上好几次他看到一半就出去了，影片对牛仔生活不真实的描述，让他厌恶至极——电影里的牛仔，风尘仆仆地辛苦了一天，居然还能坐在篝火前唱歌；电影里的牛仔，还整天在畜栏周围闲逛，拿着绳子玩花样，而不是去修补围栏；电影中的牛仔，戴着素净洁白的帽子，穿着流苏背心、毛茸茸的羊皮套裤；最夸张的是，他们会从屋顶直接跳到马背上。

"真实的牛仔生活完全不是这个样子。"吉姆说。

"当然不是啊，"我告诉他，"谁要花那么多钱，来看臭烘烘的真实牛仔生活？大家去看电影，本来就是为了逃离真实的生活。"

"我猜那些黑帮分子去看黑帮电影时，也一样会牢骚满腹吧。"他说。

不过吉姆答应当我的《乱世佳人》车夫。首映式那天晚上，他用灵车载着我到金曼镇去——自上次载着那些布鲁克林婆娘撞车后，车子有些凹痕。我们把车停在戏院前时，人行道上已经观众云集，他们注视着每个来到现场的衣着华丽的人。约翰逊警官穿着制服，站在前面指挥交通。吉姆下了车，帮我打开车门，我踏上红地毯，摄像师的闪光灯劈劈啪啪地聚过来，我优雅地向拥挤的人群——同时也朝约翰逊警官——挥手。

第七部

伊甸园

罗丝玛丽和小吉姆坐在老巴克背上

我告诉罗丝玛丽和小吉姆，不希望他们和学校里的小孩交朋友。因为如果他们这么做，那些孩子必然会想从我这里得到特别关照；即使他们不这么想，要是他们考试拿到高分，其他的孩子还是会认定是他们得到我的关照的缘故。"我得像凯撒的妻子一样，"我跟罗丝玛丽和小吉姆说，"不容任何人怀疑。"

　　我们在牧场的生活颇与世隔绝，步行可及的距离之内，完全没有别的小朋友，不过罗丝玛丽和小吉姆两人倒是能自得其乐。事实上，这两个小调皮鬼是彼此最好的朋友。每天做完早上的杂务后，如果不用上学，他们俩就可以不受约束地去做任何他们想做的事。他们很喜欢在外屋各个房间里翻东找西。有一次，他们在车库的大皮箱里，找到两件鲸骨制的女子紧身外套，一连好几个星期把它们穿在身上；他们还会瞎逛到印第安人的墓地去，捡拾一些箭头，在水坝或供马喝水的水槽里游泳，对着靶子投掷折叠小刀，或者在铁匠铺里捣鼓这捣鼓那，比如把金属片烧红什么的。有一次，他们甚至还改装了他们称之为"马车轮特快车"的东西：把两个马车轮用一个车轴连接起来，一块舌状铁板放在两个轮子中，焊在车轴上，这样，车轴和铁板就可以拉着后面的轮子走。他们把这辆"马车轮特快车"拖到山顶，坐在铁板子上，随着这个奇妙的装置飞速向山下冲去。

他们最喜欢的是骑马。他们俩在学会走路之前，就常待在马背上了，所以他们骑马的技术，就像印第安孩子一般娴熟自然。那些英国佬为了感谢吉姆经营农场的成功，送给罗丝玛丽和小吉姆一头矮种马"雪特兰"，它可是全牧场最不好对付的东西，不管谁骑到它的背上，它总是要把人甩下来。不过，不管雪特兰如何上蹿下跳，或在低垂的枝条下东冲西撞，罗丝玛丽倒是乐此不疲地尝试着操控它，希望将它驯服。

大多数的日子里，她和小吉姆会为"袜子"和"烈火"套上马鞍，那是两匹栗色季度马。套好马鞍后，两人便骑着马驰骋在牧原上。他们最爱的消遣之一是和火车赛跑。圣达菲铁路有一段横过牧场，每天下午，他俩都会去等两点十五分的那班火车。一见到火车咣当咣当地开过来，他们就会飞奔到火车旁边，跟着它一路跑起来。这时乘客会探出身子来朝他们挥手，驾驶员则会拉响汽笛，直到火车理所当然地跑在他们前面，渐渐远去。

这是一场他们输了也永远不会介意的比赛。每次他们回到家里，都热得满头大汗，连他们骑的马都全身冒着热气。

两个调皮鬼也没少磕磕碰碰。他们常常从树上、屋顶上、马背上摔下来，身上要么被擦伤，要么被弄得青肿，不过吉姆和我从来都不能容忍眼泪。"忍耐一下就过去了。"我们总是对他们这么说。他们会在山上把岩石往下朝对方推去，他们甚至用吃马饲料或吞恶心的蚂蚁的方式，看谁比谁勇敢；或者，两个人用弹弓或 BB 枪互相朝对方开火。他们被牛撞过，被马踩过。有一次罗丝玛丽和小吉姆一起在池塘里玩，小吉姆居然一脚踏进了排水口并被吸到水底，大吉姆正好在水坝上干活，他连靴子都来不及脱，就跳进水里，并不断地潜到池底，四处摸索小吉姆的踪迹，最后终于发现小吉姆的一条手臂从底下的淤泥中伸出来。他把小吉姆软弱无力的身体拖上水坝，罗丝玛丽跪在一旁，不断压挤小吉姆的胸膛，直到他口中喷出泥水，并开始大口大口地喘起气来。

　　罗丝玛丽八岁那年，某个仲夏的一天，她和我一起开着小货车，越野横穿科罗拉多高原，载运补给品给吉姆和一些帮工——他们骑着马，在北边沿线检查是否有围栏破损。因为几天前下过雨，有一处我们非穿越不可的淤泥滩，比我预料的湿软得多。该死的，要是没在这里被卡住该多好！我们试着推了推车子，可它却纹丝不动。我可不喜欢在烈日下走上五个小时，才能回到牧场的家。于是我靠在发动机罩上，冥思苦想还有什么别的选择。我注意到有一群野马，正在大约四分之一英里外的三角叶杨灌木丛里吃草。

　　"罗丝玛丽，我们得去套一匹野马。"我说。

"可是怎么套啊，妈妈？我们连一根绳子都没有。"

"你看着吧。"

小货车后车厢有一袋为帮工的马准备的饲料，另外还有个水桶，里面装了一些栅栏上拔下来的生锈铁钉。我把钉子倒在卡车平台上，装了一些饲料进桶里，其他饲料倒在旧钉子旁。然后，我用折叠小刀把倒空了的饲料袋裁成一条一条，再把这些布条绑在一起，并在末端打了个小小的圈套。这样，我就有了一个驯马笼头。

我把水桶交给罗丝玛丽，我们开始朝马群走去。一共有六匹马，我们一靠近，它们全都抬起头来，警觉地看着我们，琢磨着是否到了该撒腿逃窜的时候。这是一群脏兮兮的家伙，马蹄上有损伤的裂口，鬃毛长而邋遢，臀部能见到被咬伤过的痕迹。不过许多在这片草原上流连的野马，有生之年总有某个时候会被人骑，只要方法得当，还是可以把它们哄回家去的。

我让罗丝玛丽故意把桶里的谷粒晃得沙沙作响，听到这个声音，果然有一匹黑腿的红色母马竖起耳朵。这时候，我心里已经有候选的马了。我告诉罗丝玛丽我爸爸常用的一套老经验——眼睛不要去看马，而是一直往地上看，这样马就以为你不是来掠捕它们的。我们没有直接靠近母马，而是绕着圈子接近它，而且罗丝玛丽继续不停地晃动着水桶。当我们已经离得很近的时候，其他马走开了，但这匹母马还待在原地，看着我们。我们转过身，背对着它。

靠追捕的方法，我们是不可能逮住它的，我知道只要能让它自己靠近我们，我们就得手了。

母马朝我们迈近一步，我们则移开一步。我们这么做，是想让它更大胆地一步一步靠过来。她进，我们退，如此这般反复了几分钟之后，它已经走近到我们可以得到它的距离。我叫罗丝玛丽把桶拿过去一点，让它吃到一点饲料，然后我把驯马笼头套到它脖子上。它抬头一看，猛地一惊，拼命把头部往后扯，不过它马上就明白我们已经套住它了，于是不再挣扎，反而干脆扭过头来继续吃那些谷粒。

我让它把饲料吃完，然后让罗丝玛丽托了一下我的腿，帮我上马，我再把她拉上来，坐在我背后。

"妈妈，我真的不敢相信，我们连一条绳子也没用上，就套到一匹野马。"她说。

"只要它们尝过谷粒的滋味，就一辈子都忘不了。"

想到这只野生动物居然心甘情愿地跟着自己走，罗丝玛丽真是喜欢极了。我们一回到牧场，我就让她把那匹野马放走，她打开栅栏门，但是那匹马却站在那儿一动不动。母马和罗丝玛丽四目相对，憨态可掬。

"我想留下它。"罗丝玛丽说。

"我还以为你希望所有的动物都能自由自在地在野外奔跑呢。"

　　"我希望它们能自由自在地做它们想做的事，"她说，"这匹马想和我待在一起。"

　　"我们这儿最不需要的东西，就是另外一匹半驯的野马，"我说，"在它屁股上打一巴掌，送它走，它是属于草原的。"

牧场的生活对于小孩子而言，可以说要多快活就有多快活，但我觉得他们需要接受比这里更文明的气息的熏陶。吉姆和我决定把他们送到寄宿学校去。他们不在家的时候，我打算最后努力一把，争取到那该死的文凭，这样我就可以得到永久的教职工作，并且加入教工协会，那么以后像艾利大叔或约翰逊警官之类的傻瓜，就再也不能因为他们个人不喜欢我的教学风格就解雇我了。

　　那辆灵车自从上次翻车后，一开起来就叮叮当当响个不停——而且小吉姆还用仪表板上的点烟器，在座位上烙了印——郡政府让我们以非常便宜的价钱买下这辆车。行李装上车后，我载着孩子们往南开，先送已经八岁的小吉姆到旗杆镇的男子学校去，然后把九岁的罗丝玛丽送到普雷斯科特的天主教女子学校。我坐在车里，看着一位修女牵着她的手，走进学生宿舍。走到门口，罗丝玛丽转过身来看着我，泪流满面。

　　"现在，你应该学会坚强！"我对着她大喊。当我还是个小女孩的时候，是那么喜爱在拉瑞多修女学院的时光，我相信罗丝玛丽一旦克服了她的思乡病后，一定也会很好。"有的孩子拼了命去争取这样的机会!"我大声喊着,"你想想自己是多么幸运呀!"

我抵达凤凰城后,找到一家只有基本设施的供膳食的寄宿处,然后到学校注册,申报了双倍学习课程。我盘算着只要我一天花上十八个小时上课和读书,就可以在两年内拿到学位。我特别喜欢我的大学生活,而且那种快乐远比我认为自己有权去享受的多。有些学生对于我超负荷的学习大为吃惊,但我自己感觉就像一个悠闲的贵妇。我不必忙着打理牧场日常杂务、照料生病的牲口、东奔西跑到处接送学童,也不用拖学校的地板,应对那些爱找麻烦的家长。我现在是在通过学习了解这个世界,增进自己的智慧。除了我自己以外,我不用对任何人负责,而且现在生活中的一切,都在我的掌控之中。

罗丝玛丽和小吉姆对于学校生活,却未拥有和我一样的热情。事实上,他们俩恨透了学校生活。小吉姆不断逃学,他翻围墙,爬窗户,就算窗户钉死了,他也会把钉子拔出来,然后用绑在一起的床单当绳子,从高层晃晃悠悠地下到地面。他俨然是个足智多谋的逃跑艺术家,连学校里的耶稣会兄弟都开始称他为"小胡迪尼①"。

不过对付野性未驯的牧场男孩,对这些耶稣会的人来说,早已习以为常,他们只不过当小吉姆是另一个更吵闹的调皮鬼罢了。可

① 胡迪尼（Houdini），二十世纪初享誉国际的逃脱魔术师。

是，罗丝玛丽的老师们就不同了，她们把她当成完全不适应环境的人。学校里大部分女孩子都是假装一本正经、意志薄弱的货色，而罗丝玛丽老是把玩着她的折叠小刀，在唱诗班里唱民间小调，在院子里撒尿，抓了蝎子放在瓶里，并把它们养在自己的床底下。她喜欢跳起来跃过学校的主楼梯，甚至有一次，她只跳了两次就到了楼下，却和院长修女撞了个满怀。她在学校的表现，几乎和她在牧场时差不多。可是有时候，在某个环境看来正常的举动，在另外一个环境看来却非常怪异，难怪修女们都把罗丝玛丽看成野孩子。

罗丝玛丽不断给我写些让人伤心难过的、关于她学校生活的短信。她喜欢学跳舞和弹钢琴，但觉得刺绣课和礼仪课让人痛苦如受酷刑。而且修女们不管她做什么，总是说她这也不行那也不对。说她唱歌太大声，跳舞的时候太疯狂，说话不合时宜，还说她老在课本页边空白处，画些稀奇古怪的东西。

修女们还抱怨她常发表某些不当言论，其实有时候她只是重复一些我跟她讲过的东西。曾经有一次，她正在寻思，那个已经故去的小男孩，怎么会想通过把秋千高高荡起，而后去到天堂，我便跟她说，也许这是最好的结果，因为这个男孩长大后，很可能会成为谋杀多人的凶手。但是当她把同样的话，说给一个哥哥已去世的同班同学听时，修女们罚她不准吃晚饭，直接上床睡觉。其他的同学也常挑她的毛病，她们叫她"乡巴佬"、"土包子"，或是"农家女"。即便是吉姆捐赠给学校的五十磅熏牛肉，她们也嫌弃地说那是"牛仔吃的肉",拒而不吃,修女们只好把这些肉扔掉。

不过罗丝玛丽还真能挺直自己的腰杆。她来信说,有一天晚上,她正在洗碗碟,有个班上同学开始取笑她父亲,说:"你爸爸还以为自己是约翰·韦恩①呢。"

"跟我爸爸一比,约翰·韦恩简直就是个娘们。"罗丝玛丽回答,并把那个女孩的头扣在洗碗水里。

真是个了不起的孩子——读到这封信时,我就想,也许这闺女身上真的遗传了她母亲身上的东西。

在信里,罗丝玛丽说她很想念牧场,想念马儿和牛群,想念池塘和草原,想念她的弟弟、她的妈妈和爸爸,想念星星和新鲜空气,还有夜里土狼的叫声。十二月,日本人轰炸了珍珠港,学校里所有的人——包括学生和修女们——都生活在恐惧之中。罗丝玛丽班上有个女孩,她哥哥在亚利桑那号战舰上服役,当她听说这艘战舰沉没了,当场就倒在地板上啜泣不已。修女们晚上用毯子盖住窗户当防护罩——大家都很担心日军的轰炸机将布满亚利桑那夜空——罗丝玛丽说她觉得自己仿佛无法呼吸。

你要坚强!这是我写回信的时候,惟一能想到要告诉她的话。你要坚强!

我也会纠正她信中的语法错误,并把修改过的寄回去给她。我

—————————

① 约翰·韦恩(John Wayne),西部片的代表人物,被认为是美国的象征。

是绝对不会让这类错误就这样得不到改正的。

　　罗丝玛丽入学第一年，临近学期结束的时候，我收到院长修女寄来的一封信，信里说，她认为罗丝玛丽第二年最好不要再回到学校去，因为她的成绩太差，而且她的行为有些破坏性。但是那年夏天我让罗丝玛丽做过测验，正如我所料，她相当聪明。事实上，除了数学，她的测试成绩都在前五个百分位。她需要的只是更认真一些，更专注一些。我写信给院长修女，向她保证罗丝玛丽的智力，恳求院长再给她一次机会，院长很不情愿地答应了。

　　但是罗丝玛丽糟糕的成绩及行为上的鲁莽，在第二学年甚至有过之而无不及。这一学年结束时，院长的决定已无可更改。罗丝玛丽和这所学校确实相冲相克。

　　小吉姆也好不到哪儿去。正好那个时候我已经拿到大学学位，所以我带着罗丝玛丽和小吉姆回到牧场。两个家伙一回到家里，开心得一边到处跑，一边拥抱他们熟悉的一切——牛仔们、马儿和大树——然后他们给"袜子"和"火焰"套上马鞍，骑着它们头也不回地朝辽阔的乡村进发。他们快马加鞭，飞奔而去，还一边像土匪一样大喊大叫。

有了大学学位，我就可以像一名真正的老师一样受欢迎了，所以很快得到一份在大沙镇任教的工作。这是又一个只有一间教室的小镇，我让罗丝玛丽和小吉姆都在这里注册。罗丝玛丽很高兴不必再回女子学院了。"等我长大以后，"她跟我说，"我最想做的事，就是住在牧场里，当一名艺术家，那是我的梦想。"

　　此时，在太平洋和欧洲地区，二次大战交战正酣，不过除了汽油短缺，我们在科罗拉多高原上的生活，几乎没有受到什么冲击。太阳依旧从莫格伦缘升起，放牧的牛群依旧在草原上徜徉。虽然我也会为那些在窗前摆着金星勋章的家庭祈祷，因为他们家的儿子在战争中失去生命，不过说实话，我们比较担心的是雨水，而不是日本人和纳粹。

　　虽然我们有足够的牛肉和鸡蛋，不过我还是栽培了一个战时菜园①，以此来表达爱国之心。可是摆弄水果蔬菜实在不在我的才华范围内，奔忙于教学和牧场工作之间，我一直没有更多的闲情去园

---

① 战时菜园（victory garden），第二次世界大战期间，英美政府号召民众利用自家空地开垦菜园，以纾解粮荒。

子里给那些植物浇水，到了仲夏的时候，园子里的番茄和甜瓜，都枯萎在藤蔓上了。

"亲爱的，不必为这些事烦心，"吉姆说，"毕竟我们是牧人，不是农民。"

我母亲在我还在凤凰城念书时过世了，败血病从她坏死的牙齿开始，最终夺去了她的生命。因为事发突然，我来不及在她去世之前，赶回 KC 牧场见她最后一面。

在大沙镇任教第一年的夏天，我接到爸爸的一封电报。自从妈妈过世后，伯斯特和多罗西把爸爸安置在图森市的养老院里，他需要有人看护，但我忙于课业，没能照顾到他。现在，爸爸在电报上说，他现在每况愈下，很想和家人待在一起。"你一直是我最得力的帮手，"他写道，"请尽快来接我回去。"

从牧场到父亲那儿路途遥远，政府已对汽油采取配给制，我们没有足够的油券可以走完整个路程。但无论如何，我绝不能让自己的爸爸一个人孤零零地死在陌生的城市里。

"你打算怎么弄到燃油？"吉姆问我。

"去求、去借，或者去偷。"我回答。

我用一些厚片牛肉和金曼镇几户认识的人家交换油券，再加上政府分发给我们的那些，凑起来还是不够，但是不管怎样，我还是

驾着灵车出发了。我顺便带了一个备用油桶、一段软管，同时还把
罗丝玛丽也带上，我觉得他们都派得上用场。

时值盛夏，灼热的亚利桑那烈日晒得灵车车顶烫得没法碰。我
们径直朝南方开去，公路蜿蜒曲折通向远方。罗丝玛丽一反常态，
安安静静地盯着窗外看。

"怎么啦?"我问。

"我为外公感到难过。"

"如果你情绪低落，那么你要做的就是表现得好像自己很高兴
的样子，然后你就会发现，自己真的高兴起来了。"我对她说，随
即唱起我最喜欢的歌来。"嘟得滴嘟啦，嘟得滴嘟雷!"

罗丝玛丽有自己心情不佳的时候，不过那一般都持续不了多
久。很快地，我们俩就一起合着调子唱——《得克萨斯内心深处》
《漂流的得克萨斯沙粒》《圣安东尼奥玫瑰》《美丽的得克萨斯》等
歌曲。

要是路上遇见士兵，我们一定会停下来，让他们搭便车，并让
他们跟我们一起唱——不过他们没有一个人有燃油券。当我们到达
坦佩市的时候，油表指针已经转到"空"的位置。我把车开进卡车
停靠站，停在几辆长途钻探车旁边，然后一只手拉着罗丝玛丽，另
一只手提着油桶，走进餐厅里。

餐厅里的顾客，大部分都是戴着汗渍斑斑的牛仔帽的男人，他
们坐在柜台前喝着咖啡、抽着香烟。我进去的时候，有几个人抬起

头来看着我们。

我深吸了一口气。"各位先生，能否打扰一下，"我大声说道，"我和我的女儿急着赶到图森市去接我生命垂危的父亲，但是我们的汽油差不多用完了。要是有哪位好心的朋友，肯救济我们一加仑，或者半加仑，下一段路程我们就有办法了。"

大伙一阵静默，他们你看着我、我看着你，等着看别人会有什么反应。后来，有一个人点了点头，然后，又有其他几个人也点头同意。就这样，忽然之间，这成了他们大家都觉得理所当然该做的事。

"毫无疑问，女士。"其中一个人说道。

"我们很乐意为落难女子效劳。"另一个人说。

这时，他们全都咯咯笑了起来，站起身来去拿工具，几乎是一个紧接着一个，争先恐后地争取这个做善事的机会。在停车场，这些男人全都用虹吸管，从他们自己车子的油箱里抽出大约一加仑的油来给我们，很快地，我们就有近三分之二油箱的汽油了。我给他们每个人一个拥抱和一个亲吻。我们驶出休息站时，我看着罗丝玛丽。

"我们成功了，小丫头。"我说。此时，我已笑得合不拢嘴，觉得自己像一只喝到奶油的猫。"谁说我不太像个女人啊？"

这一路上，我们还曾再一次停下车来问别人要汽油。我们曾遇到过一点小麻烦，有个傻帽说，我可以从他车子吸走一加仑油，只要我愿意先吸吸他那玩意儿。我反手就给了他一巴掌，然后开车往下一个卡车休息站去。我相信我们求助的男人，大部分应该都是正经的绅士，事实上他们确实是。

第二天，我们总算抵达图森市。老爸住的那家养老院，其实是一处摇摇欲坠的供膳公寓，有一个女人在经营，多余的房间都租了出去。"你爸爸自搬来这里后，一句话都没跟我们说。"说着，她领我们走过大厅，来到爸爸住的房间。

爸爸躺在床的正中央，被子盖到下巴那儿。他和妈妈住在新墨西哥州时，我们去看了他们几次，但是最近几年我都没见到他。他看起来状况不太好，人很消瘦，皮肤呈黄疸病症状，眼睛深陷。他说话时声音嘶哑，含糊不清，但我像往常一样，总是能明白他在说什么。

"我是来带你回家的。"我说。

"别费心了，"他说，"我病得太重，走不动了。"

我靠在他身边在床上坐下来，罗丝玛丽也坐在我身旁，拉着他的手。我很自豪地看到，面对老人家的这种状态，她表现得毫不畏惧。我们开车在路上的时候，她一直在为外公难过，但现在真的到了这里，她倒是能应付自如。不管学院里的修女们怎么想，这孩子其实既有头脑，又有勇气，还有一颗善良的心。

"看来我大概会死在这里了，"爸爸说，"但是我不想被埋在这里。答应我，我死了以后，你把我带回 KC 牧场。"

"我答应。"

爸爸微笑起来。"我总是能指望着你。"

他当晚就溘然长逝，似乎是为了等到我来，他才一直撑着，等到他确认我们会把他埋在自家牧场后，才安心离去。

第二天早上，其他几个住在这公寓的男人，帮我把爸爸的尸体抬上灵车，放在后车厢。出发之前，我把所有的车窗都摇了下来，因为我们必须保持空气流通。到了图森市中心，车停在红绿灯处时，两个站在街角的孩子叫喊着："嘿！那位女士的后车厢有个死人。"

我没理由生气，因为他们说的是实话，所以我只是向他们挥挥手，等到绿灯一亮，马上踩了油门走人。可是罗丝玛丽却把自己缩到窗子下面。"生命太短暂了，甜心，"我对她说，"我们没有多余的时光去担心别人怎么看。"

我们很快就离开了图森市区，飞驰过沙漠，迎着朝阳往东面开去。我开得比平时任何时候都快——快得让对向的来车看起来完全是一闪而过——因为我必须在尸体开始腐臭前赶回牧场。我心想，就算我们被警察拦下来，他们一看到车后载的东西，应该也会放我们一马吧。

路上我还停下来过几次，向别人讨汽油。我心里很清楚，当他们出来吸汽油给我并看到尸体时，会有什么反应。于是我改变以往讨汽油时的腔调。"各位先生，"我说，"我父亲的遗体现在正放在我的车后厢，这么热的天气，我只能尽最大努力快点把他带回家去，尽早入土为安。"

这番说辞真的让他们大吃一惊——其中一个家伙差点被咖啡呛到——不过他们助人的热心，较之以前遇到的其他司机，真是有过之而无不及。我们最终还是在恶臭变得太强烈前抵达了牧场。

我们把老爸葬在一个用石头围起来的墓地里，那是牧场所有的人过世后下葬的地方。依照爸爸的遗愿，我们让他戴着那顶价值百元的斯特森牛仔帽下葬。那是一顶用响尾蛇环纹装饰的帽子，是从爸爸自己捕杀的两条响尾蛇身上扒下来再粘上去的。爸爸还想让我们用音标字母拼写的字来刻他墓碑上的名字，但如果这么做，周围的老百姓可能会以为我们根本不懂如何拼写，所以，这件事就没按他的意思做。

　　爸爸的过世，并不像海伦的死那般让我好像被掏空了一般。毕竟，在爸爸还是个孩子的时候，头上被马踢了那一脚，当时大家料定他会没命，结果他却躲过了死神的召唤，尽管腿瘸了，而且导致了语言障碍，但他还是活到寿终正寝，一辈子做了很多他想做的事。他没抓到一手好牌，但他把这手牌玩得很不错。所以，还有什么好悲伤的呢？

　　爸爸把 KC 牧场留给伯斯特，把盐溪的宅地留给我。但是详细看过爸爸那堆繁杂琐碎的文件后，我发现他在得克萨斯的资产还有数千元的欠缴税款。在我和罗丝玛丽长途跋涉返回塞利格曼的路途中，我一直在考虑我们该作何选择。是把那块地卖掉来还清税款，还是该留下那块地，从存下来买朴树牧场的钱中挤出一部分来偿还那笔欠款？

像来的时候一样，我们沿路仍然得停下来，向别人讨汽油，有几次我坚持要罗丝玛丽去做说客。开始时，她尴尬得连话都说不出来，但我觉得她有必要学会说服他人的艺术。结果，到后来，她完全沉浸在了自己的表演嗜好中。即使她还是个十二岁的孩子，却能说服陌生的成年人为自己效劳——这种想法让她满心欢喜。

为了奖励她，我决定绕道到阿布奎基，这样我们就可以去看看那里的"小径圣母像①"。这座雕像早几年就立起来了，我一直希望有机会亲眼一睹其尊容。它矗立在一座小公园里，近二十英尺高，雕的是位戴着软帽、穿着生皮短靴的拓荒妇女。她一手抱着婴儿，一手拿着步枪，旁边一个小男孩紧紧抓着她的裙子。我一直觉得自己是理智型的人，我身上没有那么多梨花带雨的多愁善感——大多数雕像和绘画，对我而言只是无用且乱七八糟的东西——但是这尊小径圣母像身上，却有些触动我，让我几乎要落泪的东西。

"这雕像有点丑，"罗丝玛丽说，"而且这个女人看起来有点吓人。"

---

① 小径圣母像（Madonna of the Trail），杜鲁门总统筹划建造的十二座雕像，分布于美国十二个州，用以表彰杰出女性对国家的贡献。

"你在开什么玩笑?"我说,"这是艺术。"

　　我回到牧场后,吉姆和我坐下来讨论得克萨斯西部那块地该怎么办。吉姆拿不定主意,但出于某种原因,在看过那座雕像后,我想留下那片爸爸曾经开垦过的土地的心意已决。

　　首先,土地是最好的投资。就长远观点上看,只要你经营得当,土地几乎永远是增值的。虽然得克萨斯西部的土地肯定是很干燥的,但现在有人在得克萨斯州到处钻井勘探石油——爸爸的文件里,就有一些和标准石油公司往来的书信——说不定这块土地,正坐落在蕴藏着黑色黄金一般的某个大油田上方。

　　不过爸爸在得克萨斯西部的土地这么吸引我,还有更深层次的意义。也许是因为我体内流淌的爱尔兰血统,我们家族里的每一个人,追溯到我的祖父——他来自爱尔兰的科克县,那里的每一块土地都属于英国佬,这帮地主人不在那里,却可以占有别人种出来的大部分农产品——一直以来都如饥似渴地想拥有自己的土地。现在,有生以来第一次,我终于有机会痛痛快快地拥有一块土地。世上没有一件事,能比得上自在无忧地站在属于你自己的土地上,没有人可以把你从上面推开,没有人可以从你手上把它抢走,没有人命令你要用这块土地做什么。这块地上的每一寸土壤都属于你,每一块岩石也属于你,每一片叶子、每一棵树、地下的全部水源和矿藏、从地面直通地心的土地,全都属于你。就算当今世界人心不古——看样子似乎正是这样——你可以跟每个人说再见，然后退隐到自己的土地上，蹲下身来，靠着它生存下去。土地属于你，而且永远都是你的。

"那是一块无法稼穑的土地。"吉姆说。他还争辩说，那块一百六十英亩的土地，连一群牲口也养不活，而付清那笔欠税，会大大削减我们准备用来买朴树牧场的资金。

"也许我们永远没能力买朴树牧场，"我说，"可这块土地却是很有把握的东西。我是个赌徒，不过我可是个聪明的赌徒。聪明的赌徒总是努力获取有把握的东西。"

我们付清了欠税，变成货真价实的得克萨斯土地大亨。我觉得"小径圣母"一定会赞同我的做法。

我们通常会在春天和秋天，把牲口送到市场上去卖。但今年秋天的牲口集市被推迟到圣诞期间，因为，随着战事的延续，军队一直在利用各地的铁路交通来运送部队和装备，只有在圣诞期间，火车才可以民用。这样正好，这意味着罗丝玛丽、小吉姆和我都可以在赶集时作出一点贡献，因为战争已经造成牛仔短缺，我们平时每次赶集，会派三十个以上的牛仔去，今年只有往年人数的半数。

　　罗丝玛丽和小吉姆自打他们会走路之后，就开始一起去赶集。刚开始时，他们是坐在我和吉姆的后面，后来他们开始骑在自己的小马上。即使如此，大吉姆还是不想让他们待在驱赶过程中牲口最集中的地方，因为在那个地方，即使是最熟练的牛仔，也有可能被自己的马甩下来，而后被紧张焦虑的牛群践踏。所以，他让罗丝玛丽和小吉姆担任外围的护航骑手，负责追踪失散或掉队后躲在溪谷附近的牲口。我则开着小货车跟在牲口群后面，车上载着铺盖卷及食物。

　　十二月的天气相当寒冷，你都能看到从马儿身上冒起来的水汽，因为它们忙着东奔西跑驱赶牲口，这样才能把这些牲畜在横越草原时聚拢在一起。罗丝玛丽骑着老巴克，这头鹿皮色的佩尔什马非常聪明，罗丝玛丽连缰绳都用不着拉，它自己就会堵住走散了的牲口的去路，然后碰碰它们的屁股，把它们赶回畜群中。

罗丝玛丽很喜欢赶集，但有一件事除外——她背地里是支持这些牲口逃跑的。她觉得它们是善良、聪明的动物，而且在它们的心里，是知道你正引领它们走向死亡的，这也是为什么它们的叫声里，总有一种哀怨的音调。我都怀疑她有时甚至会帮助一些落单的肉用公牛逃跑。有一天，大家正忙着赶牲口，吉姆注意到一头走散的牲口悄悄溜到小溪边，便派罗丝玛丽去追。我们明明都已经听到老巴克的嘶鸣，但是过了一会儿，罗丝玛丽却一脸无辜地骑着马回来了，声称她找不到那头牛。

"反正就这样消失了，"她说，还举起手耸了耸肩，"真是不可思议。"

吉姆摇摇头，又派了费达·哈纳——一个年轻的哈瓦苏派族印第安人——到小溪边去找。不一会儿，他就骑着马小跑回来，前面赶着那头公牛。

吉姆狠狠瞪了罗丝玛丽一眼。"你到底在干什么？"他责问道。

"不是她的错，老板，"费达·哈纳说，"那头牛远远地躲到峡谷里去了。"

吉姆看上去并不完全相信手下编的情节，但却让罗丝玛丽得以开脱。费达瞥了罗丝玛丽一眼，而且我看到他还调皮地对她使了个眼色。

　　罗丝玛丽那年十三岁，正处在即将步入成年女人的阶段——这个年龄的女孩，在我那个年代，有的都结婚了——从那一刻起，她开始对费达神魂颠倒。费达自己也才十六七岁左右，是个个子高挑、样子好看的男孩，他长着一张瘦削的脸，郁郁寡欢的样子有些冷漠，但还挺讨人喜欢的。他戴着一顶用一个闪亮的银贝壳装饰的黑帽子，总是没精打采的样子，不过骑在马上的时候，就像已与马儿浑然一体般协调。

　　那时，罗丝玛丽已出落得美丽动人，一头黄褐色的秀发，略宽的嘴巴，一双活泼的绿眼睛，但她对自己的美貌似乎浑然不觉，行为举止完全像个假小子。突然迷恋上费达的感觉，把她自己弄得糊里糊涂的，而且还常常干傻事。白天的时候，费达会发现罗丝玛丽正盯着自己看；她还经常搞出点花样，比如要和他进行印第安摔跤比赛，故意向他挑战；她也会画下他骑在马上的样子，晚上把画放在他的马鞍下。

　　其他牛仔注意到这些事，开始取笑费达。我觉得我应该对这个情况留个神。

　　"和那些牛仔打交道，你还是小心一点。"我对罗丝玛丽说。

　　"你这么说是什么意思？"罗丝玛丽问，并对我露出跟上次一样的无辜表情——就是她找不到走失的公牛时，对吉姆露出的那个表情。

"你知道我是什么意思。"

因为战争的缘故，人们对牛肉的需求量大大减少了。我们今年只赶了两千头牛到集市上，而以往一般是五千头。等我们把牛都集中在一起了，就会赶着它们向东跨越高原区，赶到威廉姆斯镇的货运畜栏里。一到那边，我就给"钻石"套上马鞍——"钻石"是我们家的一匹夸特马——然后骑上它，去协助牲口入栏、装车工作。工作差不多要结束的时候，有两头肉用公牛偷偷溜出了滑槽，冲出栅门，直往草原上跑。

"跑啊，宝贝，快逃啊！"罗丝玛丽大喊。

我目光严厉地瞪着她，她马上用手遮住嘴巴，这让我突然明白过来，其实她根本没有意识到自己说了些什么，那些话都是她不假思索脱口而出的。

费达和我追上那两头逃跑的畜生，把它们赶回滑槽，和其他牲口一起装上运牛车。我骑着马小跑到罗丝玛丽那边，她正坐在老巴克背上。

"你不是告诉过我，你长大后想在牧场里生活吗？"我问她。

罗丝玛丽点点头。

"那你他妈的以为我们在牧场干吗呢？"

"养牛。"

"养的牛是要送到市场上去卖的，这就意味着要把它们送进屠宰场。如果这件事会让你难过——如果你一心想支持这些牛重获自由——那你根本就不适合牧场生活。"

我们回到牧场，进到谷仓把马鞍都卸下，开始做些清理工作，这时罗丝玛丽朝吉姆和我走过来。"我想学怎么剥牛皮。"她说。

"到底是为了什么呢?"我问。

"那是牧场里最脏的工作，"吉姆说，"比阉割还恶心。"

"既然我要成为一个牧人，那是我必须学会的东西。"罗丝玛丽说。

"你真这么想的就好了。"吉姆说。

在赶集期间，如果我们牧场里牛仔人数较多，我们每星期至少得屠宰一头牛。几天之后，吉姆挑选了一头三岁大、看起来相当健康的赫里福种食用牛。他把牛牵进肉房，迅速切断了它的喉咙，取出内脏，把它的头锯下来，挂在钩子上，然后几个牛仔用滑轮把它吊起来，悬挂到交叉的杆子上。

我们会把除脏去头的畜体挂上一天，第二天早上，大家回到肉房，开始屠宰。吉姆用脚踏磨刀石把刀磨得异常锋利——他两手抓着刀子，来回在旋转的石头上磨，磨得火星四溅。

罗丝玛丽默默地在一旁看着，脸色发白。我知道她觉得牛是亲切的动物，从来不会伤害任何人，现在她就站在她父亲杀死的肉公牛前，铁了心要将它切割开来。从我长大后，阉割和屠宰工作已经成了生活的一部分，但自从搬到这牧场之后，我们有牛仔们帮忙做这些血腥的工作，所以罗丝玛丽也就被这保护伞庇护着，不曾碰过这些血腥活。

不过这个孩子很尽力地表现出自己的勇敢。吉姆把屠夫用的皮围裙系到她的腰上时，她立即显得精神抖擞。吉姆把刀子递给她，指导她把手放在公牛后腿的位置，她必须在这个地方砍下第一刀。她把刀子使劲往下切的时候，开始无声地哭了起来，但她还是继续切了下去。吉姆指导她操刀的动作，他让自己的声音保持低沉和稳定，要她小心别在鲜肉上留下割痕。

罗丝玛丽的双手很快就沾满了血污，她还把血抹到脸上去了，因为她想把眼泪擦掉。不过她一直埋头苦干，花了差不多一整天的时间，他们终于把皮剥了下来，肉也全部切好了。

一切都打理完后，我把锯木屑撒在地上，吉姆则开始清洗工具。罗丝玛丽把皮围裙挂起来，在水桶里洗了手后，一言不发地走出肉房。吉姆和我看了彼此一眼，我们什么都没说。我们都知道，罗丝玛丽已经证明她能做到，但同时也证明，她并不是真的忍得下心做这件事。从此以后，我们谁都没有再提起过这件事。

我以为罗丝玛丽可能会对肉食丧失食欲，但是这姑娘真有一种把不愉快的事彻彻底底从心里赶出去的天赋。那天晚上，她居然高高兴兴地把她那块牛排大口大口地吃了下去。

接下来那一年夏天，我接到一封署名为克拉瑞丝·珍珠的人的信，她是亚利桑那州教育部门的高层人物。她想要调查哈瓦苏派族儿童的生活状况，这些儿童生活在沿大峡谷一直延伸过去的偏远地带。信里说，她会带一位印第安事务局的护士一起过来，目的是要测定一下这些孩子们是否符合卫生标准。她要我开车送她们两人到峡谷区，再帮她们安排马匹和向导，所有人沿着漫长的小路，前往哈瓦苏派村。

费达·哈纳，就是牧场里那位让罗丝玛丽神魂颠倒的年轻哈瓦苏派族帮工，他平时不待在牧场工人宿舍的时候，就是住在保护区里，于是我便请他帮忙张罗这些事情。不过，一听到我说这位负责人和护士这趟旅行的目的时，他就笑了起来，摇摇头。

"她们这是去视察一群野蛮人，"他说，"我父亲以前常跟我们讲一件事——几个世纪以来，哈瓦苏派族的男人都是日出而作，整个白天都在外面狩猎、捕鱼，日落的时候回到家里，和自己的孩子们一起玩耍，夜里和自己的女人睡在一起。他们觉得自己生活得挺好的，可是后来，白人来了，并对他们说：'我有一个想法可以让你们生活得比现在更好。’”

“我了解你父亲的意思，”我说，“我父亲无所事事时，也常常沉湎于过去。我很清楚类似的想法是如何把一个人侵蚀的。”

我开着灵车，带着罗丝玛丽，来到威廉姆斯镇航空站，接珍珠小姐及那位名叫玛丽安·芬奇的护士。两个人都长得矮矮胖胖的，嘴巴皱皱的，留着用发夹固定着的短发。我对这类型的人了如指掌——典型的对什么都不以为然的人，而且还是不切实际的社会改良家。他们对任何事情都有自己的高标准，而且总是想让你知道，你根本达不到他们的要求。

我们开着车往北行进时，我试着跟我的客人聊一些有关印第安人的小知识，供她们娱乐。我跟她们解释，“派”的意思是“族人”；“哈瓦苏派”，则是“有蓝绿色湖水的族人”的意思；另外还有“亚瓦派”，指的是“太阳族人”；而“瓦拉派”意思是“高大的松树族人”。哈瓦苏派族住在科罗拉多河畔的狭窄的山谷中，他们视河水为神圣之物，所以在他们的婴儿长到一岁半的时候，就会把他们丢进河里。

“在这些小婴儿还不知道什么叫害怕的时候。”我说。

“这正是我们特别担忧的做法。”芬奇小姐说。

我朝罗丝玛丽瞅了瞅，眼睛转了一下，她忍俊不禁地笑了。

两个小时之后，我们抵达山顶镇。那是峡谷边缘外一个荒无人烟的地方，坐落在一片山艾树丛中，一条供马匹通行的小道，从山谷边缘向下延伸到村子里。可是费达·哈纳这小子踪影未见。我们全都下了车，站在那儿听着风声。我的两位顾客，对于她们即将要去帮助的这群异教徒如此不可靠，显然非常厌恶。就在这时，突然有一群年轻的印第安人，半裸着身体，脸上涂满油彩，骑着马从小路飞奔过来，围在我们四周，一边嗬嗬大叫，一边挥舞着长矛。珍珠小姐吓得脸色发白，而芬奇小姐则尖叫起来，并害怕得用双臂遮住自己的脸。

就在这时，我认出那个领头的小伙子——脸上画着象征着战斗的油彩——就是费达。

"费达·哈纳，你装神弄鬼想搞什么名堂啊?"我大叫起来。

费达拉住马，在我们面前停下。"别担心，"他露齿一笑，"我们不会剥这些白种小姐的头皮，她们的头发太短了。"

他和其他哈瓦苏派男孩全都大笑起来——看到自己的恶作剧如此成功地把这两位好事之徒吓成这样，他们乐得几乎要从马上摔下来。罗丝玛丽和我也都忍不住咯咯窃笑，可我的顾客们却气得七窍生烟。

"你们全都应该关进管教所。"珍珠小姐立马断言道。

"无伤大雅啦，"我说道，"他们只是一群喜欢扮演牛仔和印第安人的小屁孩罢了。"

费达朝他的三个朋友示意，他们就从自己的马上跳下来，和同伴两人合骑另外一匹。"这些是为你们准备的坐骑。"他对我们说，然后朝罗丝玛丽伸出手，并对她说："你可以和我一起骑。"他把她拉上马，坐在他身后；我还来不及开口，他们就已顺着小路飞奔而去。

我和珍珠小姐及芬奇小姐上了马，紧跟着他们的步伐。这条通到村子的小道长八公里，差不多要花一整天才能走完。小路沿着峡谷的一侧蜿蜒而下，穿越一个又一个陡峭迂回的山谷，途经的山壁由石灰岩和砂岩分层堆叠，看起来仿佛是一层层巨大的旧纸张。几年前，有些传教士曾经想把一台立式钢琴搬到下面的村子里，好让那些哈瓦苏派族人也能唱赞美诗，但是那台钢琴摔下了悬崖。我们骑着马途经这架钢琴破碎的残骸处——黑键、白键、扭曲生锈的琴弦，还有碎裂的木片，一览无余地散落在岩石之间。

几个小时之后，我们来到一处有活泉的地方，清澈、冰凉的水自泉眼汩汩地冒出来。在这里，苍翠繁茂的绿色植物完全替代了怪石嶙峋的峡谷风光。小径两旁，有三角叶杨、豆瓣菜和杨柳林立，空气清新而湿润，四周一片静谧。

罗丝玛丽、费达和他的朋友们在小溪边等着我们，并把马匹放在一边吃草。等到我们后，大家继续前行。随着我们的前行，我们看到这条小溪因为沿途不断有泉水汇聚，于是水流越来越大，越来越湍急。最后，我们抵达另一个地点，溪水在这里急剧往下流，形成一个又一个小瀑布。接着又骑了一段滑路之后，一片我前所未见的、美丽得令人窒息的风景呈现在眼前——小溪从悬崖壁上一个缺口倾泻而过，而后从上百英尺高的地方飞流直下，最后注入一个蓝绿色的水池。雷鸣般的飞瀑过处，空气中轻雾弥漫。池中鲜艳的蓝绿水色，来源于地底经石灰过滤的泉水；空气中弥漫的轻雾，也有石灰的味道。含有石灰的雾气，覆盖在瀑布四周物体上——树木、灌木丛、岩石——形成一层白色的晶体外壳，由此而创造出一个自然雕塑大花园。

我们抵达哈瓦苏派村的时候，已是下午三四点。这个村子由一些板条搭建的小屋组成，地处小溪流入科罗拉多河的入口。小屋周围，小溪分流出好几个同样呈蓝绿色的水池，一些赤身裸体的哈瓦苏派孩童在水中泼水嬉戏。我们大家在这儿下了马，费达和他的朋友马上跳进最大的那个池塘里。

"妈妈，我可不可以一起下去游泳？"罗丝玛丽问我，因为特别渴望下水，她的双脚一直在地上跳来跳去。

"你没有游泳衣。"我说。

"我可以穿着内衣下水。"

"当然不行！"珍珠小姐大声说道，"你骑马的时候坐在那个印第安男孩后面，就已经是非常不合礼仪了。"

"而且这样也太不卫生了，"芬奇小姐接着说，"很难预料你会在水里发现什么乱七八糟的东西。"

　　费达把我们带到供客人住的小屋。屋子有些逼仄，但还是有足够的空间，让我们四人伸直身子，在泥地板上的席子上躺下来。珍珠小姐和芬奇小姐都累了，想要休息，但是罗丝玛丽和我还剩下一些精力，所以当费达提出要带我们去看溪谷时，我们爽快地接受了他的邀请。

　　他给我们找来几匹精力充沛的马，大家便上路了。河流两岸陡峭地矗立着的，是红色的科科尼诺砂岩和粉色的凯巴布高原石灰岩；狭窄的河边洼地则呈现出一片新绿和富饶，我们骑马走过的地方，可见一行行间隔宽舒的玉米。以前，费达说，哈瓦苏派族人冬天会搬到高原上度过，以狩猎为乐，夏天则下到山谷中来，专事农耕。但是自从他们传统的狩猎场被英国殖民者占领后，他们就只能一年四季都藏身在下面的山谷里——这里是整个西部最偏远的地区，这个把自己隐藏起来的秘密部落，仍然遵循着古老的生活方式，而大多数外面那个世界的人，甚至不知道他们的存在。费达指着屹立于悬崖峭壁上的一对红色石柱给我们看，那些就是"威格力瓦"柱。他告诉我们说，它们保护着这个部落。据说任何一个为了利益而离开这里的人，都会被变成石头。

　　"这里像天堂一样，"罗丝玛丽说，"甚至比牧场还漂亮，我可以永远住在这里。"

"只有哈瓦苏派族人可以住在这里。"费达说。

"我可以成为一名哈瓦苏派族人。"她说。

"你不可能变成哈瓦苏派族人,"我说,"你得出生时就是哈瓦苏派族人才行。"

"这个嘛,"费达说,"族里的长者的确说过,白人不可以嫁进部落里来,但据我所知,至今还没有人试过,也许你可以成为第一个。"

夜晚来临,哈瓦苏派族人给了我们一些包在叶子里的玉米煎饼,但是珍珠小姐和芬奇小姐一个都不想吃,所以我们把这些饼就着我带来的熏肉条一起吃。

第二天,芬奇小姐开始为哈瓦苏派孩童做身体检查,珍珠小姐则和他们的父母讨论这些孩子的教育问题,有时候会需要费达来当口译员。这个村子也有一所只有一间教室的学校,但这些年来,州政府常认为,这些哈瓦苏派孩童一直没有受到合理的培养,所以政府人员曾采取突然袭击的方式,把这些孩子集中起来,送进寄宿学校,完全不管父母是否同意。这些小孩在学校里学英文,并且接受像搬运工、勤杂工、电话接线生之类的工作培训。

为珍珠小姐翻译了一个上午后,费达走到我和罗丝玛丽身边坐下来。"你们这些人自以为拯救了这些孩子,"他说,"但他们最后反而变得既不适应这个山谷的生活,也无法适应外面的世界。以我为例，我以前也曾被送到那个学校去。"

"哦，至少你离开的时候，并没有变成石头。"罗丝玛丽说。

"变成石头的部分，藏在内心深处。"

下午，罗丝玛丽和我在村子里闲逛。她不断嚷嚷说要去游泳，我可以看得出来，她其实想亲自体会一下生活在这里是什么滋味。

"妈妈，这里根本就是伊甸园，"她一直这么说，"伊甸园居然还存在于地球上。"

"不要把这里的生活理想化，"我说，"我自己就是在泥屋子里出生的，你很快就会厌倦这种生活的。"

晚上，吃过又一顿煎饼加牛肉干后，我们再次早早上床睡觉。但是半夜里，我被一阵骚动吵醒。罗丝玛丽裹着一条毯子，湿漉漉地站在小屋外。珍珠小姐拉着她的一条手臂使劲摇晃着，并喋喋不休地大声向我们描述，她是如何起床去呼吸一点新鲜空气，然后听到笑声；如何发现罗丝玛丽、费达，还有其他几个印第安孩子，一丝不挂在月光照耀下的池塘里游泳。

"我才不是一丝不挂！"罗丝玛丽大声嚷道，"我穿着内衣。"

"听起来好像跟一丝不挂有区别，"珍珠小姐说，"不过那些男孩完全可以一览无余。"

我一听到这件事，气得几乎要失去理智，真的不敢相信罗丝玛丽会做出这样的事来。我知道珍珠小姐惊骇无比，不只是对罗丝玛丽，对我也一样。她一定非常不解，不知道到底是什么样的母亲，才会调教出这么不知羞耻的孩子。珍珠小姐也许还会由此而觉得我根本不适合当老师。我自己也对罗丝玛丽愤怒到了极点。为了保护她，一直以来，我每天晚上都睡在她身边。我还以为，我已经把她教得够聪明，不可能笨到做出这种事；我也一直教育她，年轻男人很危险，看起来再单纯天真的情境，也许都会导致大麻烦；一次失足，就有可能引来一场让她永远无法平复的灾难。更何况，我已经三令五申不准她去游泳，她居然敢公然违抗我！

　　我一把抓住罗丝玛丽的头发，把她拖进小屋里，扔在地板上，然后抽出我的皮带，开始一顿痛打。我身上某种黑暗的东西暴露出来，如此深沉，连我自己也感到害怕。但即使如此，我还是不停地抽她，打得她一边在泥地板上抱头鼠窜，一边不住地抽泣，一直打到连我自己都恶心地觉得实在有些过头，这才停下手来。然后我扔下皮带，怒气冲冲地从珍珠小姐和芬奇小姐身旁经过，走进外面的黑夜里。

第二天，又开始我们骑回峡谷边的漫长旅程。费达偷偷溜了，不过有另一个哈瓦苏派男孩过来，把马牵来给我们骑。珍珠小姐一路絮絮叨叨地说她要向警长举报费达·哈纳，说他犯有猥亵未成年少女的错误，但是罗丝玛丽和我都一语不发。每次我瞅她一眼，她都把眼睛投向地面。

　　回到牧场的那天晚上，我和罗丝玛丽一起睡，并试着伸出双臂去拥抱她，但是她把我推开了。

　　"我知道你在生我的气，但是你真的该打，"我说，"没有其他的方法能狠狠地给你一次教训。你觉得这件事让你受教了吗?"

　　罗丝玛丽侧身躺着，眼睛盯着墙壁。她沉默了一会儿，然后说:"我所学到的全部，就是等我有了小孩，我绝对不会用鞭子抽他们。"

　　这趟伊甸园之旅，最终几乎对每个人来说，都是一次很糟糕的体验。我跟吉姆谈过发生了这件事之后，我们俩都同意今后不可能再雇用费达·哈纳了。不过这个决定毫无实际意义，因为费达一听说珍珠小姐威胁要向警长告发他，吓得马上去参军了。

　　他在军队里成了一名高超的神枪手，并被派遣到太平洋群岛执行战斗任务。可是最后，战争让费达严重精神错乱，罹患所谓的"弹震症"精神病后，被遣送回乡。回来后没有多久，他精神完全崩溃，在一个霍比族村子里开枪滥射，幸好没有人丧命。从位于佛罗伦萨镇的州立监狱刑满释放后，他返回到山谷，哈瓦苏派族人却不让他进村，因为他让部落蒙羞。他成了被驱逐者，独自一人住在保留区一个偏僻的角落——最后，他终究变成了石头。

经过这次费达·哈纳事件后，我认为牧场的确不适合我的妙龄女儿。既然她会跟费达一块儿裸泳，就有可能再跟任何一个想获得她芳心的牧场帮工裸泳。为了向她灌输提防男人的正确观念，我给了罗丝玛丽几本《真诚告解》杂志，里面都是一些像"我们在小巷相遇，他引领我走上罪恶之路"之类的文章。我还写信给普雷斯科特学校的院长修女，告诉她罗丝玛丽长大成熟了，非常渴望再次回到寄宿学校去。

罗丝玛丽不想去，但我们还是打点好行装把她送走了。她走后，好像没多久，我们就开始收到她弥漫着思乡病的来信，同时也收到全是 D 和 F 的成绩报告。她惟一想做的，院长修女在信里写道，只有画画和骑马。这回我对罗丝玛丽真的大光其火，也对这些修女相当恼怒，我多么期望她们懂得如何宽容一个爱做白日梦的十四岁女孩的马虎和懈怠。

可是就在那时，另一件大事找上门来，让我们担心。

英国佬写信给我们，说因为战争持续进行，他们想把牧场卖掉，把资金投资到军需品工业中。如果我们能召集到一批投资者，他们会接受我们的报价。不过从那一刻起，这座牧场就处于上市待售中了。

吉姆和我一直努力把可能的钱都存起来，所以我们已有一笔相当可观的积蓄——特别是因为英国佬在收成较好的年份里，都会给吉姆分红——但是我们的钱连买下朴树牧场都还不够，要买下一整片牧区，就差得更多了。吉姆和邻近牧场的经营者商量过建立各种形式的合作关系，也曾和一些银行人员会面过；同时我也打了电话给在新墨西哥州的伯斯特。但是最终，因为战争的缘故，几乎没有什么人口袋里有额外的两个镍币，可以凑在一起，想怎么捣鼓就怎么捣鼓。老百姓穿着定量配给的衣服，捡拾破铜烂铁，在自家空地开辟战时菜园。

大多数人如此。

一月的一天，近午时分，一辆大型黑色轿车开到牧场主屋前，三个男人从车上下来。第一个人穿着深色西装，第二个人穿着旅行夹克和皮制绑腿，第三个人戴着很大一顶牛仔帽，穿着平整的牛仔裤，脚上是一双蛇皮靴子。西装男自我介绍说他是英国佬的律师，后来得知绑腿男是以拍摄西部片著称的知名电影导演，靴子男则是在绑腿男的不少影片中饰演过配角的某个竞技牛仔。

绑腿先生身材健壮、红光满面，留着修剪整齐的银白胡须。他应该是属于那样一种类型的人——他们觉得只要是从自己嘴里说出来的话，就算是最平淡无奇的言词，也会变得极其深刻、有趣。他每说一件事，都要看一眼西装男和靴子男，而他们要么以赞赏的笑声回应，要么贤明地点头称是。绑腿先生花了近三分钟的时间，提及他和约翰·韦恩的合作，并用"公爵"来称呼他，以示亲近，絮絮叨叨说些类似"公爵是个极其自然的演员"或"公爵每拍一场戏，第一次就会是最好的一次，永远不需要重拍第二次"之类的东西。

老杰克慢吞吞地从谷仓走出来的时候，绑腿先生正好站在门廊上，审视眼前这片土地。他指着池塘边的一棵柳树。"这里像图画一般美丽，"他说，"把这棵柳树种在这里，恰到好处啊。"

"我们哪会有什么时间到处瞎逛，专门去种什么像图画一样的树，"老杰克说，"我认为那棵树是恰好长在那里罢了。"他摇着头，一拐一拐地走回谷仓。

吉姆和我带着他们四处参观。由于我们实在很不想看到这个地方从我们的手中卖掉，所以吉姆此时比平日更加沉默寡言。而绑腿先生这个人，他从头至尾表现得就像我们根本不存在似的，一个问题也没问过我们，只是和靴子男一唱一和，不停地交换一些如何改进这个地方的想法。他们要在这里建一条简便的跑道，这样就可以乘飞机从好莱坞过来；他们还要在这里安装一架汽油驱动的发电机，在牧场的屋子里装上空调；甚至可能建一个游泳池。他们要让牲口的数量加倍，并开始培育帕洛米诺马。很显然，靴子男根本是个假牛仔，他用与马匹有关的行话和绳子把戏，把绑腿先生糊弄得眼花缭乱，但是事实上，他对农场经营根本一窍不通。

我们一行走到中途的时候，绑腿先生忽然停了下来，盯着吉姆瞧，好像是第一次看到他似的。"那么，你就是这里的经理啰?"他问道。

"是的，先生。"

"真滑稽，你看起来一点不像牛仔。"

吉姆身上穿着的正是他平时总穿的行头：长袖衬衫，裤脚往上卷的肮脏牛仔裤，还有圆头的工作靴。他看着我，耸了耸肩。

绑腿先生把手放在臀部，细细打量那些历经风霜的灰白色的外屋。"这房子看起来也不像牧场。"他说。

"哦，它本来就是这个样子。"吉姆说。

"但是感觉真的很不像，"绑腿先生说，"那种魅力不见了，我们必须制造出那种魅力来。"他转向靴子男。"你知道我想看到什么景象吗?"他问，"我想看到这里的房子都用有节疤的松木来建。"

果真全都用上了节松。绑腿先生一买下这个地方，就把牧场主屋拆掉，建了一座奇特的新房子——横梁露在外面，上了亮光漆的节松作墙。后来，他把工人宿舍也拆了，同样用节松建了一栋新的。他把这个地方重新命名为"炫时牧场"，而且，他当初的诺言也兑现了，铺了飞机跑道，牲口的数量已倍增。

绑腿先生也把大吉姆和老杰克都解雇了，他们俩太老、太过时——"老前辈"，他就这么称呼他们——他说他需要的是有助于牧场魅力大增的人。接下来，他还开除了所有的牧场帮工，这些帮工大多是墨西哥人或印第安人，他嫌他们看起来不像牛仔。他雇用靴子男来经营牧场，从牛仔竞技场里引进一帮家伙到牧场里，他们都穿着崭新紧身的牛仔裤，以及缝有珍珠母子扣的绣花衬衫。

我们在这座牧场住了十一年，大家都很喜欢这个地方。我们对这方圆十八万英亩牧场里每一寸土地，都再熟悉不过——那一条条沟壑、水涧，那一堆堆冲积的河床，那一个个淤泥滩，还有那长满山艾灌木丛的高原、巨石遍布的山脉，以及杜松覆盖的山麓丘陵——就像我们对自己内心一样熟悉。我们敬重着这片土地，我们了解它所能以及所不能做到的一切，我们从来不在它力所能及的范围外强其所难，从来不会轻易浪费这里的一滴水，也从来不会在这里过度放牧——不像隔壁的那些牧场。任何一个骑马从我们牧场与相邻牧场的栅栏分界线走过的人，都可以看到，我们这边的草有四英寸高，而隔壁的只有一英寸。我们是相当不错的牧场管理者，乍看过去，牧场里的建筑物也许有点粗糙，但它们维修得非常完好，一直都那么坚固、可靠。亚利桑那州所有的牧场中，没有比我们更诚实经营的。我们一直以来为人称道。当然，我们不是这里的真正主人，但是我们却由衷地把它当成是自己的。失去这片土地，让我们感觉无依无靠，这种心情，就像当年我爸爸和爸爸的父亲，看到殖民者公然在翁多谷筑起围篱，强占土地时一样。

"我估计我的放牧生涯已经结束了。"吉姆在绑腿先生发布新闻之后说道。

"你应该知道，在这一行里你是最好的。"我对他说。

"但是看起来我最擅长的东西好像再也没有用武之地了。"

"我们过去从来不曾为自己感到难过，"我说，"现在也不想这么做，我们开始打包行李吧。"

我们有一笔积蓄，所以在经济上并没有陷入困境。我觉得我们应该搬到凤凰城去，在那边开始崭新的生活。亚利桑那州正处于大变革时期，大笔大笔的资金从四处涌入。因为这里的天气非常适合飞行，空军发现这个地方以后，开始到处兴建基地及飞机跑道；与此同时，肺病患者——呼吸系统有问题的人——也成群结队来到此地。此外，空调设备渐渐成为人们负担得起的设备，这就让像凤凰城这样的地方，有足够的魅力吸引来自东部的那些无法忍受此地真实气温的娇小姐阔少爷们。如此一片繁荣的变迁，让这座城市看起来好像很快就要飞黄腾达了。

我打电话给罗丝玛丽，告诉她我们要搬离牧场时，她几乎变得歇斯底里。"我们不能搬走，妈妈，"她说，"它是我所熟知的全部世界，它是我身体里的一部分。"

"宝贝，它现在要消失在你身后了。"我回答。

小吉姆对此也一样发狂，还说他完全不愿意搬走的。

"这可不是我们能决定的，当然也不是你能决定的，"我告诉他，"我们非走不可了。"

既然经营农场已成了过眼云烟，我希望摆脱跟这有关的一切。我们把所有的马都卖给绑腿先生，只留下小斑，它已经快三十岁了，我把她送给哈瓦苏派族人。也许罗丝玛丽再也没法看到那座伊甸园了，但至少她会知道，有一匹她深爱过的马儿在那里定居。

不过我还是把英国骑行裤留下了，另外还有一双牧场靴，那是我从红恶魔背上跌下来并遇见吉姆那天一直穿着的靴子。我最后留下的跟牧场有关的东西也就这么多了。在一个紫丁香花盛开，流莺在啤酒花树上婉转啁啾的明媚春日，我们把属于自己的东西都打包妥当，装到灵车的后车厢，开车上路了。罗丝玛丽还在寄宿学校里，她将永远不会回到这个牧场。小吉姆坐在我和吉姆之间，回过头去看牧场最后一眼。

"别回头，"我说，"我们不能回头，一定不要往后看。"

第八部

侦　探

罗丝玛丽，十六岁，马坪山镇

吉姆觉得我们应该先好好挥霍一番，以此开始我们在凤凰城的新生活。

"说出一个你一直很想要的东西。"他说。

"新的假牙。"我马上回答。多年来，我的牙齿不断地困扰着我，但是住在科罗拉多高原上的人口数量还不足以让一个牙医在此地谋生。如果有颗牙一直痛个不停，你就得给自己找把老虎钳，把那家伙硬生生地拔下来。我的两颗门牙中间也有条缝，那是被蛀坏的地方。平时我都会用一小片白蜡块把这条缝塞住，但是蜡块时不时地会掉下来，我不得不承认这个样子看起来是有点吓人。吉姆的牙齿也和我的一样糟糕。

"你也给自己弄副假牙吧。"我说。

吉姆咧嘴笑了起来。"两副全新的假牙。希望那将让我们在这个城市一切顺利。"

我们找到一位很不错的年轻牙医，他给我们打了一针局部麻醉，把我们那几个已经坏掉并变成褐色的牙齿都拔掉，然后将新的假牙戴到我们的牙龈上。他把假牙固定好后，举起了镜子，我无比激动地看到那两排完美无瑕、洁白闪亮的瓷牙，像厨房里的瓷砖一样，光亮而平整。一夜之间，我就拥有了电影明星一般优雅的微笑，而吉姆看起来也像是年轻了三十岁。我们俩容光焕发地走在这座城市里，笑容可掬地面对我们的新邻居。

我们在北三街买了栋房子。这是栋宽敞的旧房子，有高大的窗户，坚固的木门，还有将近两英尺厚的土砖墙。最后，我们把那辆灵车当废铁处理了，买了一辆红褐色的凯撒。这是一款加利福尼亚产的新型轿车，有宽大的保险杆和踏脚板。此房及此车，都让我引以为傲，不过最让我感到自豪的，莫过于那副新假牙。它们的光芒让真牙黯然失色，不管是在餐厅里，还是别的地方，只要跟别人提到它，我都会忍不住把它们取下来，在别人面前展示一下，证明它们的确是货真价实的假牙。

"瞧瞧！"我一边说，一边把假牙拿起来，"这不是真牙，确实是假牙！"

刚搬来的时候，我觉得凤凰城好极了。我们的房子靠近市中心，步行就可以到商店和电影院。我打算一定要吃遍范布伦街上每一家饭店。自助餐厅是我的最爱，因为你可以在点菜前看到真正的菜式，而不是就着菜单瞎点一通。那么多年坐在废旧板条箱上用咖啡罐当杯子喝东西的日子终于过去了，我出门买了一套红木雕刻的餐桌椅和一套巴伐利亚瓷器。我们有了自己有史以来的第一部电话，这意味着想和我联络的人，再也用不着在警长那儿留言了。

然而，小吉姆打一开始就讨厌凤凰城。"这里让人感觉好像被关在围栏里一样，"他说，"让人觉得自己微不足道。"

罗丝玛丽在寄宿学校的学业结束后，也加入我们的城市生活中，而且，她也一样讨厌这里。他们讨厌那些黑乎乎的柏油马路和灰蒙蒙的混凝土建筑，觉得空调很不自然又有噪音，而电话只会让那些好管闲事的人没日没夜地骚扰你。凤凰城就是个方块和直线交错的地方，四四方方的，故步自封，最重要的一点是：虚假。

"你甚至连泥土地面都看不见，"罗丝玛丽抱怨，"走到哪儿，都是路面和人行道。"

"多想想它的好处，"我说，"我们可以在自助餐厅吃饭，我们还有室内管道。"

"谁在乎那些?"罗丝玛丽说，"以前在牧场的时候，只要你有需要，随时都可以蹲下身来尿尿。"她还说，住在凤凰城，甚至让她开始质疑自己的信仰。"我每天都拼命祷告，希望能回到牧场去，"她说，"上帝要么根本不存在，要么就是完全没听到我的祷告。"

"上帝当然存在，他当然也听到了你的祷告，"我说，"但你也知道，他有权利拒绝你的要求。"

不过我确实开始担心凤凰城对这个女孩所产生的影响。她不喜欢室内管道；她质疑上帝的存在。有一天，我在小饭馆把假牙拿下来，展示给女服务生看时，她也显得特别尴尬。

我并不忌讳向孩子们承认：在凤凰城过了几个月以后，连我自己都开始有一种被禁锢的感觉。这里的交通真让我抓狂。从前在亚瓦派郡的时候，你可以用任何你想要的速度，开到任何想去的地方，只要你愿意，你可以随时离开公路。这里到处是红绿灯、带着哨子的交通警察、黄线、白线，还有各式各样的交通标志，命令你这样做，或是强迫你不准那样做。汽车原本意味着行动自由，但在这里，大家都被堵在一条单行道上——你甚至不允许掉头，躲过那该死的交通堵塞——就好像被关在一个笼子里一样。我发现自己时不时地会和别的司机吵上一架——外面总是酷热难耐，我把头探出车窗外，对着那些傻瓜大吼大叫，要他们滚回东部去，那边才是属于他们的地方。

从来没有一件事情，能像在空中飞翔时让我感觉那么自由自在。只需再累积几个小时的飞行时数，我就可以拿到飞行执照了。于是我决定再去上飞行课。机场就设有飞行学校，但有一天，我去那里的时候，办事员递了一叠表格给我，并嘟嘟囔囔跟我说了一大堆有关视力检查、身体检查、起飞时段、高度限制，以及禁飞区域之类的东西。我明白了，这些城里人把天空也隔成了笼子，剁成了小块，就像他们在地面上做的一样。

不过，凤凰城还是有一个优点：工作机会比亚瓦派郡多得多。吉姆受雇担任一家专门储存飞机零件的仓库经理，我则在南凤凰城一所高中得到一个教书的职位。

这座城市里也有不少投资机会。我们付完北三街这栋房子的款项后，还剩有一些钱，我们就用这些钱买了其他几间较小的房子，再把它们租出去。那些急于脱手的房产，总是会以最低价格流入市场。吉姆和我会到法院去，参加法院的房屋拍卖会和抵押品竞标。从那时开始，我会在皮包里随时带着一张一万元的银行本票，以备哪天碰巧遇上不得不以折扣价尽快转让房产的人。这是我们有生以来第一次靠别人的不幸来谋生，但没办法，这是在这个城市里不落于人后的方式。吉姆说，这让他觉得自己像秃鹫一样贪婪。我告诉他，这其实是对秃鹫这种食腐动物不公平的判决。"秃鹫不会残杀动物，它们只是靠尸体过活而已，"我说，"我们现在所做的也一样。并不是我们把灾祸带给这些人的，我们只是利用了他们的不幸。"

我时常担心皮包会被人抢走，连带这张本票也落入人手，所以每次在街上走动时，我都把皮包紧紧抱在胸前，这仅仅是在凤凰城里让我担忧的许许多多事情中的一件。我们曾经买了一台收音机，这样我们就可以全天收听广播。现在我们住的是有电力供应的房子，起初我觉得这真是太了不起了，这意味着我第一次有机会整天收听新闻。然而广播里似乎每天都会播报某些犯罪或其他事件的新闻。总是有人遭抢劫、车子被偷走，或者房子被破门盗窃；不然就是被强暴、被枪杀、被捅上一刀。凤凰城有个叫薇妮·如丝·贾德的女人——人称"金发屠夫"，或是"皮箱女杀手"，因为她杀了两个人，而且把尸体放在她的行李箱里——她不断从被监禁的精神病院逃走，于是新闻里不断有人描述说可能看见了这名女杀手，并且警告全体市民锁紧自家门窗。

因此我一直把那把珍珠镶柄的左轮手枪放在床下，我还另外买了一把小型的点二二小口径手枪，和本票一起放在皮包里。每天晚上我都特别注意把门闩上，这是我们在牧场时从来不曾做过的事。而且和罗丝玛丽同睡一张床时，我总是睡在外侧，要她靠着墙壁睡，这样万一有人破门而入攻击我们，我可以先抵挡一阵，好让罗丝玛丽逃出去。

"妈妈，你已经变成那种杞人忧天的人了。"罗丝玛丽说。

她说得没错。住在牧场的时候，我们担忧的是天气、牛群、马匹，但从来不必为自己担心。然而在凤凰城，大家总是为自己的安危惴惴不安。

人们还因为炸弹而忧心忡忡。每个星期六中午，都有空袭警报测试，那种震耳欲聋的"呜——呜——呜"尖叫声，响彻全城。如果这警报在别的时间响起，就意味着真正的袭击即将来临，大家必须赶快跑到防空洞躲起来。罗丝玛丽无法忍受这警报的声音，只要警报一响，她就把头埋在枕头里。"我真的受不了这噪音啦。"她说。

　　"那都是为了你好。"我说。

　　"得了吧，这些尖叫都快把我吓死了，我一点看不出那有什么好。"

　　这个女孩渐渐有了一种显而易见的逆反倾向。八月的一个早晨，罗丝玛丽和我正沿着范布伦街往前走，经过一家店铺门前，那儿聚集了一伙人，大家都呆呆地盯着一架自动甜甜圈制造机看。隔壁是一个书报亭，我看了一眼报纸的标题，第一次知道有原子弹投在日本广岛。我买下那份报纸，一边读，一边向罗丝玛丽解释究竟发生了什么事。罗丝玛丽不敢相信一颗炸弹就能完全摧毁一座城市——里面有成千上万的人，不仅有士兵，还包括祖父母、母亲、孩童，以及猫、狗、鸟、鸡、老鼠等一切活生生的东西。

"那些可怜的……可怜的生灵啊。"她一直啜泣。

我试图跟她分辩说，是日本人先开战的，而且因为广岛这件事，能让另外几千个美国男孩免于因为和他们作战而死于沙场。但罗丝玛丽仍然认定原子弹是个可恶的东西，那些老鼠、鸟儿之类的动物的死，和那些人的死亡一样让她难过。毕竟，她说道，那些动物又没有发动这场战争。

她认定美国人也一样可恶，世界的另一端面临那么大的苦难，而这些美国人居然还有心情站在那里，傻乎乎地盯着一架甜甜圈制造机。

"你应该多关注积极的一面，"我说，"你有幸生活在一个不必徒手制作甜甜圈的国家。"

那年秋年，罗丝玛丽的思想变得更灰暗了。我们给她在几个街区外的一间天主教学校圣玛丽学院注册了，修女们不断地给学生灌输"所有生命都是神圣的"，并不断放映广岛和长崎遭到破坏的日本新闻影片给学生看。那些夷为平地的残垣断壁、焚毁的尸体、受辐射伤害变成畸形的婴儿，一个个场景让罗丝玛丽像做噩梦一般。修女们告诉她，我们也该为日本的人民祷告，因为他们同样是上帝的子孙，而且他们也同样失去了儿女与父母。对他们，我没那么多的同情。"既然是自己发动了战争，这样的后果是必然的。"我说道。但是罗丝玛丽还是心神狂乱不安。她认为，除了上帝之外，没有人能够拥有像我们投的原子弹那样的能量，如此轻易、如此迅速地杀死这么多人。可是现在，自己的政府就拥有这种力量，这真让人恐惧。既然有了炸弹这样的东西，那么下一个被炸的会是谁呢？如果有朝一日，她也被视作敌人了，那又该怎么办呢？

渐渐地，我已经厌烦跟她解释"目的决定手段"此类大道理了，所以我告诉她，不要再谈跟广岛有关的事了，因为只要她不提起，就不会再胡思乱想。她果然不再谈这个话题，但是有一天，我往我们的床下一看，发现了一个装满图画的夹子，图中画的动物和孩童，全都长着日本人的眼睛和天使的翅膀。

罗丝玛丽开始着了魔似的画素描和油画。在我看来，这是她惟一的天赋。她的学习成绩依然惨不忍睹。我给她报了名去上小提琴和钢琴课，但她的指导老师说她缺乏规范练习。我试着为她申辩，对老师说她在音乐方面的特长是即兴演奏，而不是背谱演奏。可是有一天，她的指导老师说，如果再让他多听她折磨那把可怜的小提琴一分钟，耳膜都有可能会破掉。

　　"我们到底该拿你怎么办呢?"我问她。

　　"我一点都不担心自己，"她说，"其他人也不必操心了。"

　　有些漂亮的小女孩，一到青春期就变了模样，然而罗丝玛丽依然楚楚动人。不过我一直坚守对自己的承诺，从来不告诉她有如此美丽的容貌。可是，对这个女孩我也渐渐有些绝望。有一天，我在报上读到一篇关于选美比赛的文章，我突然觉得，也许罗丝玛丽应该去闯一闯，试试这一行当。"我有个想法，"我说，"也许你可以成为一个选美皇后或模特儿。"

　　"你在说什么啊?"罗丝玛丽问。

　　我叫她穿上泳装，在我面前来回走几步。看来前途并不乐观，她具备那种外形和身材，但她走起路来大步迈开，双臂大幅度地摆动，这样的步态完全像女牛仔，而不是选美皇后。于是，我帮她在模特儿学校报了名，让她在那儿学习如何头顶着书走路，如何优雅地从车上下来，而不会让人看到内裤。可是，职业摄影师第一次为她拍照时，要求她对着照相机搔首弄姿，她却很不自然地咯咯笑个不停，摄影师直摇头。

罗丝玛丽最想做的，是成为一名艺术家。

"艺术家永远赚不到什么钱，"我说，"而且他们通常都会发疯。"

罗丝玛丽指出，像查理·罗素和弗瑞德里克·雷明顿，这两位画家都因描绘西部风光变得很富有。"艺术是赚钱的好办法。"她说道。"花钱买些帆布和一些油彩颜料，"她继续滔滔不绝地说，"就可以创造出一幅价值数千元的画作，还有哪个行当能做到这一点？一块空白的帆布，"她申辩着说，"就是一块未来的宝藏。"

最后，我拿了几幅罗丝玛丽的画到几家裱框店，请那里的店员看看我女儿到底有没有这方面的天分，他们回答说看起来挺有希望。于是乎，我又安排罗丝玛丽去上厄妮斯汀的绘画课。这位美术老师刻意戴了顶贝雷帽，唯恐别人从她的腔调中听不出来她是个法国妞。

厄妮斯汀对罗丝玛丽传授：白色并不真的是白色，黑色也不真的是黑色，每一种颜色里都含有别的颜色；每一条线都是由多个线条组成的。你应该像热爱花儿一样，热爱杂草，因为世上万物都有它独特的美，这要靠艺术家去发掘。对一位艺术家而言，没有"现实"这样的东西，因为这取决于你如何看这个世界，这个世界就是你看到的样子。

她说的这些于我而言，也就是一堆废话，但罗丝玛丽却欣然接受。

"你知道，就画画而言，最奇妙的一件事是什么吗？"她有一天问罗丝玛丽。

"是什么？"

"如果这世界上有什么你不喜欢的东西，你可以画一幅画，把它画成你想要的样子。"

上了厄妮斯汀的课后，罗丝玛丽的画越来越不像她真正画的东西，越来越多地体现出她当时的感觉。大概也是在这段时期，她开始把名字改写为罗丝·玛丽，因为她觉得这样的拼写签出来的名字比较漂亮。我继续付学费给那个法国妞，但同时也不断地提醒罗丝玛丽，艺术是一个不确定的东西，大多数女人还是得选择当一名护士、秘书或教师；而就我的收入而言，教书这份工作远胜过其他行业。

有点滑稽的是，我不停地对罗丝玛丽说教书有多好，可同时又觉得自己渐渐也不怎么喜欢这份工作了，这可是有生以来第一次。

我在一所很大的高级中学里教数学和英文，许多学生来自虚荣自大的家庭，他们的穿着昂贵花哨——有些甚至开他们自己的车来上课——只要他们不愿意，就可以随意违抗我。另外，我不是独自一人负责全部课程，不是在只有单间教室的学校上课，这也是有生以来第一次。我有校长和其他同事，大家彼此相互猜测；有一大堆待填的表格；还有一个接一个的委员会要出席。一天中有大半天时间，都得花在那些官僚主义的文书工作上。

在这里，老师要遵守的规定比学生还多，而这些官僚对于你是否遵守规定，总是非常挑剔。有一回我在教师休息室里打开皮包，有一位老师看到里面的小手枪，大吃一惊。

"那是一把枪！"她倒抽一口气。

"勉强算是，"我说，"只是一把点二二小口径而已。"

但她还是向校长告发了这件事，校长警告我，如果我再把枪带到学校来，就要把我开除。

"那我要怎么保护自己和学生呢？"我问。

"那是警察的事。"他回答。

"那谁来保护我们不受警察欺负呢？"

"把枪留在家里就是了。"

吉姆从来没有抱怨过什么，但我看得出来，他也像我一样，被自己的工作弄得很烦躁。他觉得无聊极了——像他这么魁梧的一个大男人，笨拙地坐在一张小金属办公桌后面，核对存货清单，盯着墨西哥工人把飞机零件装进箱子里。吉姆不是那种适合坐办公室的人，而且这份工作经常有停工期，他非常不习惯这点，所以他的很多时间，都打发在和仓库管理员闲扯上。管理员是个我很不喜欢的浓妆艳抹的离婚妇女，名叫葛兰达。她总是叫吉姆"史密西"，而且老是要吉姆帮她点烟。

　　我丈夫怎么都不觉得城市生活有什么可取之处，也不明白为什么有人会想要过这种生活。城市生活中的很多事情对他来说，都与这个世界上最合适、最自然的方式背道而驰。我们搬到城里没多久，他们就把道路两旁遮荫挡雨的橙树和三角叶杨全砍掉了，目的是腾出更多空间来停车。"对我而言，失去的好像远比得到的多。"吉姆说。

　　最真实的缘由是，他怀念户外生活。他怀念牧场的汗水、尘土和酷热，还有那股气味和那些苦差事；他也怀念在牧场时受生活环境驱使，必须每天研究天空和土地的状况，试着揣测老天爷的心意。每个星期天，我们会到市中心的魔法公园散步，出于习惯，吉姆还是会特别留意那些植物和动物身上透露出来的信息。那一年秋天来临的时候，他注意到鸟儿南迁的时间比往常早，松鼠储存的坚果量比以前多，而且它们的尾巴也很不寻常地丰满，橡果长得特别大颗，三角叶杨的树皮变厚，连山核桃的外壳也变厚了。

"一个严寒的冬天要来临了。"他说。所有的迹象都明明白白地摆在那里，他希望别人也读得懂这些信息。

那年冬天确实寒冷难熬。它来得很早，才一月份，凤凰城就下起了雪，这在大多数居民的记忆里还是头一回。回想当初在牧场的时候，像这样的暴风雪，必定成为一种号召，迫使我们开始行动：到处捡集柴火，增加马匹，将一车车干草运到牧原上。吉姆会建一道防风墙来保护牲口。他会把所有的载货马车从车库里推出来，用它们在主屋和谷仓间围成一道墙，在上面盖上油布、外套、毯子，然后用旧皮箱、铁砧、泥土、石块或其他任何找得到的东西，来支撑、固定住这些马车。然后他会把牛群集中起来，尽可能把它们往谷仓里塞，越多越好。暴风雪来袭时，他会留在外面，骑在马上，驱使那些牲口不停地运动，以保持血液循环通畅。每隔几个小时，他就会让一群在马车防风墙后受冻的牛，和待在谷仓里的那群循环交换，好让这些牛能够休息一下，暂时躲开大风和大雪。

居住在城市里，我们需要做的，只是把暖气旋钮再调高一些，然后静静地听暖气管传来的嘶嘶声和叮当声。

雪一直下个不停。第二天，州长在广播里宣告进入紧急状态；学校停课，大多数公司停业，国家警卫队也出动，以救援陷在本州偏远地带的人们。吉姆说他希望靴子男和绑腿先生知道自己该做些什么，他希望全部牲口都已从高原转移到冬季牧原，而那些帮工已经把池塘里的冰打破。"第一件该做的事就是破冰，"他说，"不然牛群在饿死前会先渴死。"

暴风雪的第三天，有人来敲我们家的门，是一位来自亚利桑那农业部的人。整个州的牲畜都濒临死亡，他说，那些牧场经营者需要援助，他们一直重复提到的名字，就是"吉姆·史密斯"。他们下了不少工夫，才查找到吉姆的下落。这位先生说，大家都需要你的帮助。

吉姆把一些厚重衣物，丢进他的旧军用帆布包里，抓起他的帽子。就这样，前后不到五分钟光景，他便出门了。

吉姆做的第一件事，就是安排空投干草，有一架装满圆形干草捆的大型货运飞机供他差遣。他们在风雪中起飞，抵达牧原上空后，工作人员把干草捆推出后机舱，看着它们在风雪中向下滚落、弹跳着地。

因为道路无法通行，吉姆要求政府提供一架小型飞机和一名飞行员。他们飞行在亚利桑那州上空，在一些孤立的牧场房屋前着陆。吉姆逐个向这些牧场主人说明该采取什么措施，他们当中大部分的人从来没有见过这么大的暴风雪。得先打破池塘上的冰，吉姆对他们说，然后剪断围栏上的铁丝，让牲口自由走动，它们需要不停地挪动，来保持血液循环通畅。而且它们会本能地向南部迁移，这时如果碰上刺铁丝网，它们会竭尽全力往上冲撞，而后死去。倒不如让它们自行聚集成较大的群体，挤在一起互相取暖，以后大家再凭烙印把自己的牲口挑出来。

在一个位于小山上的牧场，没有地方可以让飞机着陆。吉姆降落伞都没戴过，更别说跳伞了，但这次，他还是在身上系好伞包。"数到十，拉开绳索，让身体翻滚下降。"飞行员说。接着，吉姆纵身从飞机上跳了下去。

暴风雪停了，但吉姆抵达"炫时牧场"时，依然天寒地冻。在着陆之前，他就已经从空中看到，并没有人去破开大吉姆水坝池塘里结的冰；冻死的牲畜尸体，成群堆在池塘边。吉姆来到牧场主屋，发现靴子男和那些新来的帮工们，还围坐在绑腿先生那个精致的丙烷暖炉前，跷着二郎腿，喝着咖啡。

风调雨顺的时候，任何一个笨蛋都能经营牧场，只有灾祸临头时，才看得出谁是真正的牧场好手。那些环坐在暖炉前的傻瓜，也许确实没法看懂树皮透露的信息，但至少他们应该听听天气预告。一旦听到可怕的暴风雪正从加拿大一路袭来，他们也还有二十四个小时可以做准备。我恨不得把那个傻瓜靴子男和其他笨蛋狠狠地揍一顿，但这不是吉姆的风格。不管怎样，他还是让这些家伙自惭形秽，并立即滚出屋外，骑上马去剪铁丝、破冰、让牛群开始走动。

数千只冻死的牛，硬得像石头般倒在风雪中，一堆一堆地沿着南边的围栏排列开来。一些幸存的牛只因为太虚弱了，根本走不动，所以吉姆叫那些人拿来干草和水，用手喂给它们吃。他给牛按摩腿部——牛腿上有伤口，那是这些牛情急之下试图敲开冰面所致——然后他再协助它们站起来。他知道只要能让这些牛动起来，它们就能活下去。

吉姆这次一去就是两个星期。这期间，我一直不知道他人在哪里、情况怎样了，对我来说，这可是有生以来最漫长的两个星期。等到他终于回到家时，体重少了二十磅，脸和双手都粗糙无比。他好几天没睡觉，眼睛下边尽是黑眼圈，但是他很开心。自我们离开牧场，他一直就没像现在这样觉得自己这么有用。他在外面做了许多他想做的事情，让他觉得自己依然是以前那个大吉姆。

吉姆回来没有几天，便接到绑腿先生的来电。在暴风雪期间，吉姆回到亚瓦派郡的时候，人们告诉他，绑腿先生走到哪里都称吉姆为"老古董"，是"被淘汰的怪老头"，但这是暴风雪来临之前的事。现在绑腿先生对吉姆抢救"炫时牧场"幸存牲口的非凡举措，佩服得五体投地，想请他回去担任原来的经理职务；他甚至已经为我们建好了用节松盖的管理员小木屋。"你才是道地的牛仔。"绑腿先生说。

　　吉姆和我讨论这件事，但我们很快达成一致，觉得这工作对我们并不合适。我们曾经是这个牧场的经营者，大事小事都是我们自己决定。虽然这场暴风雪确实削弱了绑腿先生的锐气，但为了扩大"炫时牧场"的影响力，他满脑子都是那些繁不胜烦的主意。吉姆不想由着绑腿先生对自己发号施令，也不想浪费时间和他争辩那些愚蠢的主意。再者，我们已经不可能买下那个牧场了。我告诉吉姆，我可不想住在管理员住的小木屋里，就算它是用节松盖的。我不想每个周末都要等待老板带着一帮好莱坞朋友，飞到这里开派对，然后还得带着这些纨绔子弟在牧场小路上骑马。我过去是这里的仆人，这样的事一辈子做一次就够了。

接下来的那个月，某一天学校放假的时候，我到城里溜达，逛着逛着突然想绕到吉姆工作的仓库去看看。报纸上曾有篇文章，写的是吉姆如何在暴风雪肆虐期间拯救了那些牲口，旁边还附上一张他的照片——站在他跳下来的那架飞机旁。标题写着"牛仔在暴风雪中跳伞拯救牲畜"，我丈夫于是成了当地一名英雄。有的人在街上认出他来，就会停下来和他握手，有个家伙甚至大喊："他就是那个跳伞的牛仔!"

　　吉姆觉得这简直有点荒唐可笑，而我则忍不住特别注意到，每次吉姆摘下帽子，或是为她们开门时，那些女士都会对这位跳伞牛仔面露微笑、卖弄风骚。

　　吉姆没料到那一天我会出现在那儿。我走进仓库的时候，那个荡妇保管员葛兰达，正站在他的门口和他说话。她有一头乌黑的头发，涂着血红的唇膏，穿着一件紧身紫色洋装，背靠着门框以卖弄她的身材；她穿着那种设计精良的东东——带钢圈的胸罩，这玩意儿把她的胸部聚拢在前面，坚挺得像一对飞机鼻锥。

　　她一看到我，不但没有什么不好意思，反而故意晃了下胸部，看着我丈夫。"噢喔，史密西，"她说，"我们俩有麻烦了吗？"

我一股热血涌上脑门，忍不住想反手狠狠地抽这贱妇一巴掌。不过我还是没这么做，只是盯着吉姆，看他有什么反应。如果他此时被她煽得神魂颠倒，接下来的必然是严惩不贷了。可是吉姆看起来只是有点尴尬，主要是因为这婊子的尖酸刻薄，而不是因为他做了什么事。"别胡说，葛兰达。"他开口说。

我们俩来到自助餐厅吃了午饭。我对葛兰达的那番卖弄只字不提，但暗自铭记从此要对他们两个多加留神。

老实说，随着日子一天天过去，我仍旧心存怀疑，不知道吉姆和那骚货之间，到底有没有发生过什么事。他们偶尔有可能完全是两人单独待在那个大仓库里，而那里到处都是隐蔽的角落和空隙，完全有场所干偷鸡摸狗的勾当。再说，两个人有午休空隙，这又让他们有充足的时间躲到钟点旅馆去开房。换句话说，他们两人多的是机会，而她显然动机不纯。问题是，我丈夫会这么做吗？

我觉得没有必要直接和吉姆对质，因为如果他和我第一任丈夫一样是个令人不屑的混蛋，他肯定会矢口否认。虽然我认为我了解吉姆，但我也知道自己不能——或者说不该——完全信任男人。一个在别的方面都相当理智的男人，也有可能在诱惑送上门来的时候鬼迷心窍。在凤凰城这里，那些无处不在的见鬼的诱惑，可比过去在亚瓦派郡时多得多。而且，男人是会改变的，也许这个"跳伞牛仔"的事，已经深入吉姆的大脑，所有那些敬慕他的女人，都扑闪着假睫毛、高耸着飞机鼻锥般的乳房，让他觉得自己像养马场里的得奖种马。说不定这些事已经诱发了他那潜在的一夫多妻的观念。

不管实际情况如何，时间依旧一天天过去，我渐渐意识到，除非我将事情弄个水落石出，否则这些念头将让我永远不得安宁。我必须将这件事调查清楚。

我不想雇用私家侦探，就像电影里面的人那样做。干侦探这一行的都是男人，我同样不信任他们；但我也不想自己跟踪吉姆，就像我在芝加哥跟踪前夫那样。那时我已经很清楚那个混蛋是个卑鄙的家伙，我只需要去证实一下。但对于吉姆，我是想确定事实真相，所以越秘密越好。而且，凤凰城比芝加哥小得多，这里的人都认识我；我是学校里的老师，需要维持自己的声誉，并不想让人遇到我偷偷摸摸潜伏在小巷子里。

如此一来，我需要罗丝玛丽的帮助。

“可是，妈妈，我不想暗中监视爸爸。”我跟她解释完整个计划后，她说道。

“这不是暗中监视，这是调查，”我说，“他也许对我不忠，但我们还不确定，他也可能是无辜的，这是我们最希望的结果，也是我们想证实的——证明他的清白。”

为人女儿者，怎么可能拒绝这样的要求？

　　我猜想如果吉姆和那个骚货之间，有什么不可告人之事，那么最大可能就是在午餐时间幽会，因为要是在仓库里被人抓到裤子已经褪到脚踝上，结果就有点严重了。

　　罗丝玛丽的春假就要到了，我的计划就是用她不上课的那一个星期，在吉姆的午餐时间跟踪他。如果吉姆和那个荡妇真的陈仓暗度，那至少每个星期总会有一次。如果那一整个星期都没有什么可疑的迹象，我觉得就可以免去对他的嫌疑。

　　我们展开调查的第一天，就春天而言，天气热了点，万里无云的晴空一片蔚蓝。我把那辆凯撒停在距离仓库几条街的地方，告诉罗丝玛丽要先躲在对面的巷子里，等吉姆午餐时间走出来，再开始跟踪；跟踪时与吉姆之间一定要隔着几个路人，以防他突然回头。我给了她铅笔和小本子。"做记录。"我说。

　　她脸上的表情显得无奈而顺从，接过小本子，下了车。

　　"挺有趣的，"我说，"我们成了密探。"

　　我坐在那里等了半个小时，想看看报纸打发时间，但还是忍不住不停地看手表，或仔细打量一番路过的人。后来，罗丝玛丽返回到了街上，并坐进车里来。

　　"有什么事发生吗?"我问。

　　"什么事都没有。"

　　"肯定有什么事发生。"

　　罗丝玛丽坐在那里，盯着脚上的鞋子。"爸爸吃了午餐，就一个人，在公园里。”

她一路跟着他，她说，然后看见他走进一家杂货店，出来的时候拿着一个纸袋，走进公园里，坐在一条长凳上，拿出一包咸脆薄饼干、一条波隆那香肠、一块乳酪，还有一盒牛奶。他用自己的折叠小刀切下一片香肠和一片乳酪，夹在一块饼干上吃，并小口小口慢慢喝牛奶，这样牛奶才可以喝到饼干吃完。

罗丝玛丽一边说一边笑了起来，好像看到她老爸坐在太阳下，吃着香肠和饼干，小口定量地喝牛奶——这场景让她感觉到世界真美好。

“就这样?”我问。

“等他吃完了，就把手指上的饼干屑弹掉，然后给自己卷了根烟。”

“好，”我说，“我们明天再来一次。”

第二天，罗丝玛丽带着铅笔和本子下了车。我在车上坐了一会儿，手指在方向盘上击鼓般弹来弹去。后来，吉姆和罗丝玛丽一起出现在街角。他牵着她的手，而她看上去比刚才下车的时候开心得多。

吉姆在我车窗边弯下膝盖。“莉莉，这他妈的究竟是怎么回事?”

我想到编造一些复杂的谎话来应对，但是吉姆的聪明远不是那样的谎言可以应付的，我知道这场游戏该结束了。“我是想向自己和罗丝玛丽证实一个我们都很希望的结果——你是个忠实的丈夫。"

"我明白了,"他说,"我们去吃午饭吧。"

他把我们带回那家杂货店,我们买了波隆那香肠、咸饼干、乳酪和牛奶,然后大家在同一座公园里,吃了一顿不错的野餐。

但是那天晚上,吉姆回家后对我说:"不管怎样,我们俩得坐下来谈谈了。"

我为自己准备了一杯威士忌加水,我们在土砖房后面的院子里坐了下来,院里的橘子树上已经开始长出小小的果实。

"我不是在监视你,"我说,"我只是想确认我们之间没有出现任何问题,我不希望你因为那个荡妇背叛我。"

"莉莉,我不会对你不忠,但这是城市生活的一部分——男人们经常会发现,在他们身边进进出出的女人,并不是自己的老婆。你得信任我。"

"不是我不相信你,"我说,"只是,当某个荡妇对我的老公垂涎三尺的时候,我不可能傻乎乎地坐视不管。"

"也许,生活在这个城市,我们都觉得自己有点被束缚,可能就是这样的原因,让我们都有点不正常。"

"那么我们也许应该离开这里。"我说。

"也许该这么做。"

"那就这么定了。"

"我们得先找到适合我们去的地方。"

第九部

飞行员

婚礼后的雷克斯和罗丝玛丽

马坪山镇是个只有苍蝇屎那么大的地方，美其名曰营地，其实只是为马坪山水坝工人而建的地方。这座水坝用来阻挡从盐河流过来的水，在此处形成阿帕切湖，产生的电能用来供应凤凰城。马坪山镇上居住着十三户人家，但这些家庭都有孩子，这些孩子需要老师，所以那年夏天，我得到了这份工作。

　　我们用那辆花哨但不实用的加州制凯撒车，换来一辆性能良好的底特律造福特旧车。七月里的一天，我们把旅行箱放进汽车后厢，一路向东开去，首先抵达阿帕切交界镇，然后往上开到薄饼坪，柏油路到这里已是尽头。从这里开始，我们驶入阿帕切山路，那是一条蜿蜒曲折的泥土路，往上延伸至迷信山。这里的风景在我看来，比大峡谷更赏心悦目。我们一路经过红色与金色砂岩构成的巨大峭壁，一层层倾斜的沉积物，以一定的角度往上堆起，看起来宛如一本接着一本靠在书架上的书。山上布满巨大的树形仙人掌、鹿角仙人掌，以及多刺的仙人球。这些植物奇丑无比，但你不得不佩服它们的能力，就算在如此干燥、多石，如此荒凉的悬崖边缘的裂缝里，也能苗壮成长——不可思议的是，它们居然能结出那么美味的水果。

在阿帕切山路上走了几里路后，车子驶入一条更狭窄的泥土路，一直往北延伸而去。我们沿着这条路，翻过山脊后的路，是一个接一个陡峭的之字形急转弯。车子从悬岩下穿过，四周的岩层给人隔世离空的感觉。吉姆操纵着方向盘，紧挨着山腰慢慢向前爬，因为路边没有护栏，路面又时不时地突然朝一侧倾斜，只要一点点误差，我们就有可能掉进万丈深渊。这条路叫做"爱格妮丝的眼泪"，以小镇第一位老师的名字来命名。据说她一看到这条路如此陡峭曲折，想到这个小镇肯定特别偏僻，突然哭了起来。但我第一眼看到这条路就爱上了它，我把它当成一道蜿蜒而上的楼梯，带着我远离交通拥堵、新闻公告、官僚主义、防空警报，以及房门紧闭的城市生活。吉姆说我们应该重新将这条路命名为"莉莉的歌声"。

我们沿着"爱格妮丝的眼泪"一路向下直奔峡谷尽头，然后绕过一个弯道，看到一个深蓝色的湖，湖的四周，红色砂岩峭壁林立。穿过一座短桥，站在其中一个悬崖高处，朝湖的方向往下眺望，就能看见马坪山镇了。这个小镇其实只有几栋粉刷的屋子，而且真的是特别偏僻——爱格妮丝的猜测是正确的。有一辆卡车每周两次，从罗斯福水坝那边的供应站运送食品杂货过来。这里只有一部电话，安装在社区活动中心。如果你想要打电话，就得先通过接线生向坦佩市电话分局提出请求，由他们给你约定，然后在指定的时间，通过摩门坪，按路线接通电话。这样一来，每个待在社区中心的人，都听得到你的谈话。

但是打从到马坪山镇以来，我们大家就开心得要命。因为时值盛夏，孩子们整天都泡在湖里，他们会从悬崖上跳进清凉的湖水中。这条河和那口湖，把各种动物全都吸引过来了，我们在这里可以看到大角羊、长鼻浣熊、毒蜥、格林山脉响尾蛇，还有大型蜥蜴。

吉姆在土地复垦局找到工作，负责驾驶沙石车——他的任务是填补路面坑洞，以及重建整条阿帕切山路沿线被侵蚀的河床——这份工作让他非常满足。他现在可是驾驭着强而有力的交通工具，独立自主，完全走到了户外。

我又回到我归属之处，一个只有一间教室的学校，再也没有带着拐弯抹角面孔的官僚对我心怀叵测，我可以教给学生我觉得他们有必要了解的东西。

马坪山镇的学校只到八年级，所以那年秋天，我们不得不第三次把自己的两个孩子送到寄宿学校去。我们为罗丝玛丽在圣约瑟学院注了册，那是图森市一间小而漂亮的学校。我知道里面有许多女孩子来自富裕人家，所以在罗丝玛丽临走前，我给了她一件礼物。

"珍珠项链！"她打开盒子后，惊叫起来，"这一定花了一大笔钱。"

"这是我用S&H绿色赠品券换来的，"我说，"这不是真的珍珠，它是赝品。"我第一次跟她说起我那第一任混蛋前夫及他的另一个家庭。"那个卑鄙的家伙给了我一枚假戒指，"我说，"但是有好几年，我一直以为它是真的，戴着它的时候，我也表现得就当它是真货一样，其他人也都这么认为。"我把珍珠项链戴在她脖子上。"关键是，"我说，"只要你把头抬得高高的，没有人知道这项链是假的。"

孩子们离开家到学校后，我们在马坪山镇的生活变得安安静静、按部就班。其原因，有一部分是环境本身。住在这里，犹如住在一座天然的大教堂中。每天早晨醒来，走到户外，往下看看那座湛蓝的湖泊，再往上瞧瞧那些砂岩峭壁——那一层层令人敬畏、触发无尽遐想的红、黄岩石，历经数千年时光的雕刻，几十条纹理清晰的黑色裂缝，每逢暴雨过后，就会变成临时的瀑布。有一次倾盆大雨时，我数了数，瀑布多达二十七处。

同样很重要的一方面是，马坪山镇的人彼此相处融洽，我们跟他们也一样。既然大家都在一起工作，每个人彼此唇齿相依，争吵的代价未免太大了，没有人负担得起。这里的人不会发牢骚或讲别人闲话。我们的收音机只收得到断断续续的信号，所以一到晚上，孩子们都出去玩了，大人们就会出来闲逛，走家串户。我们都不是有钱人家，所以谈的都不会是那些有钱人谈的话题。我们聊的都跟我们的生活息息相关的事情——天气啦、湖水高度啦；也会聊到某人在桥下捉到的大嘴鲈鱼，还有另一个人在鱼溪旁看到一头山狮，吓得屁滚尿流，等等。这样的生活，在城里人看来，好像有点无所事事，但我们都不这么认为，正是这种平和的琐屑日子，造就了悬崖边我们这个小营地生活的安宁。

虽然生活变得如此安宁，我还是会遇到让我愤怒的时刻。我一直都对政治感兴趣，而且后来事实证明，其实我在这方面颇有才能。那时教育部打算关闭我们这一地区的几间学校，于是我和教师联合工会进行沟通，最终阻止了这个决定。这件事让我明白了，只

要你愿意充分发挥自己的能量，全力以赴，想做好一些事情其实很
容易。还有，只要你敢抓住他们的领带，或用你的手指头戳他们的
胸部，有些政客很容易就会被你吓倒。

我开始定期造访凤凰城，以确认那些含糊其词、满口空话的政
治家履行了他们的竞选诺言。曾经有一次，我带着罗丝玛丽，闯入
州长办公室，严责他不给教育基金拨款。他威胁说要叫人逮捕我，
我就告诉他，如果他敢这么做，我——身为纳税人、教师，以及两
个孩子挚爱的母亲——将会召开一场媒体记者会，让大家知道他是
怎样一个满口谎言的王八蛋。

我成了民主党马坪山镇选区区长。我总是会随身携带选民登记
卡，即使在杂货店里，也会问问排队结账的人，是否已经登记参加
投票。如果他们还没登记，我会递给他们一张登记卡。"只有从来
没被蚊子叮过的人，才会以为自己太渺小，不可能产生什么影响。"
我这样对他们说。

我让马坪山镇十三户人家都去登记注册成为选民。到了选举那
一天，吉姆把我载到薄饼坪。我一手拿着选票，另一手抓着我那把
珍珠镶柄的左轮手枪，以防有人企图破坏民主政治，偷走这二十六
张交托给我的选票。"各位，请注意，"我一到场就郑重宣告，"这
是来自马坪山镇的选票，在此我要自豪地宣布，我们的投票率是百
分之百。"

吉姆和我还培养了一个新的业余爱好——寻找铀矿。政府需要这种东西制造核武器，所以提供了十万美元奖金给发现铀矿的人。科罗拉多州有对一文不名的夫妇，就因为偶然发现铀矿而成了富人。吉姆买了一个二手盖革计数器①，每逢周末，我们就会将车开进沙漠，寻找能让这台仪器滴答作响的石头。

出乎意料的是，我找到一大堆这种石头，主要分布在一个叫做法人坪的地方附近。没花多少时间，我们就装了好几箱这种石头。我们把这些石头载到摩门坪的一位金属分析专家那里，但是他告诉我们，其实这些都不是铀矿——所有的放射性只来自石头表面。这些石头，他说，应该来源于政府曾做过核测试的地区。

我琢磨着这些带放射性的石头，说不定哪一天会有一定价值，所以我们就把这些石头收藏在地下室里，而且时不时地会再搜集一些回来。

罗丝玛丽和小吉姆念完高中后，两人都到亚利桑那州立大学就读。小吉姆现在身高六英尺四，体重两百磅，比大吉姆还魁梧。虽然他在大学橄榄球队里打球，每天早上要吃掉半盒谷类制品，但他一直都算不上是个好学生。大一那一年，他遇见黛安，一位丰唇美

---

①　盖革计数器（Geiger counter），一种专门探测电离辐射（α粒子、β粒子、γ射线）强度的记数仪器，由德国物理学家汉斯·盖革和英国物理学家卢瑟福设计，是核物理学和粒子物理学中不可缺少的探测器。

女，其父为凤凰城邮政系统的重要人物。他们结了婚，小吉姆便从大学里辍学，成为一名警察。

一个已经有了着落，我心想，另一个还得操心。

我以为我和罗丝玛丽之间已达成谅解，或者至少我认为那算是谅解——罗丝玛丽依然觉得，一直以来，我都把自己的意愿强加在她身上。不过有一点我们达成了一致——她在大学里攻读艺术，前提是她必须主修教育，并且拿到证书。战争结束后，大批年轻小伙子拥入亚利桑那州，罗丝玛丽总是被频繁的约会所干扰。事实上，有好几位男士已经向她求过婚。我告诉她要坚持住，因为她还没准备好。不过对于她需要哪一种类型的男人，我早就有了自己的想法——一个靠山。这个女孩依然还有轻浮倾向，跟一个踏踏实实的男人在一起，我就可以看着她好好安顿下来，到小学里教教书，养几个孩子，还可以涉猎一下绘画作为兼职。

踏踏实实的男人倒是大把——也就是像她老爸那样的男人——我相信我一定能帮她挑到合适的一个。

大三的那年夏天开始，罗丝玛丽和她的朋友会开车到鱼溪峡谷去游泳。有一天回家后，她告诉我们一件她觉得很有趣的事，说有一群年轻的空军飞行员驻扎在那个峡谷，当她从悬崖上一跃而下，跳进水里时，其中一个人被她深深吸引，跟在她后面跳进水中，然后告诉她说他要娶她。

　　"我对他说，已经有二十一个人跟我求过婚，我全都拒绝了，所以他凭什么认为我会答应他呢？他说他不是在向我求婚，而是告诉我，我们以后会结婚。"

　　很有勇气的男人嘛，我心想，他要不是天生的领袖人物，就是花言巧语的骗子。"他是个什么样的人？"我问。

　　罗丝玛丽想了一会儿，好像自己也得好好想想这个问题似的。"他很有趣，"她说，"与众不同。还有一件事——他不是一个水性很好的人，但他还是毫不犹豫就跳下来了。"

　　那个跳水的小伙子名叫雷克斯·沃尔斯，在弗吉尼亚州西部长大，现在派驻在卢克空军基地。罗丝玛丽第一次和他出去约会，回来的时候，高兴得几乎一直在咯咯傻笑。他们在坦佩市一家墨西哥餐厅见面，当时餐厅里有个家伙想调戏罗丝玛丽，雷克斯就和他动起手来，最后演变成一场群殴。不过她和雷克斯巧妙地避开混乱，在警察到来之前，便手牵着手逃之夭夭了。

"他说这叫做'三十六计，走为上策'。"罗丝玛丽说道。

这就是她需要的人，我想，十足的坏蛋。"听起来他好像很有希望哦。"我说。

罗丝玛丽对我的嘲讽充耳不闻。"他整晚都在讲话，"她继续说，"他有各种各样的计划，而且他对我的美术作品很感兴趣。妈妈，他是我约会过的人里面，第一个认认真真地把我当艺术家看待的人，他请求我让他来看我的画作。"

接下来的那个周末，雷克斯来到马坪山镇看罗丝玛丽的画。他是个高高瘦瘦的小伙子，有小小的黑眼睛，鬼魅般的笑容，以及向后梳的一头黑发。他举止温文尔雅，见到我们时，彬彬有礼地脱下空军帽，和吉姆握手时热情而富有力量，和我则是温柔地轻握了一下。"现在我终于明白罗丝玛丽的美貌是得了谁的真传了。"他对我说。

"你倒是很擅长夸大其词。"我说。

雷克斯站直身子，笑了起来。"现在我还知道罗丝玛丽的伶牙俐齿又是得了谁的真传了。"他说。

"我只是个上了年纪的女教师，"我接着说道，"不过我确实有一副很不错的假牙。"我悄悄把假牙取下来，拿在手里给他看。

罗丝玛丽窘迫极了。"妈!"她叫道。

但是雷克斯又笑了起来。"这假牙真的很不错，不过我的假牙跟你的有一比。"他说着，也把他的假牙拿下来，并解释说，他十七岁那年，开车撞到树上。"车子是停了下来，"他说，"可我却直往前撞了过去。"

这家伙还真有两下子，我心想。而且，至少我们都知道，一个人要是对一场把自己一口牙齿连根拔起的车祸，都能一笑了之，必定是有点英雄气概的。

罗丝玛丽拿了几幅她画的东西过来——沙漠的风景、花、猫、吉姆的肖像——雷克斯把每幅画都举起来细看，对画作中天空构图的独具创意，色彩的鲜明，技巧的娴熟等等，一一赞不绝口。在我听来，全是一堆废话，但罗丝玛丽可是照单全收，就像对待当年她的美术老师、那个法国妞厄妮斯汀说的那些存在主义之类的废话一样。

"为什么不把这些画挂在墙上?"雷克斯问道。

客厅里，已经挂了两幅描绘林地的图画，是我买来的，因为画中的蓝色和地垫的蓝色搭配得非常完美。雷克斯连"请勿见怪"的客套都免了，直接就把那两幅画拿了下来，把罗丝玛丽的两幅画挂上去——那可是连蓝色的影子都找不到的两幅画啊。

"就摆在这里，"他说，"展示一下，这就放对地方了。"

"呃，这些画是不错，但和地垫不搭调呀！"我说，"我花了好长时间，才找到那两幅蓝色明暗度搭配正好的画。"

"管他什么搭配不搭配，"雷克斯说，"你可以偶尔把东西混搭一下。"他指着我的画。"这些只是复制品而已，"他说，然后朝罗丝玛丽的画作了个手势，"这些才是真迹，不仅如此，这些简直就是大师杰作。"

我看着罗丝玛丽，她正容光焕发着呢。

到了夏末，雷克斯和罗丝玛丽已经开始定期约会。我看不出来罗丝玛丽有多认真，但那个臭猫雷克斯确实很执着。我觉得我可以像读懂一本书一样，看透这个人。他是很迷人没错，但是大多数的骗子也都很迷人，在开始欺诈你之前，他们需要取得你的信任，这是我那个混蛋前夫给我的教训。这个叫雷克斯的家伙，玩笑话信手拈来，什么话题都谈得津津有味，嘴里倒出来的溢美之词甜得像蜜一样，让你觉得全世界都绕着你转。但你既不能完全相信他们，又无法甩掉他们。

　　他还有各种各样的宏伟计划，而且嘴里永远有谈不完的有关新能源的话题——太阳能、热能、风能等等。吉姆觉得雷克斯徒有一张能说会道的嘴。"如果能把这个废话连篇的人吹的牛皮都变成能源，"他说，"我们就可以为整个凤凰城供电了。"

　　我没有太刻意地阻拦罗丝玛丽对这段感情的投入，因为没有哪种绝对正确的方法，能让一个任性的年轻女孩乖乖听话，不过我确实想向她表明一点——从长远来看，雷克斯并不是她的理想伴侣。

　　"他可不是那种坚若磐石的男人。"我说。

"我又不是要嫁给一块石头。"她回答。

她喜欢雷克斯的原因,罗丝玛丽告诉我,就是只要有他在身边,一定会有事情发生。他喜欢主动和完全陌生的人交谈,喜欢依照某个突发的奇想行事,喜欢恶作剧,也喜欢给别人制造惊喜。有一次他偷偷拿走了罗丝玛丽一幅较小的作品,带进凤凰城的艺术博物馆里,把它挂在墙上一空白处,然后邀请罗丝玛丽和他一起去参观。雷克斯把她带到画前,假装惊讶地说:"哇,你看,这是他妈的这整栋楼里最棒的一幅画。"她可从来没这么震撼过——或者说从来没被逗得这么开心过。

罗丝玛丽向我们解释,发生在雷克斯身边的事情,有的稀奇古怪,有的开心刺激,有的很好笑,有的很恐怖;他会让每件事都变成一场冒险。因为他自己的野性倾向,所以他很容易从人群中辨认出别的具有野性的人,好像他们都是通过秘密手势信号进行沟通的共济会成员。他们去看马戏团表演,见到了小丑、不用马鞍的骑手,以及吞剑师,表演结束后,雷克斯以及马戏团表演者在内的一伙人,会聚集到酒吧玩骰子,同时吞剑师会示范给你看怎样把剑插进喉咙里;骑手会向你描述他是怎么因为自己是吉普赛人而被纳粹送进集中营的;接着,小丑之一——画着哭脸的那个——会坦承他以前的心上人就住在附近,而且他从此再也没有爱上其他人。于是你们全都挤进车子里,开到那位旧爱家门前。这时,你发现自己居

然在清晨四点的时候，站在这个陌生女人的窗前，为她献上一支
《红河谷》小夜曲，希望能让她重新点燃对哭脸小丑的爱。

　　那年秋天的一个星期六的大清早，罗丝玛丽从学校回来待在家
里，雷克斯突然出现在马坪山镇。他穿着牛仔靴，戴着一顶宽边牛
仔帽。罗丝玛丽、吉姆和我坐在厨房餐桌前，我们就快要喝完麦乳
了，我问雷克斯要不要给他准备一碗。

　　"不用了，谢谢你，女士，今天是我计划好要举行盛大活动的
日子，我可不想让自己负荷太重。"

　　"你有什么计划？"我问。

　　"呃，你们都是真正精通马术的人，"他说，"我觉得既然我将
来要娶你们的女儿，就应该要让你们看看，虽然我连马背都没沾
过，但我知道要怎么骑马。所以我今天特意请了假，准备让自己骑
一次马。如果你们大家愿意来，给我这个乡巴佬一些指点的话，我
会感激不尽。"

　　吉姆和我面面相觑，看来这家伙还真不打算离开啦。就在这
时，罗丝玛丽说话了——山脚下牧场的克莱伯家，就是他们两个孩
子都送到我学校来上课的那一户，养了几匹夸特马，他们会很乐意
让我们去骑。就这样，把麦乳喝完后，我们大家便找出了自己的牛
仔靴，开着福特车往克莱伯家进发。

　　雷伊·克莱伯告诉我们马都关在畜栏内，马具放在仓库里，我

们可以自行为马套上马鞍。不过那些马已经好几个月没有人骑过了，所以可能都有点生疏。我们挑了四匹马，但它们一个个都挤在一起，不愿意靠近我们，结果吉姆不得不用套索把这些家伙拉出来，然后才能把它们带进谷仓套上马具。

罗丝玛丽向来喜欢马群里最英武的一匹，这一次她挑了一匹充满激情的红棕色马。我给雷克斯选中一匹安安静静的阉马，但他说他绝对不可能去骑一匹卵蛋被割掉的马，所以我只好把为自己挑的母马给他，这匹马似乎稍微有点腼腆。

上好马鞍后，我们往畜栏那边骑去。罗丝玛丽和吉姆开始让马儿绕着圈慢跑，以舒展一下筋骨。我骑着我的马走在中间，告诉雷克斯一些要领。这可怜的家伙表现得很勇敢，但是你一眼就看得出来他绝对不是天生的马术师。他太过心急，用劲太大，以至于整个身体绷得紧紧的，过度前倾，这样就把所有体重都压在了肩膀上。我叫他放松，把身子沉在马鞍上坐稳，把手从鞍头上放开，因为即使这样也救不了他。

雷克斯不但没放松下来，反而喋喋不休地说，骑马这行当原来如此不费吹灰之力，他现在骑得真是过瘾，他要让这匹老马超越自己的极限，等等。"我要怎样做，才能让这匹马跨越二挡？"他问。

"首先，你得学会把你的屁股保持在马鞍上不动。"我说。

过了一会儿，我开始让雷克斯骑马慢跑，但是他的身体不断被弹出马鞍，他就拼命拉扯缰绳。即便这样，他还是坚持说如果不纵马飞驰一番，他是不会下马的。因为，他说，除非你骑马驰骋过，否则就不能说你真的骑过马。

"你想让马儿奔驰，只要踢它一下就行啦。"罗丝玛丽大喊。

这就是雷克斯最想做的，他狠狠在这母马的肋骨处踢了一脚。马儿加快了速度，但还没爆发力量飞奔起来。这马可能觉得，碰上这么个难以保持平衡的骑手，快跑显然不是个好主意。即便如此，雷克斯还是吓到了，他开始大叫："哇噢！哇噢！"像拉锯般来回拉着缰绳。这叫声和骚乱使这可怜的母马受了惊，它开始失控地飞奔起来。

马在畜栏里绕着大圈乱窜，我对着雷克斯大吼，要他背往后靠，抓住马鬃，但他完全深陷恐慌之中，根本什么都听不见。他继续对着马儿乱吼，扯紧缰绳，但那匹马只是紧咬着嚼子，极速狂奔起来。

吉姆和罗丝玛丽赶紧冲到畜栏中间，给这匹母马让路。母马绕了好几圈后，还是没有放慢速度。我可以断定雷克斯已经开始接近崩溃了，但我也可以从那匹母马的眼睛看出，它只是受到惊吓，并不是愤怒，这就意味着它也想停下来，只不过需要得到许可。

我跳下我的马，走到那匹母马狂奔必经的小道上。要是那匹马不停下来的话，我准备急速往路边避闪。当它快要靠近的时候，我慢慢举起手臂，看着它的眼睛，用温顺的声音说："哇噢。"走到我正前方时，母马停了下来。

事实上，它停得太急促，弄得雷克斯猛地朝前倾倒，他紧贴着马脖子支撑了一小会儿，最后摔倒在地上。

罗丝玛丽迅速从马背上滑下来，跑上前去。"你还好吗？"她问他。

"他还好啦，"我说，"只是摔了个魂不附体而已。"

雷克斯站了起来，拍掉牛仔裤上的尘土。看得出来，他被吓得两腿发软。他深呼吸了一下，用手指捋了捋头发。接着，他咧着嘴，脸上堆满夸张的笑容。"我找到了油门，"他说，"现在我只需找到刹车就可以了。"

雷克斯坚持继续回到马背上，他这么做我倒是挺高兴的。我们在克莱伯家附近开开心心地小骑了一会儿，回到马坪山镇时，天色已近黄昏。我热了一些豆子来吃，吃完后，我提议大家来玩几圈扑克牌。

"这样的好主意，我是永远不会拒绝的，"雷克斯说，"我车里还有一瓶私酿的好酒，不如我去把酒拿来，咱们小酌一两口吧。"

雷克斯把那瓶酒拿来，吉姆摆好玻璃杯——包括他自己的一个，只不过出于礼貌——大家在餐桌前坐了下来。雷克斯为大家倒了两指高的威士忌，我开始发牌。了解一个人品格如何最好的方法，莫过于看他怎么打扑克牌。有些人打牌，主要宗旨是打好自己手上抓到的牌，而有的人玩牌，则是为了大赚别人一笔；对有些人来说，玩牌纯粹是场赌博，但有的人只是把它当成一场小小的计算风险的技艺比赛；对某些人来说，这游戏只关乎数字，但其他人会觉得，它关乎心理。

比如说，罗丝玛丽就是个糟透了的扑克玩家。不管我跟她解释多少次牌局的规则，她还总是会问一些会泄露她手中持牌情况的问题。我才刚发完牌，她瞧了瞧手上的花色，就开口问："顺子比同花大吗？"

"像你这样动不动就把自己出卖，你永远也赢不了。"我说。

"赢牌并不像大家想象的感觉那么好啊！"罗丝玛丽说，"如果你永远都是赢家，就没谁愿意跟你玩了。"

这一圈我让其他人赢。

随着牌局一圈接一圈地进行，看得出来雷克斯是个不错的牌手。对他而言，玩牌游戏不在于看懂手上这副牌，而在于读懂对手这个人。一开始，他显然很清楚什么时候该认输，什么时候该提高赌注。

但是他一直把那瓶私酒放在手肘边。吉姆和罗丝玛丽碰都没碰一下自己杯子里的威士忌，我只小啜了几口，倒是雷克斯不断往杯子里续酒。夜幕渐渐降临，他开始越玩越大，过度虚张声势、超额下注。更有甚者，有几轮他根本不该孤注一掷企图赢回来，最后把赌注输光了。而且，抓到不好的牌的时候，他会变得很恼怒。

时间过去了一会儿，他已不再往自己的杯子里倒酒了，而是直接从瓶口牛饮。我很清楚，我让他输得一干二净的时候到了。我静候时机，直到我拿到一手实实在在的好牌——一副葫芦：三条八，一对四——而且我故意让他以为，是他迫使我把赌注越抬越高，但我一直没有叫他摊牌。没多久，他不知不觉就深陷其中了。

我把牌摊上桌，雷克斯盯着牌研究，表情变得很难看，然后他把他的牌牌面朝下丢在赌资上。过了几秒钟，他低声咯咯笑了起来。"噢，莉莉，"他说，"那头阉马半个卵蛋都没有，但你倒是有一对。"

罗丝玛丽咯咯傻笑起来。我可以感觉得出来，她挺喜欢她男友对她母亲开这种厚颜无耻的玩笑。说老实话，他是罗丝玛丽带回家来的那些家伙中，第一个居然一点儿也不怕我的人。

吉姆竖起眉毛瞪着雷克斯。"飞机小子，嘴巴放干净点。"他说。

"我无意冒犯，朋友，"雷克斯说，"我这是在恭维这位女士。"

吉姆耸了耸肩。"她也是用同样的方式，把我们许多牧场帮工的薪水支票都赢光了。"他补充说道。

雷克斯就着瓶口，想再喝一口，但是瓶子已经空了。"估计我们已经把这瓶酒喝光了。"他说。

"是你把它喝光了。"我说。

"我们已经玩得差不多了吧？"罗丝玛丽说。

雷克斯点点头，他把瓶子放在桌上，站起身来，忽然往旁边歪了一下。

"你喝醉了。"我说。

"脑袋有点嗡嗡作响而已，"雷克斯说，"不过我真的该告辞了。"

"你这个样子，不可以开车走那条山路。"

"我很好，"雷克斯说，"我向来都这样子开车的。"

"也许妈妈说得对。"罗丝玛丽说。

"你可以在车库里过一夜。"吉姆说。

"我说过我很好。"雷克斯对吉姆说，然后开始在口袋里摸来摸去找车钥匙。

"听着，你这个笨蛋酒鬼，"我说，"你已经醉到不能开车了，而且我也不准你这么做。"

雷克斯两只拳头伸到桌子上。"听着，女士，雷克斯·沃尔斯从来不听命于任何人，当然更不会听命于一个满脸老皮、唠唠叨叨的硬派蠢妇。不管怎样，各位晚安。"

我们全都坐在那儿，陷入一阵沉默。雷克斯摇摇晃晃地走出去，啪的一声甩上纱门。我们听到他发动引擎，加大油门。然后，随着一阵刺耳的轮胎摩擦声，他驶入一片黑暗中，沿着"爱格妮丝的眼泪"开下山坡。

第二天，我觉得有必要严肃地和女儿谈谈她这个男朋友。

"那个无赖也许是很有趣，"我说，"但除了风趣，他无论对自己还是别人而言，都是一个危险人物。"

"人无完人，"罗丝玛丽说，"我们每个人与天使和禽兽之间的距离都只是一步之遥。"

"你说得没错，"我说，"但不是每个人都正好介于天使和禽兽之间。雷克斯的心智很不稳定，你跟他在一起绝对不会有安全感。"

"我才不在乎什么安全感，"她说，"无论如何，我相信我不可能从任何人身上真正得到安全感，说不定明天我们大家都被炸弹炸死了。"

"这么说来，你是要告诉我，未来一点都不重要？你打算过一种就当明天根本不存在的生活？"

"大多数人花了太多时间去担心未来，以至于他们根本无法好好享受现在。"

"那些从不为未来做计划的人，总是会在未来发生之时措手不及。'永远要抱最好的期望，但为最坏的情况做好准备。'这是我老爸从前最常说的话。"

"你不可能为生活抛到你面前的一切都精心做好准备，"她说，"你也不可能躲避危险，危险就在那里，这世界本来就是个危险的地方。如果你只是坐在那儿整天为这些危险而痛苦，你会错过所有的冒险机会。"

对于危险这个主题，我倒是觉得自己有许多要说的东西可以娓娓道来，甚至可以给她上一整堂课，跟她聊聊我老爸年仅三岁时被马儿踩破头；聊聊我的芝加哥好友米妮，因为头发卷入机器里而丧命；还可以告诉她，我妹妹海伦如何在意外怀孕后，自己结束了自己的生命。生命本身充满的冒险与危险，对任何人来说都已经足够了，你不必再去追逐更多。可是，事实表明，自从上次我们去哈瓦苏派族保留区，罗丝玛丽因为和费达·哈纳一起游泳而被我狠狠鞭笞一顿之后，就再也没有真正把我对她说的话听进去过。

"我真不知道我在抚养你长大的过程中，到底做错了什么，"我说，"也许是我操之过急了。但是我还是得说，你需要的是一个像船锚一样可靠的男人。"

那天晚些时候，有人来敲门，我一开门，就看见雷克斯站在外面，手上拿了一大束白色的百合花。他把那束花递给我。

"百合花送给莉莉①，代表我诚挚的歉意，"他说，"虽然这些花还是比不上和它们同名的那个人的可爱。"

"这和你昨晚咋咋呼呼的腔调不太一样嘛。"

"我说过的那些话确实无可宽恕，这可是我第一次承认自己的不是，"他说，"但我还是要奢望着你放我这家伙一马。"他接着说，那一天是他特倒霉的一天，先是在他所爱的女人面前，从失控的马上摔下来；接着打扑克牌又被女友母亲杀个片甲不留。如此颜面扫地，导致他多喝了几口。"可是事情是你先挑起的，你很清楚，是你先叫我笨蛋的，"他停了一下，"不过我的确知道酒后怎么开车。"

我摇摇头，看着那束百合花。"就算你坏事做尽，我都可以放你一马，但我仍然觉得我的女儿需要的是像船锚一样可靠的男人。"

"和船锚连在一起的最大问题，"他说，"就是他妈的很难飞起来。"

真是一个无赖，我心想，永远非跟人强辩到底不可。不过这些百合花倒是漂亮极了。"我去把这些花养在水里。"

"你也喜欢飞行，"他补充说，"只要能重新赢得你的青睐，我会很荣幸带你飞上天空遨游一番。"

---

① 莉莉（Lily），与英文百合花（lily）是同一个单词。

我已经很多年没登上飞机了，虽然我依然还生这小流氓的气，但这个主意让我兴奋不已，我当然马上就同意了。接下来的那个星期日，雷克斯来接我的时候，我穿着我的飞行员连身衣，拿着我的皮制防护帽站在门外。

　　雷克斯从一辆双色福特轿车的车窗里探出身，这是一辆他常向朋友借的车。"艾米莉亚·埃尔哈特！"他大喊，"你这位飞行女英雄居然又复活啦！"

　　罗丝玛丽想一块儿去，但是雷克斯告诉她那架飞机只有两人座。"这趟旅程只能是我和艾米莉亚两个人。"他说。

　　雷克斯开起车来像恶魔似的，是我喜欢的那股劲儿。才不过一下子，我们已经从"爱格妮丝的眼泪"飞驰而下，再往上爬出了峡谷，沿着阿帕切小道前进。

　　我想探询一下雷克斯的背景。

　　"夫人，"他说，"如果你想要名门血统，本地的流浪狗收容所倒是可以找到不少。"他在采煤矿的小镇里长大，他说，他的母亲是孤儿，父亲曾是铁路局的职员。他的叔叔从事私酒酿造，从青少年时期开始，雷克斯有时会帮忙把私酒送到镇上。

"你就是在那时学会像这样开车的吗?"我问,"为了躲过那些缉私人员?"

"见鬼，才不是呢,"他说,"那些执法人员是我们最好的主顾。叔叔完全不准我超速。那些是很好的私酒，叔叔命令我要慢慢开，这样就可以让那些酒变成陈年佳酿。"

我告诉他当年我也卖过私酒，而且酒就藏在婴儿床下;还告诉他罗丝玛丽如何一看到来调查的警官，就开始号啕大哭，让我得以解脱。这一回我和雷克斯处得颇为融洽，一路相谈甚欢。直至抵达平原地带，来到一辆破旧不堪的房车前，周围全是破铜烂铁:车轴、金属水槽、旧油桶、一叠叠折起来的防水帆布，还有一台生锈的手推车，架在煤渣砖堆上。

雷克斯使劲踩下刹车，突然转向，把车开进那辆房车前面的院子里。"瞧瞧那堆废物!"他大呼小叫地说,"我是从西弗吉尼亚来的，对这种讨厌的白种垃圾过敏，我得让这家伙明白我的意思。"

他走下车，开始用力敲那辆房车的车门。"你们这些住在一堆废铜烂铁里的可怜的下等人渣，有没有种出来露露你们那张丑陋的脸啊?"

一个留着平头，骨瘦如柴的男人打开车门。

"我未来的岳母就在那辆车里,"雷克斯大吼,"开车时经过你们这辆运猪车让她恶心极了，所以下次再开上这条路时，我必须看到这里已经清理干净，懂了吗？"

两个人盯着对方看了好一会儿，我确信一定会有一个人先出手，把另一个人打趴在地上。可是他们俩突然笑了起来，而且还用后背撞了撞对方。

"雷克斯，你这狗娘养的龟孙子，最近怎么样？"那个家伙开口。

雷克斯把他带到我们的小车旁，向我介绍，他叫葛斯，是雷克斯从前的空军密友。"你可能会以为我把失踪多年的艾米莉亚·埃尔哈特带来了，不过她是莉莉·凯西·史密斯，在飞行技艺上，她完全可以向艾米莉亚指点一二，而且她其实是我未来新娘的母亲。"

"你真的会让这么一个玩忽职守的蠢驴娶走你女儿？"葛斯大叫，"这可是引狼入室啊！"

他们俩都觉得这番打趣很滑稽可笑。

雷克斯向我解释，严格来说，空军带着老百姓乘军用飞机飞上天是违反规定的，虽然 QT 空军基地的每个人常这么做。我们不可能在航空管制人员的面前，直接从空军基地里起飞，所以飞行员都是在基地外不同地点的草坪上，载普通百姓上飞机，那是他们平时做着陆练习的地方。其中一片草坪，就在葛斯的房车正后方，所以雷克斯先把我留在葛斯这里，他得从基地起飞，然后驾着飞机返回房车处。我并不介意一个男人对某些愚蠢的规则置之不理，这样一来，雷克斯在我对他的个人评价上，多了一个"＋"号——虽然整体上"一"号还是遥遥领先。

我坐在房车后面和葛斯闲扯。停机坪上有根柱子，上面有个橘色的风向标。但是因为没有风，所以风标垂挂在那里。最后飞机终于出现了，这是一架黄色的单引擎双座飞机，上面有个玻璃的座舱遮篷，已经被雷克斯推开。他降落之后向我们滑行过来。飞机停住后，葛斯指了指飞机副翼下的步梯，于是我踏着步梯爬上机翼。雷克斯让我坐在前面，而他坐在后座。我插上耳机的插头，看着仪表板上的指针由于引擎的震动而轻微摇晃。雷克斯踩下油门加速，我们颠簸着越过机坪，飞上天空。

随着我们不断高升，我又一次感觉自己是一个天使，时而看着飞机下方小小的汽车，在丝带般的公路上慢慢移动，时而凝视着地球那遥远的曲线，以及曲线背后那无边无际的蓝色太空。

我们飞到了马坪山镇，雷克斯让飞机下降，在我们房子周围嗡嗡隆隆地盘旋了好几圈。罗丝玛丽和吉姆跑了出来，像疯子一样挥舞着双手，雷克斯让机翼向下倾斜摆动了一下作为回应。

雷克斯继续让飞机爬升，我们沿着山脊往鱼溪峡谷飞去，然后顺势降至峡谷里，在蜿蜒流淌的河流上空飞翔。红色的岩石峭壁在我们左右两侧忽近忽远地飞掠而过。

从峡谷飞出来后，我们绕过平原地带，雷克斯用内部对讲机对我说，让我来操控。我先往左倾斜下弯，将飞机再次恢复水平后，又往右倾斜绕了一个大圈，爬升，下降。人生极乐，莫若飞行。

雷克斯再次操控，他让飞机在空中翻起筋斗来，身体完全倒置那一刻，我忍不住为了自己宝贵的生命而紧紧抓住旁物。飞出那个大滚翻后，我们又急剧地向下俯冲，然后在距离地面不到五十英尺的上空飞掠而过，树木、山丘、岩层在我们眼前骤然变大，从我们身边闪电般飞驰而过。

"我们称这为'盖帽式低飞'，"雷克斯说，"我的一个朋友在海滩上这么飞，就在他探身出去向女孩们挥手时，飞机一头栽到水里去了。"

接下来，我们往一条公路飞，公路旁边沿线都有电话线杆。"看着！"雷克斯在对讲机里大喊，然后把飞机降得更低，直到我们差不多已经碰到地面。

我突然意识到他是想从电话线下飞过去。"雷克斯，你这白痴，你会害死我们的！"我大叫。

雷克斯只顾咯咯大笑，我还没反应过来，我们已经在两根电线杆之间摆开架势，准备冲过去。接着，电线杆在尖啸声中隐至身后，我们头顶上方的电话线也模糊不清了。

"你这个该死的疯子！"我说。

"那正是你女儿爱上我的地方！"他大叫着回答。

他再次让飞机上升并往北飞去，直到看见他想找的东西——正在吃草的牛群。他在牲口群后方降低高度，并渐渐向它们靠近，再一次几乎擦地而过。那些牛开始迈着沉重的步伐，笨拙地奔跑起来，设法远离我们。我们飞到它们上方时，它们四散突奔。可是雷克斯一会儿右转，一会儿左弯，把牛全赶到中央。等到他把所有的牛赶到了一起，我们才飞离那里。

"这可是骑在马上做不到的，对吧?"他问。

那年春天，雷克斯和罗丝玛丽决定结婚。一天晚上，我们吃完晚饭正在洗碗时，她告诉我这个消息。

"你需要的是更踏实可靠的人，"我告诉她，"难道我什么都没教你吗?"

"你当然教了，"她说，"我这辈子中，你一直在做的一件事就是不断地教育我，'让这个成为一个教训'，'让那个成为一个教训'，但是这么多年来，你以为你的确教给我什么，那是你的事，但我学会的却不是你教的那些东西，这是我的事。"

我们俩站在那里，眼睛盯着对方。罗丝玛丽靠在厨房水槽边，手臂交叉在胸前。

"所以即使我不同意，你还是打算嫁给他?"我问道。

"是这样打算的。"

"我常在想，我从来没有遇过我没办法教导的孩子，"我说，"结果，我错了，那个孩子就是你。"

与此同时，雷克斯也宣布他在此地的服役期即将结束，他已决定不再延长服役期，因为空军基地要他驾驶轰炸机，但他想驾驶战斗机。而且，他不希望罗丝玛丽浪费人生，在沙漠中的空军基地酷热的房车里，养一大群孩子；此外，他还有别的计划——非常宏伟的计划。

他们的整体想法是不成熟的。

"你们打算住在哪里？"我问罗丝玛丽。

"我不知道，"她说，"这无关紧要。"

"你怎么能说这无关紧要？你住的地方——你的家——是人生命中最重要的东西之一。"

"自离开牧场后，我一直不觉得真正拥有一个家，我觉得我再也不会拥有另一个家了。也许我们永远不会安顿下来。"

吉姆对罗丝玛丽的决定倒是很冷静，他认为既然她心意已决，再跟她争执下去，结果只会让她更抵触我们。

"我觉得我好失败。"我说。

"不要这么自责，"吉姆说，"也许她到头来确实没有长成你期待的样子，但这并不意味着她现在这个样子是错的。"

我们坐在家门口的台阶上。早些时候刚下过雨，马坪山镇周围的红色岩石悬崖湿漉漉的，径流从岩石裂缝中倾泻而下，形成数十条临时瀑布。

"人像动物一样，"吉姆继续说，"有的被关在围栏里也特别开心，有的却想自由自在地四处流浪。你得确认她的本性是什么，然后接受这个事实。"

"这么说来，这是我必须吸取的教训?"

吉姆耸耸肩。"我们的女儿找到她喜欢的事情，那就是画画，还有她想一起厮守的人，也就是雷克斯这个家伙，就这点上，她已经走在很多普通人前面了。"

"我想我该试着顺其自然了。"

"如果能这么做，你应该会开心得多。"吉姆说。

我告诉雷克斯和罗丝玛丽，如果他们愿意在天主教堂举行婚礼，我愿意支付所有的费用，办个像模像样的时尚婚礼。我是希望一场盛大的传统婚礼，让他们有个好的开始，甚至可以引领他们走向传统的婚姻生活。

我们在金沙酒店租了一间宴会厅。这家饭店刚在凤凰城市中心建好不久，所以价钱很划算，因为饭店新开张，想设法多招徕一些生意。我帮罗丝玛丽挑选婚纱，同样也得到相当划算的价格，因为另一位准新娘的婚礼取消了，所以退还了这件婚纱。不过这件婚纱穿在罗丝玛丽身上非常合适，堪称完美。

事实上，我把所有认识的人差不多都邀请来了：牧场主人和帮工、老师们和以前的学生、地产管理人、亚利桑那州民主党分部成员；一些旧识，比如格雷迪·加马奇，当初就是他给了我在红湖镇的第一份教职；还有公鸡，他回信给他从前的写作老师——我，说他会带他刚娶的阿帕切族女子一块儿来。我打算穿上我的"乱世佳人"长礼服，但吉姆阻止了我这个计划，他说他不希望我把新娘的风头抢尽。

"你们打算怎样度蜜月?"婚礼日子临近的时候，我问罗丝玛丽。

"我们不打算先做计划，"她说，"这是雷克斯的主意，我们只想在婚礼结束后，坐上汽车，然后顺着公路，走到哪里算哪里。"

"好吧，宝贝，你就好好兜兜风吧。"

婚礼上，罗丝玛丽看起来的确漂亮极了。她的婚纱裙裾及地，一层层蕾丝花边环绕在白色的丝绸上，还有一条长长的蕾丝头纱，以及与之匹配的长及手肘的蕾丝手套。穿上了白色的高跟鞋后，她几乎和雷克斯一般高。雷克斯则穿着白色的晚礼服，打着黑领结，看上去也是他妈的相当风流倜傥。

雷克斯和他的哥们儿整天都在喝酒，结果宴会上的情形变得有点疯狂。雷克斯发表重要演说，称我为"艾米莉亚·埃尔哈特"，吉姆是"跳伞牛仔"，而罗丝玛丽则是"我的野玫瑰"。音乐一响起，他带着罗丝玛丽飞快地绕着房间，翩然旋转起来。罗丝玛丽沉浸在自己的幸福时光里，蕾丝裙摆在空中飘舞，白色高跟鞋不断踢起，就像一个康康舞女郎。接着，雷克斯让大家排列成康加舞队形，于是大伙儿便在宴会厅里列队蛇行，扭屁股踢腿。

最后，这对新婚夫妇相偕走出饭店。雷克斯借来的那辆福特车，就停在路边等着他们。那是五月里的某一天，天色已近黄昏，金黄色的亚利桑那阳光洒满街道。我们全都聚集在台阶上，向他们挥手道别。他们一走到人行道上，雷克斯就搂住罗丝玛丽的腰，让她的身子往后仰，在她的芳唇上印下深深的长吻，结果他们差点绊倒在地上，此情此景让这两人大笑起来，笑得眼泪都快流出来了。罗丝玛丽爬进车里的时候，雷克斯在她臀部轻拍了一下，好像那已经是属于他的东西一样。接着，他也上了车，坐在她身旁。他们在车上依然笑个不停，一直到雷克斯一如既往猛地加大汽车油门。

吉姆用手臂环绕着我，我们俩一起看着他们俩启程，开出街道，像一对半驯的马儿，奔向广阔的原野。

尾　声

小生命

珍妮特·沃尔斯，两岁

吉姆和我依然住在马坪山镇。他年事渐高,不久之后就退休了。但他依然忙碌,俨然我们这个小营地非正式的镇长——比如严肃认真地规劝邻居家任性不羁的孩子啦,帮某个邻居补屋顶或清理堵塞的化油器啦。我一直在教书,和吉姆一样,我从来都不是那种懒洋洋坐在阳台上,把二郎腿跷在栏杆上的人。因为知道我的学生会等我,所以我每天早上一起床就迫不及待往学校去。

小吉姆和黛安在凤凰城郊区一栋整整齐齐的牧场住宅定居下来,他们生了两个孩子,生活似乎很安定。在这期间,雷克斯和罗丝玛丽则在沙漠附近漂泊。雷克斯打打零工,同时也一边继续忙于他各种各样的轻率计划。他会啜着啤酒、抽着香烟,为他那能探测金矿的机器,或是能利用太阳能的巨形镶板,设计他的宏伟蓝图。罗丝玛丽则恋画成癖,此外她也开始生孩子了,漂到哪生到哪。每次他们回来看我们——大概一年几次,通常会待到雷克斯和我开始彼此看不顺眼,吵吵闹闹到快要打起来为止——罗丝玛丽要么又怀上另一个孩子,要么就是在为刚从肚子里蹦出来的孩子喂奶。

罗丝玛丽生的前两个都是女孩,可是第二个小婴儿在不满周岁时，就因为婴儿猝死综合征而夭折。第三个孩子也是女孩，她出生时，雷克斯和罗丝玛丽住在我们位于凤凰城北三街的房子里，但因他们付不出医院的账单，所以我不得不带着支票——还有一堆用来训斥那个混蛋雷克斯的尖刻话——开车下山去接他们。罗丝玛丽为这个孩子取名为珍妮特，也许是受了她那位美术老师的影响，所以像法国人一样，特意在名字里拼了两个 N。

珍娜长得不是非常漂亮——为此我颇感欣慰——她天生一头红发，个子修长又清瘦，以至于人们看到她躺在婴儿推车里的时候，都会叫罗丝玛丽多喂点奶给这小婴儿喝。不过她有一双笑意荡漾的绿眼睛，还有一个已现雏形的强健坚定的方形下巴，和我的下巴一样。从一开始，我就感觉到和这个孩子之间有某种不一般的联系。看得出来，她是个顽强的小东西，每次我把她抱在怀里，伸出一个手指头，这个小家伙就会一直紧紧抓住它，仿佛永远不会放手。

雷克斯和罗丝玛丽两人在一起那种半驯的马一般的生活方式日渐成型，这些孩子也就难免会体验到某种坎坷。不过既然他们身上具有吃苦耐劳的家族血统，我想他们应该有能力把自己手上抓到的牌玩好；再者，我会一直在他们身边守护着，在我这些孙辈的事情上，即使他妈的雷克斯和罗丝玛丽也休想让我置身事外。我有很多东西可以教给这些孩子们，这世间没有任何一个人能阻止我这么做。

作者后记

这本书本来打算写一写我母亲在亚利桑那牧场的童年时光，但我一和母亲谈起那些日子，她总是坚持说，她母亲的一生才真的很有意思，所以这本书应该写我的外婆莉莉。

我的外婆确实是——我这么说的时候内心充满了对她的敬意——一个了不起的人物。不过，刚开始时我一直不愿意写她的故事，因为虽然我小时候和她很亲近，但她在我八岁的时候就过世了，我所知道的有关她的事情，大部分都是从别人那里听来的。

尽管如此，我这辈子还是不断地听到莉莉·凯西·史密斯的许多故事，那是她曾一次又一次告诉我母亲、我母亲再转述给我听的故事。莉莉是一个坚韧、干练的女人，也是位热情、激昂的老师；她也很健谈，她会事无巨细、如数家珍地告诉别人她身上发生过什么事，为什么会发生，她如何面对这些事，她最终从中学会了什么。所有发生过的事，外婆都能从中总结出经验和教训，用来教育我母亲。我母亲——一个连女儿的电话号码都记得很吃力的人——却能令人吃惊地回想起许多有关她母亲、父亲的种种，甚至二老自己父母辈的相关细节，以及许多有关亚利桑那州的历史和地理的知识。她告诉我的每一件事情，无论是有关哈瓦苏派族、莫格伦圈，还是牲口屠宰和驯马，我都能找到佐证。

在与我母亲及家族内其他成员的面谈过程中，我不经意地看到一些书籍，介绍我母亲的祖父和外曾祖父，书中的内容足以证实我们的某些家传故事：伊万·巴雷特所著的《罗得·史密斯少校，摩门奇袭者》，詹姆斯·逊克所著的《罗伯特·凯西与翁多谷牧场》。

虽然这些书中的内容为某些事件提出佐证，例如罗伯特·凯西遭到谋杀，他的子女之间因牲口问题而长期不和等等，但也有些内容彼此矛盾。逊克特别提到，他在为写这本书做研究时，常常遇到许多事件之间互相矛盾的叙述，而且通常都无法获取最终事实。在讲述我外婆的故事时，我从未执意追求各种历史事件的正确性，我更倾向于把这本书看做口述历史，这是我们家族多年来一代接一代讲述的家传轶事，每个讲故事的人都有传统意义上的表达自由。

我用第一人称来写这个故事，因为我想捕捉莉莉独特的声音，这个声音至今仍清晰地留在我的记忆里。写这本书的时候，我并没把它当成虚构的小说。莉莉·凯西·史密斯是个非常真实的女人，如果有人觉得这个人物和她生命中那些事件，是我创造出来的，那可真是太抬举我了，当之有愧啊。不过，因为我无法从莉莉本人那儿了解详情，而且我必须用自己的想象来补充书中一些模糊或缺失的细节——再者，为了保护书中人的私隐，有些人名我用的是化名——所以最坦率的做法，就是称这本书为小说。